闪耀

主编 姚海军 刘慈欣

海峡出版发行集团 | 福建少年儿童出版社

图书在版编目(CIP)数据

闪耀 / 姚海军, 刘慈欣主编. — 福州: 福建少年儿童出版社, 2024.5

(中国科幻经典大系)

ISBN 978-7-5395-7689-3

Ⅰ.①闪… Ⅱ.①姚… ②刘… Ⅲ.①幻想小说—小说集—中国—当代 Ⅳ.① I247.7

中国版本图书馆 CIP 数据核字（2021）第 212646 号

"中国科幻经典大系"入选"福建省优秀出版项目"

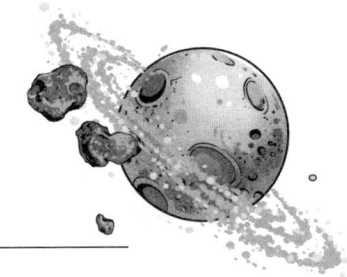

中国科幻经典大系
SHANYAO

闪耀

主编： 姚海军　刘慈欣
出版发行： 福建少年儿童出版社
社址： 福州市东水路 76 号 17 层（邮编：350001）
经销： 福建新华发行（集团）有限责任公司
印刷： 福州印团网印刷有限公司
地址： 福州市仓山区建新镇十字亭路 4 号
开本： 700 毫米 × 1000 毫米　1/16
字数： 193 千字
印张： 14.5
版次： 2024 年 5 月第 1 版
印次： 2024 年 5 月第 1 次印刷
ISBN 978-7-5395-7689-3
定价： 38.00 元

如有印、装质量问题，影响阅读，请直接与承印者联系调换。
联系电话：0591-87881810

前　言

在时光列车即将驶入21世纪之际，我国著名科幻作家叶永烈先生在福建少年儿童出版社的支持下，主编了洋洋大观的六卷本"中国科幻小说世纪回眸丛书"，用精心遴选的300万字作品，勾勒出20世纪科幻文学发展的基本样貌。叶永烈先生不仅是一位影响深远、对科幻文学有着独到观察的科幻小说家，他在科幻史料的发掘和研究方面，也做了许多开创性工作。因此，"中国科幻小说世纪回眸丛书"在今天仍然是回望20世纪科幻文学的上佳读本。

叶永烈先生对科幻文学的未来抱有很高的期望，他在该丛书序言中甚至提议："以后在每个世纪末，都出版一套'中国科幻小说世纪回眸丛书'。"但令人痛心的是，2020年，叶永烈先生过早地离开了我们。出版界的朋友始终铭记他生前的愿望，曾在福建少年儿童出版社工作多年、曾任福建人民出版社社长的房向东先生和福建少年儿童出版社现任社长陈远先生多次相约，希望我能与刘慈欣一起续编"中国科幻小说世纪回眸丛书"。

21世纪不是才刚刚开始吗？当我抛出这样的疑问时，两位出版人不约而同给出了一个相同的理由：虽然21世纪只过去了20年，但这20年是中国科幻迄今为止最为光彩夺目的20年，我们有理由提前实施叶永烈先生的计划。

我深以为然。

自进入21世纪，我国科幻便进入了高速发展的快车道——

以吴岩、韩松、柳文扬、何夕、星河、潘海天、凌晨、杨平、赵海虹等为代表的新生代作家，进一步壮大了他们在20世纪最后10年悄然发起的新科幻运动，为科幻文学带来青春的律动和类型的大幅拓展。

1993年偶然闯入科幻世界的王晋康，迅速在世纪之交成为中国科幻重要期刊《科幻世界》的台柱子作家，他的一系列短篇《生命之歌》《七重外壳》《终极爆炸》，以及后来的长篇《十字》《与吾同在》《蚁生》《逃出母宇宙》，为21世纪的中国科幻增加了文化上的厚重和哲学层面的思辨。

1999年，中国科幻界另一位明星作家刘慈欣闪亮登场，并在其后的10

年里密集发表了《流浪地球》《乡村教师》《中国太阳》等一系列高水准的中短篇佳作。2006年，刘慈欣的《三体》开始在《科幻世界》连载，一时洛阳纸贵。紧接着，2008年和2010年刘慈欣又相继出版了《三体2·黑暗森林》和《三体3·死神永生》，将《三体》三部曲发展成一个无与伦比的恢宏宇宙。2015年8月23日，刘慈欣的《三体》（英文版）获第73届世界科幻大会颁发的雨果奖最佳长篇小说奖，这是亚洲作家首次获得雨果奖，为中国科幻以及中国科幻与世界科幻的对话交流开创了全新局面。

《三体》引发了前所未有的科幻热潮，这一热潮甚至波及海外。《三体》在北美、欧洲以及日本都创造了中国科幻小说的销售纪录，并赢得了良好的口碑。《三体》在今天仍然备受关注，因此，最近10年也被很多评论家称为"后三体时代"。

"后三体时代"几乎无处不闪耀着《三体》的辉光，但就在这辉光中，新星的力量在悄然执着地生长。郝景芳、陈楸帆、江波、宝树、张冉、七月、拉拉、迟卉、长铗、谢云宁、夏笳、程婧波、顾适、阿缺、杨晚晴、梁清散、钛艺、廖舒波……新一代的科幻作家（亦称更新代作家）以更为敏锐的眼光审视并界定科幻的意义，试图在文化传统和国际潮流、现实和未来、科技和伦理的交织中找到立足的锚点。更让人惊喜的是，当下科幻舞台的中心，不仅有新生代、更新代，王诺诺、索何夫、陈梓钧、昼温、念语等90后作家也已经崭露头角。美国著名科幻作家大卫·布林预言，世界科幻的未来在中国。我想，有才华的年轻人不断涌现，应该是这预言最坚实的支撑吧。

科幻的繁荣，意味着我们无法仅以《三体》为轴心对这20年进行评说。中国科幻之所以丰富多彩，根本原因在于它的包容性。21世纪以来，以"何慈康"（指何夕、刘慈欣、王晋康）为代表的"核心科幻"取得了令人瞩目的成就，拥趸众多；韩松式"边缘科幻"也一直特立独行，绽放异彩。可以说正是由于有韩松式作家的存在，中国科幻才成为一个完美的大宇宙。韩松被认为是被严重低估的科幻作家，他的小说既有对当下至为深刻的洞察，也有对未来最为大胆的寓言式狂想，对飞氘、糖匪、陈楸帆等更新代科幻作家产生了深刻影响。

科幻的繁荣，还意味着针对不同年龄层读者创作分工的完成。在原本被认为属于儿童文学的科幻小说日益成人化的同时，在科幻的内部，少儿科幻分支开始重新被认识，并迅速发展。一方面，专门为儿童写作的科幻作家异军突起，包括杨鹏、赵华、马传思、王林柏、陆杨、彭柳蓉、超侠等，其中赵华、马传思、王林柏凭借自己的科幻创作获得了全国优秀儿童文学奖；另一方面，成人科幻作家进入少儿科幻领域也渐成趋势，王晋康、刘慈欣、吴岩、星河、江波、宝树等均创作了少儿科幻作品，吴岩的《中国轨道》也获得了全国优秀儿童文学奖。

这套"中国科幻经典大系"虽然未直接沿袭叶永烈先生"中国科幻小说世纪回眸丛书"的书名，但基本遵照了后者的编辑体例，将21世纪第一个20年科幻小说的主要创作成果分为12册呈献给广大读者，其中很多作品都获得了中国科幻银河奖、华语科幻星云奖等重要奖项，亦有不少作品被译成英、日、法、意等语言在国外发表。其中，《北京折叠》甚至获得了世界科幻大奖雨果奖，作者郝景芳也因此成为第二位捧得雨果奖奖杯的中国科幻作家。

佳作纷呈，但篇幅有限。因此，关于本丛书的选编，有几点需要说明：

一、因便利性等原因，本丛书未包含中国港澳台地区的科幻作品，将来有机会另补一编。

二、21世纪第一个20年科幻创作繁盛，为尽量多收录中短篇佳作，本丛书未收录长中篇及长篇作品。

三、同样因为篇幅有限，无法收录很多作家的全部代表作，我们只能优中选优。

四、个别作品因为版权原因，故未收录。

五、本丛书的编选由我和慈欣共同完成。我初选后，交由慈欣审定。慈欣阅读量惊人，很高兴和他一起完成这项有意义的工作。

六、感谢所有入选作者对主编工作的支持，感谢福建少年儿童出版社对本丛书选编工作的大力支持。福建少年儿童出版社是一家有科幻出版传统的出版社，20世纪90年代推出的"世界科幻小说精品丛书"、六卷本的"科幻之路"和六卷本的"中国科幻小说世纪回眸丛书"均影响深远。希望福建少年儿童出版社每隔20年，都能出一套"中国科幻经典大系"，直到22世纪，汇编成蔚为大观的第二套"中国科幻小说世纪回眸丛书"。

目 录

野火	异变者	闪耀	博物馆之心	无数个新年
念 语	阿 缺	陈梓钧	糖 匪	灰 狐
009	033	041	105	123

讨厌猫咪的小松先生
程婧波
145

终极爆炸
王晋康
161

天下之水
韩　松
223

野火

念语

我还是第一次见到这样的落日。

太阳落下去了,像个粘在天际线上的鹅蛋黄,天边呈现奇异的粉红色,船一样的云低低地飘浮在空中,仿佛触手可及。

我爬上七楼天台。有一个剪影落在水管上,撑着手,望着天边,一动不动,像只晒太阳的老猫。夕阳的光芒里,我看不清他的脸,可我知道那是谁。

"老谭。"我喊他。

"嗯。"他转过来,说,"台风要来了。"

"台风来了就会这样?"我指着天边的一片血色问。

"不是。我只是觉得这景色……很难得……"

"红薯不会被淹吧?那东西泡了水会烂掉的……我们寝室后头种的全是红薯。"我朝天台下看去,绿色的三角叶子连成一片。老谭以前和我说,他来学校的时候,花台里种了很多好看的绣球花。但后来绣球花都死了,人们连吃饭都顾不上,于是花台里就种上了红薯和芋头。

"会淹掉的。"老谭的眼睛还是一动不动地看着夕阳,但他的手在口袋里摸索了一会儿,掏出一个皱巴巴的小土豆递给我。这土豆比鸡蛋稍微大些。我犹豫地看着他。在饥荒蔓延的当下,分享食物代表着最高程度的友谊。

"你拿着,我还有。"他说着,从口袋里摸出另一个土豆。

天边的粉色渐渐变成了暗红，着了火似的，像是火苗从天际线一路烧到了半空，甚是诡异。

我还记得另一场大火。

很小的时候我就知道，我们家有一片枣园，是从爷爷手上传下来的。园子里枣树的树龄都不小，六七十岁了，盛果期。我爸爸每年悉心打理枣园，闲时也插条种上些小枣子。每年四五月，枣树开了花，雪白一片，星星点点。天热些，树上就有了小青枣，等到它们泛了红，天气也就要凉下来了。收了枣子，就会有开着皮卡的商贩踩着时节打城里来。我爸爸和他们讨价还价后，卖掉枣子，然后修剪枝叶，等待来年的春天。年复一年，周而复始。

枣园是我们家的生计，也是我们家的骄傲。快开学的时候，枣树就会挂满青红相间的果子，这也是我们家一年中最忙的时候。

然而那一年夏天，明明是难得的风调雨顺，我爸爸却天天跑果园，不打药、不施肥、不除草、不浇水，只是点着烟，愁容满面地站在枣园里，一站就是一个下午。到暑假过了一半的时候，他说："没救了，一园子的'枣疯子'。从没见过这样的……烧了吧，别祸害别家的枣树。"

我困惑地望着他，问："枣树怎么了？"

"枣树疯了。"他说。

"疯……了？枣树怎么会疯？"我问。只有人才会疯，我想。

他指着枣树，只见树顶长出了一丛丛浅绿色的嫩叶子，远看像许多绿色的蜂窝。每丛叶子都细密极了，叶子挤着叶子，嫩绿嫩绿的。往年应当挂满果子的枝条上，只稀稀疏疏散落着些许小枣子。

"光长叶子了……疯了似的长。"爸爸长叹一声。

长叶子怎么会是疯了呢？我觉得是爸爸疯了。

不久之后，他拎着一个桶子，在枣树林东边洒上一圈油，点起了火。火舌从东头一路蹿到西头，自午后烧到傍晚，枣园在熊熊大火里化成了灰烬……夕阳照在我爸爸的脸上，他的面目一片模糊。他一言不发，像是在火光里凝成了一尊雕塑。我惶恐地望着他的脸，心想爸爸真的疯了。

那时候我们并不知道，一切才刚刚开始。

那也是往昔投在我记忆里的最后一个清晰的背影。以后的日子，我不愿意回想，于是模糊了它们的面目，将它们藏进了记忆里最深的角落。

若干年之后，我第一次晓得，我们园子里的枣树之所以会得枣疯病，是由一类介于病毒和细菌间的类菌原体引起的，此类类菌原体经由叶蝉传播。得病的枣树花果会变成嫩绿色的小叶，一路疯长，长成一丛丛的叶子，耗尽植株的养分。小树当年就枯萎，大树挺上两三个年头也逃不过一死，治不了。

本来，类菌原体没有细胞壁，对外界环境极为敏感，只能依靠叶蝉等寥寥几类昆虫传播，扩散缓慢。可就在那一年，新的变种出现了，它经由病树的呼吸作用向空气排放细小的菌体，菌体有膜包被，随风飘散，可以存活三个月或者更久。很快，我们的枣树就悉数染病，无一幸免。

当科学家终于发现那层帮助类菌原体假死的膜时，偌大的中国已然找不到几棵幸存的枣树。在广泛的传播过程中，类菌原体的变异迅速加快，感染对象很快越过了鼠李科的界限。

9月，人们第一次在苹果中检测出类菌原体；12月，是梨；然后是豆类、萝卜、白菜、小麦、玉米……此后七年间，它如野火之势席卷了大陆，如多变的魔鬼在科属种间跳跃。人们惊恐地发现，七年时间里，这个植物杀手几乎征服了一切作物，引起的症状大同小异——疯狂生长的小叶，无花无果，而植株则在耗尽养分后枯萎死去，大树能疯长个二三年，而小树大多活不过三个月。

它的细小菌体飘散各处，每一颗播下的种子、每一片新生的叶片，都逃不过这无孔不入的魔鬼。

一年生的小麦率先消失了，尽管它们的种子储量惊人，却已不堪其用。接着是水稻和玉米，还有一众十字花科的蔬菜。现有的种子虽仍旧能够生长，可感染了类菌原体后，植株就失去了繁殖能力。

只剩下土豆、红薯与木薯一类的块茎植物了。这并不是说它们能抵抗病菌，而是靠着块茎储存能量的特性多多少少抵消了些许疯长的势头——目前尚可靠的食用作物，仅剩下这区区几种了。

"你们寝室楼后面种的是芋头吧？"我问老谭。墙缝上有一株野草，它嫩绿的叶子长得倒是格外茂盛，丝毫没有其他植物疯长时的病态。

"对，水边嘛……芋头特别亲水。"

"土豆已经不行了，到处都是晚疫病。"我把玩着手里的野草，它的生命力格外旺盛，可是没用。没有粮食，饥荒的隐忧在不断蔓延。

"我估计三年之内能把晚疫病干掉，其他土豆疫病也一样。"老谭说。老谭现在读研二，比我多读了五年书，自然更有发言权。他嚼着土豆，说："科学界像疯了一样，到处都在加班加点。学校也是，其他一切研究都停止了，然而就是解决不了这小东西。"

"所以，还是都一样，治标不治本。"

"生命科学院莫名其妙地成了全校第一大院。电院楼、机动楼，现在都成了我们的实验室——就是为了这看不见的小东西。"老谭边说，边指了指空中。

空中到处飘着看不见的小菌原体。

我努力笑了两声，做出了一个对冷笑话应有的回应。岂止是第一大院，其他所有院系的学生数加在一起，也仅仅是生命科学院的零头。科学界呈现出前所未有的团结。

老谭小心翼翼地剥了土豆最外头的一层薄薄的皮，干巴巴地嚼着土豆。然后，他像是在轻描淡写地抱怨一般，说别的组总是虚报实验用的土豆分量。

"拼上老命考来这里,还不是为了每月四斤半的粮食补贴?结果那么多作业,还得帮忙种地和做实验,跑来跑去累得要命,我看每个月还得倒贴几斤进去。"我叹了叹气,和老谭一起剥土豆,"吃不饱的时候,没条件谈情怀、谈理想。"

"我大一的时候其实就已经有疯病了,可还没那么厉害。那是五年前了……"老谭说,"我本来是想学医的,可老家那里医疗条件太差了,我妈生我的时候差点儿死掉。"我点点头。我和老谭是同乡,这些事我清楚得很。"中学时,我就给自己写了十年的规划,多少伟大的梦想……可没过两年,医学院直接并入生命科学院,全都重新开始了。很多时候,我们都身不由己……"

"你觉得……有希望吗?"我问,"我说疯病。"

老谭望着我,摇摇头:"就算没有,也得有。"

他站起来,再次盯着夕阳:"秋天要来了,你也听到了吧,到处都在说,储备粮要用光了。"

我也听到了类似的消息。有一个相当有力的证据——我们已经有两个月没有见过米饭了。

"说太多的、想太多的,都浪费能量,会最早饿死的。"老谭总能面不改色地说着他那些不友善的冷笑话。实际上,他也是属于想得太多的那一类吧。老谭把手里的小土豆仔细地吃干净,将那点剥下来的皮又揣回了兜里。"走吧,早点去食堂排队,可以挑两个不烂不生芽的。"他说。

10月,最后一季芋头和红薯都收获了。寝室楼旁边的红薯在9月的台风中全军覆没,我们每天两小时的课外实践活动便被算作不及格。老谭所在小组的包干区在学校北面的农场,地势更高,那里的红薯倒是基本保全了。绿色叶子收割下来,放在大编织袋里。红薯的叶子可以吃,不过也只能算聊胜于无,更重要的是红薯块茎。和上一年相比,它们更小,更不堪食用。

现在最大的红薯还没拳头大。我们垂头丧气地把挖出来的红薯堆在一边,装在麻袋里,拎去辅导员那儿登记。

老谭说,这么些年,疯长的植物把土地的肥力都透支光了,疯病的病原又在不断变异,此消彼长,农作物断然是长不好了。我点点头。

收割季节一过,不安和焦虑便像传染病似的在人群里传开了。我的室友每天小心地省下些红薯,晾干了存起来,锁在抽屉里。

室友给我们讲过一个故事,说是历史上某个著名的大饥荒前,有个人发现苗头不对,就天天领大碗粥回去,吃一半,再用剩下的一半糊墙,到了饥荒的时候,扒下墙皮就着水,还能煮了吃。这听起来是个未雨绸缪的好主意,然而现在我们已经没有红薯可省了。

电视里和网络上,全球的官方媒体总是翻来覆去那一套,并不明说。可今日早不同以往了,通信那么发达,每个人心里都晓得,空穴来风,未必无因——有地方遭了旱涝,要饿死人了。

食堂的气氛日渐微妙。四点半开门的食堂,三点多的时候,门口便排起了队。长长的队伍自食堂二楼排到一楼,再排出去,绵延百米,年轻人各自揣着磁卡翘首以盼,准备刷卡取自己定量的一份。

学校的教学工作也陷入了岌岌可危的境地。基础学科的作业不再有人好好做了,大家饿得没有想法了……这不是找借口,真就是这样。课堂秩序也开始乱套了。比如每天第八节课要到下午四点才下课,大家知道食堂要排长队,去晚了,有可能只能分到一种令人深恶痛绝的替代主食——海藻泥。于是一到三点半,倘若教授不下课,学生就开始捣乱了。遇上较真的教授,学生们还只是打打岔子;遇上好欺负的,学生们干脆就敲起碗来,"砰砰砰",催着教授早点下课。

太史公的《史记》，开篇说杰出的思想家大多是给苦难逼出来的。可苦难归苦难，思想这活动，也是要耗费能量的，所以一定得有饭吃……啊，饭也没有了！只有土豆、红薯、芋头，还有红薯的嫩叶子。倘若早餐的红薯糊里有一块没捣烂的好红薯，这就是最大的幸福了。这个时候，很少有人再去讲科学、讲理想，甚至有的人已经不再在乎礼仪教养、仁义道德……

12月13日，初雪。12月14日，大风。雪后最冷，加上风，人早都冻得不行了。从一个星期前开始，每一餐都发不足定量。食堂门口贴出一张通告，二两半统统折成二两，说是上头的规定。有人说是要为春天做准备，也有阴谋论说是学校给拿走了……说法众多，大家都紧张得很，前两天更有去得晚的人抱怨只领到一半的量。于是三点多钟，食堂门口就排起了长度相当于往日四点的队伍。加上这天天气又冷，每个人都搓着手、跺着脚，只希望队伍往前挪一点儿，能进到食堂里站着。这天下午，我并没有课，成了站在食堂里面的幸运儿，当然，离二楼的窗口还远。

四点二十分，楼梯上早已站满了人。四点二十五分，前方陆续有人往后退，看起来并不情愿，似乎是工作人员怕窗口开放后秩序紊乱，要队伍在楼梯口并成四列。这时候，后方食堂外的人也在缓慢往前挤，本来就拥挤不堪的楼梯间里，一时间抱怨不断，喊声、骂声都响了起来。我被前方的人推挤着，从一、二楼楼梯转角处往下退了几层，渐渐觉得不妙。可那时候，在人流的裹挟中，我们都身不由己。

靠近饭点，拥挤的人更多了。一到四点三十，队伍就不自觉地动了起来，后面的人见到前面动了，以为窗口开放了，便挤得更为卖力。两股人流在狭小的楼梯间汇集，秩序一下子就乱了！前方的人退下来了，后方的人还在涌来。每一句喊声都淹没在抱怨声之中。更多的人一言不发，为了呼吸一口空气而挣扎。

我站在台阶的第十级上，撑着前后，起初还能稳住，最后也站不住了，被前面的人压着，又倾斜了四十五度，倒在后面的人的身上。身后一个戴白帽子的女孩哭喊着她坚持不住了，不久后便没了声响，也许是晕过去了，像落入海中的石子一样沉进了人流之中。

终于，最前面的人发现了异常，人流涌进二楼大厅里，很快就散开了。

楼梯最底端是重灾区，几十个人的重量全压在最下面的几层人身上。地上横竖躺着或坐着十几个人，受外伤的居多，大都是女生，陆续也有爬起来的。一个女孩走运，并无大碍，抱着她哭泣的朋友说她挤着挤着就晕过去了，还好命大，没事。

我蹲在楼梯上，扶着栏杆缓了好一阵。混乱中，我扭到了右脚踝，而且是狠狠地扭了一下。当时我甚至没感觉到，现在却连路都走不了了。我一瘸一拐地跳下楼梯，捡回了鞋子。寝室的钥匙不知所终，我想了想，也就算了，毕竟人没事。

然而，并不是每个人都那么幸运。

我扶着栏杆揉脚踝的时候，一个穿蓝色衣服的男生正跪坐在墙角。最初，他只是捂着胸口不断地咳嗽，呛了一下之后，就开始大口大口地往外吐血。他不断推开旁边的另一位男生，嘴里含含糊糊地说着什么，神志已经不太清醒。他的同伴一边扶着他，一边对着手机里另一位不知名的同伴怒吼着。

更多的受害者是女孩。她们站不住倒下了，也许就再也起不来了。

我看见一个白帽子女孩仰躺在地上。我记得她，五分钟前她还在歇斯底里地哭喊着她不想死。她的声音很尖很细，透着满满的绝望和恐惧，哀求着旁边的人不要挤了，可我们都顾不及自己了。最后，她说她坚持不住了，没想到一语成谶。

终于有人来了。最先赶到的是医学院的学生，几个男生跪下，左右查看了一会儿，合力把白帽子女孩和另外两个女孩抬了出去，并没有用担架和急救设备，举动也毫不小心……于是我明白了，她是彻底没救了，也许她的身体都已经凉了下来——天气那么冷。

她的帽子落在地上。白色的毛线很软，帽子上鲜艳的血红得让人心碎。

我跟着医学院的学生们走上广场。这里留下的都是轻伤员，很多人已经坐在台阶上了。没有受伤的人大多离开了。不断有人下了课过来，见到血迹和伤者，四下打听一下消息，就走了。

我们都是自顾不暇的。

我就站在那里，整个人要飘起来似的。一切就这么发生了，人原来是那样脆弱的生物。短短五分钟，一个女孩子就这样死了……白帽子下的短发散开来，她像是安静地睡着了。唯有一点不同，她的眼睛还微微睁着，面向着冬日澄澈的蓝天，似乎到最后还在审视着这个世界的绝望和疯狂。

之后的几个月里，我总是会不由自主地想到那个戴白帽子的女孩，她没有血色的脸多次出现在我的梦境中，和我一直好不起来的脚伤一样，隐隐作痛。

眼看着就要过年了，我和老谭都不打算回去。家乡的定量粮食每人按月领取，数量受到严格控制，没有哪家还担负得起一双凭空多出来的筷子。

腊月三十，在一年里最后一个没有饥饿的夜里，我们迎来了新的一年。又一个萧条的冬天过去了。收获季节过后，土地都静静地空着，间或有几棵早已枯死的树立在空地上，仰面向天，保持着最后挣扎求生时的姿势。

树都死了，很早就死了。前一年开春时，食堂门前那棵六层楼高的榆树最终也没能抽出枝条，可并没有人刻意去铲掉它们。

入了夜，星星点点的礼花在远方的天际线绽开，烟火间歇着点亮夜空，很快又沉进黑暗。我和室友合买了一个大号烟花，拿到东区食堂的空地上放了。空地上人很多，陆续有人拿着各式的烟花来放，几乎一刻不停。红绿色的光照亮了每个人的脸，年轻人怀着欢乐与希望走进了新年。

当然，也只有在这个晚上，每个人都是笑着的。

没有人回家，也许有的人已经没有家了，但我们的路还要走下去。

有些人的路可能更难一点儿。

假期末尾的时候，老谭说，开了春他就去工作了，工作地点就在学校北面不远处，东南省份最大的生命科学研究园区。

"为什么？"我问。我记得他说过，家里一定要他读完研。

老谭看我盯着他，便勉强地笑了笑，垂下头看桌子。

"我母亲去世了。"他用很低很低的声音说，"饿死的。正月初七，还没出新年……"

"你要回去一趟吗？这么大的事情。"我问。

老谭抬起头看我。

我不知道该怎样形容他的眼神。痛苦？绝望？也许还带点儿麻木。

谭家在正月前被一群人洗劫一空。这些人冲进房间，把能吃的和值点儿钱的东西都给拿得差不多了，就"呼啦"一下散去了。

发生这种事实在不足为奇，自古灾荒与战乱一旦爆发，社会秩序就会很快土崩瓦解。

…………

也是还没出新年，正月十五的早上，室友的红薯干失窃了。

室友给我们讲的那个粥糊墙的故事还有后半段。饥荒刚刚开始的时候，那人靠着糊在墙皮上的粥，过得比大家都好。可是过了一阵子，大家都没粮食了，只有那人家里还隔三岔五地冒着炊烟。有人觉得不对劲，就偷偷扒着墙头看，发现了那人的秘密。于是一伙人冲进那人家里，把他家用粥糊的墙皮悉数扒了去……

现在，室友是那个人，而我们是那人的邻居和同村人。

他晒红薯干这件事只有我们四个人知道，所以肯定是自己人干的，是本来应该同甘共苦的室友干的。

不久之后的一个傍晚，我的另一位室友被抓了现行。他矢口否认前两次的偷窃行为，但红薯干的主人不相信。

最后，他还是诚恳地道了歉，我很高兴我们之间的友谊并没有彻底破碎。实际上，前两次是我干的。必须承认，我对室友的红薯干觊觎已久。

我们没再向室友的红薯干下手。春水暖起来的时候，室友吃光了他最后的一点儿红薯干，连一点儿碎末渣子都没剩下。

在更大的范围里，悲剧接连不断地发生着。猜疑、嫉妒……人类最阴暗的情绪也像得了疯病的枣树一样，疯狂地生长着。

这是我们经历过的最糟糕的一个春天。没有人知道后面还有几个同样的春天在等着我们。

3月，一篇SCI论文将类菌原体的变异性指向了一个基因片段。那个基因片段很短，以至于它隐藏在一系列无关的基因中间，从未引起人们的注意。然而它的机制是如此精确巧妙，论文作者形容它为"简直像人造出来的一样"。作者接下来又记录了部分变异追踪数据，指出这部分基因属于人造的可能性很大。作者认为存在这样一种可能性：由于未知的原因，有人编了这样一段基因，并将其剪切提取出来，蓄意接在了枣疯病的病原体上，导致几乎将地球上的植物赶尽杀绝。

末了，作者也指出，这篇论文的价值不在于它的推论，而在于它也许能够帮助人们找到一类措施，以限制新变异毒株在物种间跳跃。至于论文的推论，可能性也仅仅是可能性，况且对大局来说，这个发现已经于事无补。

灾难之火由此点燃。

就在当月，论文作者遇害。

可怜的论文作者到死都没能明白，论文的命题恰恰触动了人们敏感的神经，流言蜚语瞬间传遍了大街小巷。"世界性灾荒不是天灾而是人祸"，从一种可能性摇身变成了所谓的事实，矛头一时间都指向了基因工程。人们并不在意真相究竟如何，需要的只是宣泄怒火。

月末，两位基因工程学科的领军人物相继遇害，震惊学界。

进入4月，各方安保措施迅速跟进，类似犯罪越来越少，可一场欧洲学术大会还是遭受了袭击，死伤惨重。这一次，凶手是自己人。学界之外，谴责暴行之声日渐式微，摇着旗子反对基因工程的运动反而成了主流。科学家当然不可能停止基因工程方面的研究——把唯一的出路堵死，真是再愚蠢不过了。但处在水深火热中的群众哪里会管这么多。

效仿性的袭击不断出现，盲目、冰冷，没有指向的复仇。

老谭就职的科技园区成了重灾区，以至于我那天去看老谭的时候，差点儿给门卫拿催泪瓦斯伺候了。最后，老谭出来接走我，门卫大叔查了我的随身物，发现我拎着的只是一袋书，便赔着笑，道了歉。我跟着老谭走进去，4月的阳光里，数十个举着标牌的老人静坐在门口，地上散落着玻璃瓶的碎片，还有火烧的痕迹。今天并不是休息日，来抗议的也没多少人。看两名门卫神经兮兮的样子，大概真是深受其扰。

老谭这次叫我去学校图书馆帮他借些书，都是新期刊。他开春刚退了学，校园卡是用不了了。他把序列号查好，工工整整地写在纸上，拍照后发给我，托我去借。

老谭的身体很糟糕，好像骨架外头只包了一层皮，可他的眼睛闪着光。他说，他们大概是交好运了。

就在这一年开春，科研小组组长回家时，偶然见到了一株对疯病有微弱抗性的野稻。它看起来那么脆弱，病怏怏的，随时可能死掉，但它毕竟还活着。老谭很高兴地给我看了手机里的照片，那株细嫩的稻子长了很多小叶，却又有两片近乎正常的叶片。像这样正常的叶片，我们也多年没有见过了。

这株小家伙的每一个细胞都会被好好利用，分离出基因，培植新的幼苗，然后，在茫茫的基因碎片中寻找那克服疯病病原的小片段。

一个圆蛋形的建筑坐落在园区中央，老谭带我绕着它走了一圈，说那是个全封闭的育种基地，里头繁育着一些好不容易保存下来的无毒植株，要进入其中，条件复杂苛刻，并且要求专门的证件。他是进不去的。

"那里承载着人类的希望。"老谭说，"树都死光了，一直这样下去，生态会崩溃的。"

我没想到，仅仅两天后，我就见到一个冒着火光与浓烟的圆蛋，它和周围的大楼一起燃烧着，将北方的夜空照得一片血红！

我拨了老谭的电话，一直是忙音。大约晚上七点钟，电话才回拨过来，讲话的却是个女声。她问我："你是他什么人？"

"老乡……同学吧。他怎么了？"

"严重烧伤。你最好来一下医院。"她说，"不知道他能不能撑过今天……"

我是后来才知道事情的经过的。当天是公休，老谭和实验小组组长值班，两个人去取实验报告。就在他们离开的时候，一伙人举着"向基因工程复仇"的旗帜冲进园区，一半负责放火打砸，一半负责抢东西，分工明确，显然是早有预谋。有人带着汽油桶和火机，当场放了火。大火很快蔓延开来，火焰以不可阻挡之势蹿上了高楼。

老谭和组长回来的时候，老远就看见烟了。实验楼烧得最凶，火苗止不住地从窗口往外钻。组长惊叫一声，冲进了满是大火的实验楼，老谭跟着，也冲了进去。

不久之后，老谭抱着一个烧得都变了形的铁盒子冲出东楼，他身上也着了火,头发被烧得一片焦黑,刚一出门就晕了过去。而组长根本就没能再出来,也许他在哪里跌倒了,也许给烟熏晕过去了……

那个搭上了一条半性命抢出来的铁盒,是在三楼的墙角找到的,那里曾经放着一整叠让科研人引以为傲的记录资料。纸和木桌子一起烧成了灰烬,铁盒子落在地上,分明是过了火又熄灭了的样子。玻璃器皿全数爆裂,无一幸免,碎片安静地躺在盒子里。那里曾经放着一个装有三十六支试管的盒子,试管里搁着野稻子的叶片分割出的小碎块;另一个大些的玻璃容器里放着小心调配的培养液和植株本体。在上千摄氏度的烈火中,幼苗被烧成了焦炭,昭示着希望和无限未来的遗传信息尽数丧失,DNA链断裂、扭曲、支离破碎,在大火中燃烧殆尽。

老谭付出了惨重的代价,却没有得到回报。

老谭一个多星期以后才醒过来,上身被烧得不成样子,脸整个烧烂了。他醒来时说的第一句话是:"都烧光了吗?"我点点头,他不说话。

发生了什么他记得很清楚,对这个结局,他也不感到意外。

"一看就知道,早就烧没了。"老谭说。那时距离意外发生已经有小半年了,他身上的纱布去掉了,人也勉强可以坐起来。他穿着控制瘢痕的加压紧身服,包得像一副只露出眼睛、鼻子、嘴巴的木乃伊骨架。他坐在病床的床沿上,很小心地保持着自己的姿势,稍微一动,碰到点儿什么就疼得皱眉头。

"我还没有谈过女朋友。"老谭说,"以后也没有机会了吧……"

我们都很小心地不去提被烧没的那棵野稻子,也许它从来没有出现过才是最好的。在绝望之际给人希望,又把希望夺去,是比彻头彻尾的绝望更令人绝望的事情。

具体到老谭个人,他大概是整件事里最惨的受害者。

在医院待了一年之后,他回到了研究所,仍旧在原先的团队。除了一年四季不摘下的手套、长袖和口罩,他倒也还是个普通人。

老谭并不在别人面前摘口罩，吃饭也只是躲起来一个人吃。研究所新来的女孩子很好奇，缠着他要看口罩下的脸，但他坚决不同意，说一定会把女孩子吓跑的。他和她的关系就那样微妙地维持着，老谭总是不断地退让、闪躲。

　　我只在没人的时候见过他摘下口罩。那一天很热，黑色的口罩闷得厉害，老谭摘下口罩似乎是想擦汗。就是那时候，我转过头去，见到他不成形状的脸：疤痕从脖颈开始延伸，像蚯蚓一样密密麻麻地爬满皮肤，纹路扭曲恐怖。我几乎是下意识地发出了一声低低的惊叫。

　　"对不起。"他又迅速地戴上了口罩。

　　"……对不起，真的对不起……"我为我的失礼道歉，但老谭并没说什么。

　　"没事，真的。"他低下头，仍旧摆弄着他的试剂瓶。我看不见他的表情。也许口罩下的脸并没有表情，也许口罩下的脸已经做不出表情了。

　　这一年年尾，我升大三，开学没两个月，便和初中时的挚友断了联系。

　　他很早就出了国。本来应当和其他人一样，努力学习，努力工作，努力扎下根去，然而他到了北美不久，疫病就开始蔓延，一切都变了。

　　头几年里，美洲的疫情比欧洲和亚洲稍轻。那时候，总有人说想到美洲避难去。可全球化时代，哪里还有什么世外桃源？疫病初期，资料尚十分缺乏，甚至由于对病原体传播和变异能力的错判，美国一度执行过严格的边境封锁隔离政策。然而那时候，病原体早就在美洲大陆扎根了，而且很快自行变异，遵循着和大洋彼岸几乎一致的路线杀死了玉米和小麦，和亚欧大陆上病原体的传播速度相比，只快不慢。

　　边境封锁解除时，旧友给我发来短信，说他像从潜水钟里浮出来似的，深吸了一口气。

　　那时候，我们还有心思开开玩笑。

后来几年，他给我发过照片，标注说是城外的乡村。但见一片广袤的绿色中，星星点点地落着白色房子，平原看不到边际，机械化耕作的大田上种满了土豆。连续几年，北美的粮食产量都比大洋彼岸略微乐观一些。

然而隐忧仍在——土豆已经是北美唯一可以依赖的粮食品种了。单一品种，成片种植——同样的情景，在19世纪的爱尔兰发生过。19世纪头几十年里，吃着土豆长大的爱尔兰人安居乐业，人口稳步增长，直到灾难降临……1845年到1846年，晚疫病暴发，几个星期内，土豆成片地腐烂坏死。区区数年间，上百万人死于饥荒，爱尔兰人口锐减三分之一，甚至到21世纪初都未能恢复到灾荒之前的规模。

我们原来以为这一切不会再发生了。然而疯病降临之后，还扯什么粮食品种的多样性？北美根本就只剩下土豆了。此情此景熟悉得可怕，北美大陆就像放大版的爱尔兰，随时可能坠入深渊！

但害怕是没用的。科学家担心了很久的一幕，最终还是发生了。

那一年，自年初起，北美就异常多雨。而晚疫病由真菌引起，喜潮湿。一段令人恐惧的平静时期过后，一场空前惨烈的晚疫病毫无预兆地暴发了！

晚疫病迅速席卷了美洲大陆。由于缺乏品种多样性，连片的土豆成了真菌传染的高速公路，土豆几乎是一个州接一个州地全军覆没。整片整片的大田里，土豆植株叶缘枯萎，根茎黑腐，减产直至绝收。

严峻的事实摆在眼前——没有储备粮。

突然有一天，旧友再也没法从社区领到粮食了。他茫然地去问，工作人员指了指他的绿卡说，这个不行。

这时候，收获季早已过了，他自家的陈年土豆只够吃两个月。

最后的两个月里，他不断给我发满载绝望的句子。我不知道怎么安慰他，只好说，全世界都差不多，我们也一样。

"少来，你们还有的吃，我知道。"他说，"可我只能去偷、去抢、去游行了啊……"

也许有很多人和他一样到处游行，然而他们到底没有揭竿而起，真的没力气了。

他在社交网络上的更新停留在11月14日，他发给我的最后一条留言在11月11日。留言里说，要是他哪天不更新了，就是他不在了，记得来年给他烧点纸土豆。

我以为那是个玩笑。然而，他真的再也没有留下任何一句话。几天过去了，社交网络上，他的头像还亮着，可他再也不说话了。

于是，我知道发生什么了。

我安慰自己，好多年不见面，交情早都淡了。我说是这么说，可我的思绪一直是乱的。

一个可怕的念头不时在我脑海里浮现出来——其实都一样，在哪里都逃不掉，只是时间的问题。

也许下一个就是我。

毕业后，我没有继续学业，而是去了发电厂，那里离郊县的实验基地有些路途，和老谭的联系也少了许多。在灾难降临的第十个年头，曾经的繁华已然不再，电力供应像食品供应一样飘忽不定，陈旧且缺乏维护的电网再也承载不起整座城市的灯火了。

我们见过带着三个孩子的母亲，断了粮食，就在街巷的秋夜里死去；我们见过衣衫褴褛的流浪汉冲进商铺，抱着一袋红薯想走，却虚弱得连逃走的力气都没有。每个人都像守护黄金一样保护自己的口粮，没有人能够信任，没有人能够依靠。

陆陆续续死去的人比起灾难初始时少得多了，混乱也逐渐减少，秩序回归以往。但是，与其说是形势好转，倒不如说是人们终于开始适应忍饥挨饿的生活，学会了精心分配口粮，节省着，麻木地过日子。

如今这年头，追求生计本身就是件很难的事情，如能求到一份安稳的工作，就是无上的福气。

在岁月流转中，我学会了随时随地发呆麻木。我每天的工作就是坐在操作面板前，像电脑进入待机状态一样节约能量，只是看着烟囱高塔冒出滚滚白烟，成了云，又散逸在风里……

粮食产量以无可阻挡的姿态坠落十年之后，一种改良的土豆品种终于给饥饿中的人们带来了一点儿转机。后来，我们喜欢叫它"白心薯"，因为它的块茎很面，切开来是白色的——都是淀粉。

总的来说，白心薯几乎不能说是土豆，它根本是一种以土豆为范本创造出来的全新物种。它以另一种极端对应疯病的极端。它就像一台能量转化器，拼命吸收阳光和养分，不计代价地去生长块茎。

与此同时，西欧的科学家团队宣告攻克了土豆晚疫病。颇具讽刺意味的是，团队的前组长正是在三年前遇害的学术领袖之一，他被自己拯救的人们亲手杀死了。

然而，我们知道，土地仍在退化，沙漠边界急速向内陆推进。北方平原之上，风一卷就能掠起漫天尘土。白心薯的出现甚至加剧了土地的沙化。看着漫天风沙，人们明白，灾难还没有结束。

但我又能做什么呢？我只要坐在工位上，看窗外滚滚沙尘包围着城市就好。天是一片不分四季的黄色，我们开始习惯呼吸尘土味的空气。植物都死绝了，就像老谭说的，这么继续下去，生态迟早是要崩溃的。但我，还有我认识的所有人都强烈怀疑，我们是不是能活到那一天。

日子又平静地向前走了三年。年华如水，你不用心去捕捉它，它便悄悄地滑过去，不留下一点儿痕迹。

突然有一天，老谭打电话给我，说他们缺人，问我愿不愿意去研究所。他的语气带着我很多年没听到过的轻快和欣喜。

我并不忍心拒绝，可我又不想抛下现在的好饭碗。犹豫了一下，我说周末先去他那里看看，心里其实在思索着怎么婉拒他才好。我对自己说，就当是去看看老朋友吧。

彼时，科技园区中心的"圆蛋"已然完成重建。老谭穿着一套白大褂出来迎接我。他戴着白色口罩，整套装束搭配得很好。

"那条路是错的。"老谭说。

"什么？"

"白心薯。就这么把它们的种子播下去，太草率了。"

"可人们还能怎么样？都要饿死了……"

那时候，我已经吃了三年的白心薯。而白心薯，毫不意外地为它的创造者赢得了无上的荣耀。粮食不再如过往那般极度短缺，煎炸煮的花样悄然回到了厨房。要是没有白心薯，人们的生活会艰难得多。

"我知道，确实是没办法。"老谭说，"但是它真的……有问题。它是以透支未来为代价的。你知道，白心薯那东西，简直就和得了疯病没两样，一旦失去了限制，就会像肿瘤一样一直疯长，耗尽土壤养分。它能在二十年之内把全世界的土地变成沙漠！"

"可是我们没有别的路了啊……"我耸耸肩。

"有，有别的路。"老谭轻轻地笑了一声，"你记得那株水稻的秧苗吗？"

我的心猛地一颤。老谭从不提那株水稻的事情，认识他的人都不敢提，我们小心翼翼地维护同样的默契已经很多年了。

老谭好像看出我的心思，微微一笑："我都不在乎了。"

我们沿着长长的廊道走着，这里和以前几乎一样，只是内饰翻新了。

我很好奇老谭如何做到如此平静地面对一切的。如果我经历过他这一生的起起落落，也许我已经疯了。从这一点看，他的内心比我要强大得多。

走廊尽头，他推开实验室的门，鼓风机"嗡嗡"的声音不断响着。我看到一株青绿色的秧苗，我已经很多年没有见到过这样完整且样貌健康的植物了。它正在抽芽，尖端的一小簇嫩叶呈现一种亮绿色。我几乎已经忘记了这才是麦苗真正的颜色。

难怪他能那么豁达！难怪他说，他们缺人手！

"就在离原来的地方不到两公里远，我们又找到了一丛稻子。"老谭说，"比起我们六年前找到的那一棵，它们更加完整，也更加健壮。多么不可思议……"

老谭小组找到的水稻是一棵完整的植株。它的健康程度令人惊讶，甚至自行抽出了半根花穗。尽管由于另一半染病植株的拖累，它没能积攒足够的养料坚持到开花，可这不是问题。要是它的另一半也完全健康，它会成为几年来这个星球上第一株在野外开花的植物。

也就是说，自然已经给出了对疯病的解答。接下来的事情就太简单了，科学家们只要从水稻植株的基因序列里找到合适的表达段落，拷贝到其他的植物中，一切就能回到原点。那些花费了无数人力和物力隐匿并保护好的珍贵种子如今终于要派上用场了。

全世界的科研力量汇聚在一起后，完成这件事只花了八个月。

第一株蒲公英开花了。实验室里，所有人围着那一株小黄花，抱在一起，爆发出雷鸣般的欢呼。

接下来开花或抽芽的是众多一年生花卉、作物和水稻。油菜和青菜回到了农科院的试验田。接着是萝卜，在4月的阳光里，粉白色的花在风中轻轻摇曳，美得让人流泪。我们已经很多年没有见过植物开花了。

松树也抽出了细小的枝条。我们在园区的东北角划了一小片地作为植物标本园，每天都有新的种子和小苗种进地里。没有一丛一丛嫩绿色的小叶——仅仅走在这一小片土地上，我们几乎找不到灾难的任何痕迹。

然而，如果你细心的话，可以在围墙之下找到一小块纪念碑。纪念碑上写着一个名字，无声地诉说着七年前的一场大火，以及前前后后无数的灾难。

灾难会过去的，但它的确发生过，我们不会忘记。

我终于还是回了一次家乡。

7月，实验室的工作轻松下来。于是我请了个假，准备好好休息一下。一周七天泡实验室的生活连轴转了一年，我现在一看见培养皿和试管就想吐。老谭也说要回家，干脆推掉了一切会议和表彰会。"反正我这张脸不好见人。"他说。

空气里带着很重的草木灰味，正是阔别了数年的乡野味道。

家乡已经和过去截然不同了。目力所及，仅有看不到尽头的黄土，一起风就漫天沙尘，什么都看不见。这一年里，刚刚恢复生产的麦田星星点点地落在平原上，小麦叶子上也蒙着厚厚的尘土。可我还是喜欢我的家乡，不管怎么说，这里是生我养我的地方。至于老谭怎么想，我并不知道。他的家庭承受过太多苦难了。

"那条路是错的。一步错，步步错，可当时我们也没有别的选择了。"老谭拎起一个白心薯，把它扔进了另一边的田里。

收获的白心薯和麦秆堆在一起，准备烧掉。一年之前，这还是不可想象的，而如今我们却要担心白心薯会入侵好不容易恢复生产的田地。

"六年啊，老谭，白白丢掉的六年。"我说。我们失去的是生死攸关、无比珍贵的六年。在这六年里，有数以亿计的人死于饥饿、疾病和战争。我们的村庄，一座在全国来说还算过得勉强的小村庄，足足少了五分之一的人口。

"也不一定，六年后我们找到的水稻已经和原来的截然不同了。"老谭望向夕阳。麦子已经收割完毕，麦秆堆在一起，落在夕阳之下，暖暖的。老谭拿起一根麦秆，随手把玩着。

"这株麦子里有来自那棵水稻的一小段抗病基因。这儿所有的麦子里，现在所有活着的植物里，都有。很奇妙，是不是？人类反击的烽火竟然是从一小棵顽强的水稻开始的，多不可思议。"老谭转着手上的麦秆，拿起来吹了一下。

"说到底，拯救世界的还是自然。我们只是帮它完成了最后的步骤。"我看着老谭。

"是的。就算再给我们六年，也可能无法做到自然所做到的事。那个时候没有继续研究抗病基因，而是转为研究转基因农作物，也不知道是福是祸呢……"老谭抱着头，走在田埂上，"也许当时大家都把方向转到抗病基因上，就不会有之后的白心薯。但没有白心薯，饿死的人会多得难以想象……不管怎么说，别看现在这么费尽心思地铲除白心薯，也好过当时没饭吃饿死无数人。"

"对，吃饱饭才最重要。"我也笑了。

后山山头是老坟地，漫山遍野的新旧墓碑之间，白心薯的圆叶子长成一片。它们长势旺盛，连真正的山火都奈何不了它们。过了一遍山火，只要再下场雨，它们依然郁郁葱葱地长着。

更广阔的空间里，白心薯正在疯狂蔓延着。隔离带沿着旧时的三北防护林建起，绵延千里，到底也没能阻止它前进的脚步，大片的白心薯向西绕进了沙漠，仅用了三个月就自北向南向前推进。曾经的高山、森林被广阔的圆叶子取代，山脉淹没在白心薯"丛林"之下，远看像铺满莲叶的河流。

人们的共识是，这会是一场旷日持久的战役。

回到我们的田埂。大火从我们的稻田烧起来，卷过满山的白心薯。山腰至山顶，已经死去了许多年的老松树也在大火里被付之一炬。来年开春，我们会在山头种上小小的松树苗，要是运气好的话，树苗能在白心薯抢占地盘前长起来。

在可预见的未来，我们还有很多时间要花在铲除白心薯上。

不过，正像老谭说的一样，我们还活着，活着就有希望。我们会活下去的，活到一个比以往任何时候都更好的时代。

异变者

阿缺

在去公司的地铁上，我看到了一名新型变异者。

这大概是一个白领，中年，微胖，一脸漠然。他的后脖子长出了两排脊骨，竖着，很短，约五厘米，像是凸出的肉翅。但显然，他变异成这样，不是为了飞翔。

车厢里挤满了人，刹车时，所有人都往前倾，但中年男子迅速背靠扶杆，凸出的脊骨开始收拢，恰好咬合住扶杆。于是，不管接下来地铁如何加减速，他都岿然不动，面无表情地刷手机。

这个变异真实用。

我没有这种功能，只能抓紧吊环，左右摇摆。地铁减速时，我撞到了一个身穿高级职业套装的年轻女性。她下巴突出，突出部位又有一个凹槽，正好用来卡住手机。她一个趔趄，手机差点儿飞出去。我连忙道歉，她冲我翻了个白眼，然后把手机扶好，伸出分叉的舌头，在屏幕上快速点击。

我几乎能猜到，她是在发朋友圈，内容可能是："刚刚有个傻瓜撞过来，躲不开，只能坦然接受。有时候生活就是这样，以必然的心态，面对偶然的事故。"当然，文字下面必然附带着一张她的自拍照。

我环视四周，各种各样的畸形人体挤在车厢里，有的眼睛移位，有的脖子横长，但他们都不说话。每个人都在玩手机，车厢里一片死寂。

我却听到无数"咚咚"的声响，不重，却也不绝，声音像是隔着厚厚云层传来的闷雷。

如果以前的人看到这幅场景，肯定会觉得这是一幕诡异的哑剧，不寒而栗。但现在是异变时代，人人都感激这些身体异状。这是自然的选择，他们说，是身体对快节奏生活做出的适应和改进，是人类在进化树上爬得更高的铁证。

是吗？

我不这么认为。我喜欢看一些老电影，在幽暗的屋子里，全息投影仪勾勒出那些旧时代的悲欢离合。

一到公司，经理就叫我跟他一起去谈事。

"我还有策划没写完……"我支支吾吾地说。

"别废话，跟我去！"经理仰着头看我，颔下的那个小洞如同一只嘲弄的眼，"你给我听对方的心跳，看他们有没有在报价上撒谎。"

忘了告诉你，我也是异变者。正常人的耳郭是扇形，而我的是喇叭形，仿佛脑袋侧面长了两朵肉花。这种结构的耳郭，能让我听到附近人的心跳，"咚咚咚，咚咚咚"，那些沉闷的跳动声永远在我耳畔响起。相信我，你不会想体验这种感觉的。

我和经理在一家高档会所等对方公司的人。"这可是一桩大生意，弄好了，我的好处就不提了，你的业绩肯定能上去。"经理对我说，"到时候，给你弄个隔音效果好的办公室，你就可以清静一些了。"

我点点头。经理总是给我们画饼，我早就听厌了。

正说着，约好的人来了，一男一女。我感觉发生了什么事情，往四周看看，但一切如故，没什么变化。那个姓赵的男人伸出手，我赶紧去握。

我心里仍然诧异着。

"我叫阿芷，是赵先生的助理。"女人也伸出手，圆润修长的手，毫无缺陷。我看向她的脸，秀气精致的五官，毫无畸变。

在疑惑的同时，我突然明白为什么感觉不对劲了——那永远纠缠着我的"咚咚咚"心跳声，在阿芷出现的瞬间，不见了。像是一轮太阳在她身后升起，喷薄出黎明，黑夜退却。久违的安静包裹住了我，我深深吸气。

"还愣着干吗！"经理不满地提醒我。我连忙跟这个叫阿芷的合作方助理握手。

接下来，就是冗长的商业谈判了。经理好几次暗示我，但我无视他的瞪眼，沉浸在新奇的感觉中。

生意还是谈成了，只是成交价比预期要高很多。为了这，经理肯定不会轻饶了我，但没办法，我听不到别人的心跳声了。我欣喜若狂。

庆祝宴是少不了的，谈完后，我们四人在附近的餐厅吃饭。经理跟赵先生喝酒，浑然忘了刚才的剑拔弩张，互相揽着肩膀，称兄道弟，推杯换盏。但事实上，经理每一杯喝下去，酒都会顺着下颌处的小洞流出来。这是他的异变机制，凭着自动过滤酒精的小洞，他在酒场上战无不胜。

但他没看到，赵先生的后颈也张开了许多细小的孔，如鱼嘴呼吸般开合，一缕缕酒精蒸汽冒了出来。

我和阿芷坐在一旁，看着他们醉醺醺地彼此欺骗，都默然无语。

阿芷和赵先生走后，经理立刻收敛了醉容，冷冰冰地看着我："叫你出来有啥用？让我多花了那么多钱！等着被收拾吧！"

说完，他就走了。但我没有去追，因为在阿芷的身影离开我视线的一瞬间，那些恼人的、沉闷的、杂乱的心跳声又重新响起，"咚咚咚"，包围着我，像战鼓在敲。

晚上，我在床上翻来覆去，数水饺数到两千多依然睡不着。我以为早就习惯了心跳声，刻意把它处理成生活的背景音，但今天尝到了"安静"的滋味，便再也无法忍受这深夜里无处不在的沉闷声响了。

你给了一个盲人三天光明，再让他重堕黑暗，他会很快发疯的。

我不想发疯，于是找出阿芷的名片，拨了一串数字过去。

"喂，您好？"一听到她慵懒的声音，四周的心跳声就像退潮一般消弭了。我舒服地打了个战。

"喂？"

我有些慌乱："我们白天见过的。"

"哦！"她听出了我的声音，"那你有什么事吗？"

"没、没……不过你能不能不要挂电话？你把电话放在枕边，然后你继续休息？"

"为什么？"

我犹豫了一下，还是实话实说："我想听你的呼吸声，这样我才能睡得着。"

那边沉默了很久。就在我以为她要挂了电话，或是已经睡着了的时候，电话里才传来她的声音："可是，手机会有辐射的……"

"那你可以插上耳机，手机离你远一点儿，话筒靠近你。我明天会把话费给你充上的。"

"那……好吧。晚安。"

我从来没有睡得如此香甜。醒来后，我精神饱满地走在大街上。太阳当空照，花儿对我笑。到了公司，我连经理对我的冷嘲热讽都不放心上。

一整天，我都在跟阿芷聊天。想来她上班也无聊，消息都会回，就算有什么事，也不会超过半小时。她对我昨晚的举动很好奇，于是我跟她说了心跳声折磨我的事情。

"真是可怜，其他人的异变都是为了更方便，你这个却是病。"她打出这么一行字。

这行字却让我鼻子一酸，几乎落泪。我缓慢敲出"你就是我的药"，想了想，又一个字一个字地删掉了。

邻座的王美丽见我对着屏幕的神态古怪，凑过来看，我连忙挡住。"什么嘛，小气！"她气鼓鼓地坐回去，"有什么好稀奇的！"

我懂王美丽的心思。在许多场合，她或明或暗地向我表示过好感，但我始终敷衍过去。她其实长得不算难看，甚至从某些角度看，也会让人心跳加速。她脾气也不错，只是她的右手掌心凹陷，手背拱出好大一个凸起，而且只有食指、中指修长灵活，其余的三根指头已经退化成肉瘤。

这是她的手为了握鼠标而进行的变异。

我生活在一个人人都在异变的时代，却从心里抗拒这种畸变。哪怕我自己都是异变者。

但好在阿芷不是。

晚上，我约了她去吃饭。她打扮得很简单，牛仔裤，短袖T恤。褪去了职场的盔甲保护，这么看来，清秀简雅。

我悄悄打量。曲线自然圆润，没有任何异变的特征。

"你在看什么啊？"阿芷有些嗔怪。

我连忙打哈哈，开始点菜。接下来的过程并不稀奇，我们浅酌慢食，不紧不慢地聊。我找到很多话题，这个过程真好，没有心跳，只有微笑。

吃完了，我送她回去。

"别打车了，走走吧。"她说。

正合我意。

以往都是行色匆匆，现在慢慢游荡，路灯把我们的影子拉长又缩短。街上有风，她耳畔的发丝流转。一辆辆车从我们身边驶过，车灯划出很长很长的流光。一切都像是旧时代的某部电影里的场景。

街的对面走过一群女孩，穿着都很清凉。她们嬉笑着，走几步就会停下来，各自掏出手机，用长到夸张的手臂斜举起来，"咔咔"拍照。这种手臂变长的异变，是为了方便自拍而激发的。

我转头，看到阿芷慢慢走着。她的脸在路灯下只是一个剪影。

我们彼此建立好感的过程，并不比任何一部爱情电影更曲折离奇。所以我就省略了吧，我要跟你说的，是阿芷的迷人之处。

当然，只是对于我的迷人之处。

她竟然也看老电影！

这个发现让我欣喜若狂，在这个冰冷的钢铁丛林里，人如蚂蚁。每天，地铁把一车一车的工蚁送到巢穴，工作一天后，工蚁们又挤进地铁，在这一天剩下的时间里蜗居。整个城市就是这么运转着，井井有条，忙忙碌碌。而有人愿意停下来，看一看过时的电影，是多么难得啊！

她对异变者的看法也跟我不谋而合。什么进化的选择，都是人们在欺骗自己。其实身上这些异化，只不过是核泄漏和工业污染所催化的畸变。哦，或许无处不在的手机辐射也帮了点儿忙。人类已经偏离了进化树的主干。

我经常约她出来，在小小的屋子里看一场电影，然后讨论爱情、生命和一切。窗外人群熙攘，屋内时光静缓，再也没有逼人疯狂的心跳声了。

我也会约她去打羽毛球，她的球技不错，我只能凭借体力优势偶尔赢得胜利。不过让我觉得纳闷的是，她的脸上从不流汗，即使身上已经汗流浃背，脸颊也依然光洁。

更好一些以后我才知道，褪去外衣后，她的体态更加完美。她是异变时代唯一的例外。

我们相爱了，但她从来都不会住在我这里，再晚都要离开。面对我的迷惑不解，她总是说还没有准备好。

两家公司的生意谈到了后期，双方表面上都很满意，于是又进行一次聚餐。两个领导互相斗酒,阿芷也被灌了好几杯。她不胜酒力,很快就晕晕然了。

聚餐结束时,已经接近午夜。阿芷坚持一个人回去,我本来都答应了,但看她走路有些歪斜,我还是从后面扶住了她。她几乎已经失去意识,靠在我肩上,吐气如兰。

我拦了辆出租车,驶到我家,把她一路送上楼。

我住在一个很普通的小区,家家窗口漆黑,仿佛沉默的巨人在凝视我们。我开了门,扶着她简单洗漱。她闭着眼睛,对一切浑然不觉。

简单洗漱后,我扶阿芷上床躺下,自己也躺在她旁边,享受着这舒适的安谧。

"晚安。"我对她说。

她似乎已经睡着了,哼了一声,不知道梦里见到了什么。

我支起身子,越过她去关灯。这时,我的眼角捕捉到了一丝异常,下意识地朝下看。

是阿芷。

她的脸在变化。

本来清秀的五官慢慢松散,向四周摊开。眼耳口鼻还是眼耳口鼻,但都向外扩展了几厘米,原来紧绷细致的脸颊变成了软绵绵的一团。

我心里一片冰凉。

这才是阿芷的本来面目,为了省去化妆时间,她的五官能在肌肉驱动下恰到好处地紧缩,组成好看的脸。她一整天都在绷紧的脸中生活,只有睡觉时肌肉才会松开。这是全新的变异,是对自然美的摒弃,在这个畸变的社会里,她活得如此吃力,如此小心翼翼。

我颓然倒下。"咚,咚咚,咚咚",那些沉闷的声响再次响起,比以往任何一次都剧烈,都密集,在午夜里如同潮水一样涌过来,将我淹没。

闪耀

陈梓钧

◆ 第 28 届银河奖最佳中篇小说奖获奖作品

一、八亿公里外

【事故发生后八小时，北京】

这是一个寻常的早晨。

在朝阳中学的高三楼里，响起了第一节课的上课铃声。

这是祁风扬担任物理老师的第八个年头。一如既往，他没有带任何讲义，也没有做任何课件，看似有些木然地站在讲台上，望着台下睡倒一片的学生，等待上课铃声把他们叫起来。

"上课。"

"起立！"

"老师好！"

"同学们好。"祁风扬说，"请坐。这节课是复习课，我们来回顾一下万有引力定律，然后完成相关习题。"

讲台下，大家不情愿地翻开讲义，哈欠声在教室里蔓延。

见到大家的疲态，祁风扬又说："看来大家都觉得这很无聊。干脆先来提提神吧！今天是9月20日，有没有人知道是什么日子？"

听到这里，才有几个学生抬起头来。

"今天是'波塞冬号'飞船抵达木星的日子。"祁风扬伸出双手比画着，"它是迄今人类制造的体积最大、航程最远、速度最快的载人飞船，将在木卫二上着陆,探测这颗冰卫星的地下海洋。这是人类有史以来规模最大的航天任务。今天凌晨,'波塞冬号'飞船终于抵达了目的地。好,问题来了:有人知道它从地球飞抵木星需要多少时间吗?"

一片沉默,刚才抬起来的几个脑袋又耷拉下去了。

"没人知道吗?这是考点啊!开普勒第三定律,已知轨道半长轴,求航行周期。地球距离太阳一点五亿公里,周期一年。半长轴之比的三次方再开根号,可以算出'波塞冬号'的航行时间大概在十到十一年之间。"

"可是,新闻里说它只用了一年……"一个学生提出疑问。

"很好!你的直觉很敏锐!"祁风扬高兴地朝他点了点头,"知道这是为什么吗?"

"因为……它的轨道不是……不是……"

"不是圆锥曲线。"祁风扬抓起粉笔,在黑板上"吱吱嘎嘎"地画起来,"嗯,当然,大家之前做过的都是这样的题——从半径为 a_1 的圆轨道变轨到半径为 a_2 的圆轨道,中间用一个椭圆轨道连接,所有轨道都是圆锥曲线。在航天中,这叫作'霍曼转移轨道',是瞬时推进力作用下的最节省能量的轨迹,也是仅有的能靠高中知识求解的轨迹……

"然而,'波塞冬号'不采用这样的轨道。它于 2049 年发射,首先加速逃离地球,然后绕太阳运行五圈,依次被火星和金星的引力弹弓加速;在第五圈结束的时候,也就是去年 8 月 15 日,它以每秒三十公里的速度与地球擦肩而过,这时宇航员才发射升空,与之对接……所以,他们在太空中的航程只有不到一年的时间。这真是个不错的主意,是不是?"

祁风扬满心期待地望着台下,但依旧只看到一片趴在课桌上的脑袋。

"算了……我们还是继续讲题吧!"

他无奈地叹了口气,拿板擦擦掉了黑板上错综复杂的轨迹,开始抄写讲义上的习题。然而这些习题完全勾不起他的兴致,让他来求解它们,就好像用宝剑来削土豆皮。

唉，想当年……

打住，打住，哪来这么多的"想当年"！

祁风扬苦笑一下，现在的自己早该知足了。作为中学物理老师，月收入超过一万元，加上带高三班、竞赛班和集训队教练的津贴，每月有将近两万五千元的税后收入。他现在不仅买了房子，还可以匀出钱给父亲治病了。比起当年在 647 基地的苦日子，难道自己不该知足了吗？

就在这时，他的手机响了。

他抓起手机，看到是个陌生的号码，于是挂了电话，继续讲课。

但几秒后，手机又响了，仍然是同样的号码。他想了一下，给学生布置了一道习题，然后走出教室，拨了回去。

"喂，请问您是……"

"我是霍长浩。你没忘了我吧？"一个熟悉的声音响起。

"啊！"祁风扬大吃一惊，半晌才回答道，"当然没有。呵呵，居然有幸接到首富的电话，这可真是惊喜啊……"

"没时间扯淡了。你在哪儿呢？"

"在学校上课。怎么了？"

"抱歉。你能不能给学校请个假？就请三天，然后走到学校门口，有辆车在那里等你。我有件急事想求你帮忙。"

"帮忙？你居然还有脸找我帮忙？"祁风扬大感诧异。

"没办法，除了你，我别无选择。"霍长浩说，"你知道'波塞冬号'吧？"

"当然。怎么了？"

"今天凌晨，它在木星失事了。"

八小时前。

在木星的云海之下，一场电磁暴正在酝酿。

对于木星而言，这样的电磁暴很常见。这个宇宙巨怪有着太阳系中最强大、最动荡的磁场，不断辐射出电磁波。从射电波段看，木星是夜空中最亮的光源，不停闪烁着，好像黑夜里一盏接触不良的电灯。这种无规律的辐射一直以来都困扰着天文学界。许多理论模型被不断提出来，但还没有一个能进行准确预报。

这一次的电磁暴也是如此。那时，无论是人眼还是各种波段的仪器，都只能看到木星的云层在一如既往地翻滚，却看不见那红褐色面纱之下的剧变。

那是一个喜怒无常的世界。

木星大气层厚一千千米，含有氢气、氨气、甲烷和水蒸气，也有少量的硫化物。赤红、褐色和青白的云纹一刻不息地奔涌着，形成紊乱而斑斓的条带；"大红斑"旋涡在其中潜游着，仿佛混沌之海中的巨鲸，又像一头蛰伏着的猛虎的眼睛。在它之下，是一片浩瀚无际的液氢的"海洋"。这片海洋是无界的，没有波涛汹涌的海面，氢气从气态渐渐变厚、变重、变黏稠，最终变成液体。三十多年前，美国宇航局的"伽利略号"在这里投下了一颗盾形探测器，深入木星云底一百五十千米的位置，在那里，压力达到十倍大气压，结果探测器被压成了碎片。

人类已知世界的疆域，到此为止。

再往下，就只有靠想象了。随着深度增加，压力继续升高，液氢变得越来越致密，氢原子的间距被挤压得越来越小。理论上讲，在"海平面"下三万千米处，由于超高的压力，氢分子间距将与电子云的直径相当。此时，液氢会突然转变成一种能导电的凝胶态物质，被称为"亚稳态金属氢"（MSMH）。这种物质存在于木星内核和木星幔之间，厚度不均匀，可能在数千千米到一万千米不等。由于缓慢自转，其中的环形电流是木星磁场的主要来源。

很遗憾，这个原理是在事故后才被证实的。

当然，即便早已发现，工程师们也很难预测到这场事故。早在"波塞冬号"启程之前，由于木星内核的某种喷发作用，一股凝胶态金属氢正从木星内核被缓慢上抛。这是很壮丽的图景——在暗无天日的木星核的表面上，一万千米厚的凝胶金属氢"海洋"在透明的液氢"海洋"之下缓缓涌动着，金属氢中运行着电流，幽幽蓝光照亮了一小片"海面"，也照亮了"海面"上落下的亘古不息的氦雨。"海面"上偶尔会溅起一个个硕大而柔软的暗蓝色液滴，缓缓上升，好像潜游的水母。那是亚稳态金属氢的抛射物，宛如暴雨中的池塘里溅起的水花，只不过每个"水花"都有亚洲那么大……由于木星内部物质极为稠密，物质运动很缓慢，这个从上抛到下落的过程或许已持续了上百年，和著名的"大红斑"风暴一样长寿。有可能早在"波塞冬号"的宇航员们刚出生的时候，甚至早在法国大革命的时候，灾难的伏笔就已经埋下了。

金属氢只能在极大压强下存在。但有趣的是，凝胶态的金属氢具有亚稳态的特征——也就是说，当金属氢形成后，如果再缓慢降低外压，即便降低到临界压强以下，金属氢凝胶仍可以继续保持原状，但它处于不稳定的状态，仿佛一粒放在马鞍上的小球，稍加扰动，它就会从亚稳态跌落，转变为普通的液态。在转变时，它将从导体变为绝缘体，电导率将在极短的时间内变化十几个数量级，急剧压缩磁通量，将储存的电磁能向四面八方辐射出去。

换句话说，这是一颗巨型"电磁脉冲炸弹"！

在过去的几个世纪中，有一颗这样的史无前例的大"炸弹"形成了。它的体积相当于好几个地球，包含着数百年积累的电磁能。在上升过程中，它周围的压力慢慢减小，降到临界压力以下后，它便处于随时可能崩溃的状态，好像是一个踮脚站在高跷之上的杂技演员，又像是一块被推上了山顶的巨石。一天、两天，它尚能维持不倒，但时间久了，哪怕一点点风吹草动，它终有撑不住的时刻。

这个时刻，便是八小时二十二分前。

那时，"波塞冬号"飞船恰好飞抵木星轨道。

只一点点微弱的扰动，就迅速产生了雪崩般的效果。一道夺目的闪电从木星核中迸发出来——亚稳态金属氢突然溃灭，超过十的二十四次方焦耳的电磁能被瞬间释放，大部分转化为热能，剩下的一小部分作为电磁脉冲发射出去。巨量的液氢被这道闪电汽化，变成一团不规则的、高温高压的气泡，足有好几个地球大小。它在几毫秒内急剧膨胀了数千千米，然后又在几毫秒内向心坍缩、崩解、破碎，第二次释放能量。电磁脉冲以光速向外扩散，零点三秒时扰乱了木星的磁层，又过了零点五秒，击中了"波塞冬号"飞船。

磁暴对太空飞船的破坏是灾难性的。首先被摧毁的是电子设备。具有四路冗余的控制导航计算机全被烧毁，飞船彻底进入休克状态；高增益天线被毁，与地球的通信由此中断。但最致命的损伤来自VASIMR引擎，这个依靠射频波加速工质的发动机从来没考虑过在如此之强的电磁脉冲下工作。磁暴发生时，引擎中的电磁场严重畸变，等离子射流被壅塞，好像一个病人在被惊吓后突发心肌梗死一般，几秒后就发生了大爆炸！爆炸将飞船推进段炸开了一个两米多长的大缺口，整艘飞船的空气瞬间泄漏殆尽，成了一口漂流在太空中的冰冷的棺材。

一个酝酿了数百年的天文事件，"波塞冬号"竟然赶上了它爆发的那一秒，这可谓是不幸中的不幸了。

但幸运的是，有人活了下来。

【事故发生后二十四小时，加州旧金山湾桑尼维尔市，NASA艾姆斯研究中心】

湾流X981飞机优雅地掠过万里无云的蓝天，降落在墨菲特机场的跑道上。

此时正值中午，阳光很猛烈，湾流飞机的修长机身反射着耀眼的光，好像一把银光闪闪的长剑。这是世界上最昂贵的商务机。也只有这样高端的商务机，停在那些NASA验证机之间才不会显得太过落伍。

霍长浩戴着墨镜，潇洒地向祁风扬走来，问："怎么样？这飞机不错吧？"

"嗯，最大速度三点五马赫，确实是最先进的商务机。"祁风扬回答。

"我前年买它的时候花了九亿美元。"霍长浩说，"现在市价只有八亿，亏大本了，可为了她，我也只能忍痛把飞机卖了。"

"她？"

"是的。"霍长浩说，"以你的智慧，早就猜到她是谁了吧？"

说罢，霍长浩指了指候机大厅里的大屏幕。屏幕上面正播送着头条新闻，就在一行大字"SHINING ON EUROPA"下面是一个女子的照片。她穿着宇航服，硕大的头盔把她衬托得很渺小，仿佛是从盔甲里生长出来的一株纤弱的植物。

对着那张照片，霍长浩大声宣布："你要帮我造一艘飞船，在一百二十天内飞八亿公里，飞到木星，把孙诗宁救回来！"

祁风扬怔怔地看着他，半晌才说："你疯了！"

"激情四射而已。"霍长浩回应。

"你的目标简直比登陆太阳还荒谬。"

"为什么？"

"我可以告诉你，目前最快的单程木星任务是'普罗米修斯号'，全程耗时两年；'波塞冬号'名义上只飞了十个月，但在那之前也经过了长达五年的预加速过程。就此来看，你的目标完全就是妄想。"

"咋就成妄想了？你难道忘了，'北辰计划'就可以实现这样的目标？"霍长浩笑了一下。

"那也和你的妄想不一样。"

"别再说什么你的我的了。就算是妄想，那也是咱们的。"霍长浩说，"我知道你不待见我，但现在我希望你能把那些事暂且搁下。我要救孙诗宁，只能靠你；你要想实现梦想，只能靠我。"

"我的梦想早就被你毁掉了。"祁风扬看着他。

"现在你能重新捡起它。"霍长浩说，"我肯定不会再坑你。孙诗宁的遇险引起了大量关注，因此咱们能调动巨量的资源，比当年的647基地至少要大两个数量级。这是创造历史的大好机会。你难道想放弃吗？"

"当然不。但请你记住，我这样做不是为她，更不是为你，而是单纯地为了满足我的夙愿而已。"祁风扬僵硬地说，"我会尽力而为。"

"嗯，很好，这才像你的风格。"霍长浩说，"走，咱们先去说服CLIPPER公司的那些老顽固。"

艾姆斯研究中心是NASA的大型研究机构，CLIPPER公司的几个重要实验室就设在这里，其中最壮观的是E-09大楼里的真空模拟舱，那是一个三十米高的巨型真空罐，用于飞行器全尺寸实验。祁风扬看到里面有"克洛诺斯号"登陆舱的正检星[①]，在它旁边，一个大胡子男人正焦急地来回踱步。

"我回来了。"霍长浩直截了当地说，"介绍一下，这就是祁风扬博士，著名的轨道设计专家；祁老弟，这位是奥尔·马丁尼兹，'波塞冬号'飞船的技术总监，现在负责筹划我们即将开展的拯救任务。"

"坦率地说，霍先生，这是个不可能的任务。"马丁尼兹说。

"但也是必须完成的任务。"霍长浩立刻回答。

"霍先生，您不妨自己算算：现在木星与地球的直线距离约八亿两千万千米，航行轨迹会更长，但我们可以取它为保守值估算。一百天，接近两千五百小时，差不多就是八千万秒。如果我们现在立刻出发，八亿除

[①] 正检星：正检星进行地面的各种鉴定试验。

以八千万,飞船的平均速度就是每秒十千米,初速大概和第三宇宙速度相当。现在的技术,比如Super-SLS,当然可以做到这一点,但是……"

"但是,救援飞船的制造需要时间。"祁风扬说。

"是的。按照常规,飞船的组装和发射需要半年左右;如果三班倒,抛弃一半的检验环节,整个北美太空发射联盟全速运转,至少需要两个月,这已经是相当惊人的速度了。所以,飞船的平均速度至少要提高四倍;如果再考虑到加速和减速的过程,飞船的发射速度还要更快。我刚才估算了一下,大概要达到每秒一百二十千米,八倍于第三宇宙速度!"马丁尼兹无奈地摊开手,"我们从来没有发射过这么快的载人飞船,加上可靠性、成本和容错性等其他因素,这已经超出目前人类的宇航能力。所以,霍先生……"

"我明白。"霍长浩说,"这正是我请祁风扬来的原因。"

"不瞒您说,我比您更早认识祁先生。"马丁尼兹说,"我们在国际轨道设计大赛上交过手——是第几届我记不清了。他是个天才,霍先生,他设计的轨道简直出人意料,居然用上了四颗大行星的引力弹弓,哪怕加上了各种苛刻的限制条件,仍然比第二名快了将近百分之二十。'波塞冬号'的任务,就是基于这个轨道开始规划的……"

祁风扬苦笑一下:"真的吗?那实在是太荣幸了。"

"尽管如此,祁先生,我并不认为你能解决这个难题。"马丁尼兹打开了自己的笔记本电脑,"我先来介绍一下情况吧。在今天中午一点,也就是你们的凌晨,我们与'波塞冬号'失去了联系。我们首先调动了深空通信网络,但由于木星电磁暴的破坏,数百颗卫星受损,深空网络已经基本瘫痪。但幸运的是,在磁暴发生时,有一颗卫星刚好处于火星背面,幸存下来,并起了通信中继的作用,因此我们得以确认'波塞冬号'的状态。"

马丁尼兹又说:"爆炸发生后,飞船四个主舱体中的三个——'曙光号'指挥舱、'团结号'节点舱、'星辰号'服务舱，均无响应，各路信号全无反馈，可以认定已经损毁。第四个主舱体'克洛诺斯号'登陆舱的信号大部分中断，但低增益天线发出的自检信号正常。在这个信号中，我们发现有一套宇航服的接续状态是'使用中'，那是孙诗宁的宇航服……"

"这样就说她幸存下来了？未免太草率了吧……"祁风扬诧异。

"等等，听我说完。爆炸发生五小时后，我们再次收到'克洛诺斯号'的信号，发现在这五小时中，它启动过一次发动机，燃烧时间为七十五秒，燃料消耗了百分之五十三。陀螺仪数据表明，登陆舱目前正在进入 LEU2 木卫二环绕轨道。这是第三套紧急备降方案的轨道，着陆点是木卫二赤道附近的阿瓦隆平原。这显然是人为的举动吧？"

霍长浩问："现在她正在尝试着陆吗？"

"那是三小时前的事了。"马丁尼兹说，"由于通信中断，我们无法与她取得联系。当然，更大的可能是她已经丧命。毕竟单人操纵，着陆的成功率是很低的……"

"您的意思是，如果没法儿确认她的状态，拯救任务就根本没必要开始了？"祁风扬问。

"当然。"马丁尼兹说，"我需要证据——她能坚持一百天的有力证据。"

"我明白了。"祁风扬点了点头，说，"霍长浩，你还记得刚才那条新闻吗？"

"什么？"

"那条新闻的标题，'SHINING ON EUROPA'。"祁风扬说，"关于通信，我想到一个主意。"

二、北辰计划

【事故发生后二十八小时，加州莫哈维沙漠，金石太空飞行中心】

傍晚，"托德"望远镜的控制间里只剩下了一个人。

与之形成鲜明对比的是其他监控组，比如"哈勃二号"和"高列夫"望远镜，都忙得热火朝天。这种盛况从昨晚就开始了。那时候，各个监控组的电话突然响成一片，来自各大机构的调度指令如洪水般涌进了控制中心，要求调整太空望远镜的指向，目标只有一个——木星。

在前一天的爆发中，木星释放出了极其强大的电波，几乎覆盖了所有电磁波谱。各个频段的海量数据涌入计算机，其中蕴含的信息足够让全世界科学家研究几十年。但最震撼的变化无疑在可见光波段，由于金属氢溃灭释放出的巨大能量加热了木星的大气，不均匀的热对流在云层中产生了一个旋涡，体积与著名的"大红斑"相仿，但颜色偏白，因此被称为"大白斑"。这两个旋涡并排在木星表面运行着，仿佛巨人的一双妖冶的眼睛。

在之后的几百年中，这双"眼睛"将见证着人类的崛起或是衰亡。

各大监控组中，"托德"X射线望远镜是最倒霉的一个。在爆发中，X射线只维持了不到一秒，而那时望远镜正指向别的方向。此后，无论大家怎么等待，指向木星的接收器都保持着零读数。于是下班后，大家纷纷沮丧地离开，觉得不会再有人找上来了。

这时候，桌上的电话响了起来。

"这里是CLIPPER公司'波塞冬号'任务组，请求观测第X1892R6号目标。"电话对面是马丁尼兹。

"请传输观测授权。"

"授权已传输。请在确认后立刻将'托德'望远镜指向目标，时间区间为 T+110825 秒至 125350 秒，使用最大分辨率。具体的滤波参数稍后会发给您。"

"收到。"留守工程师有些困惑，"我看看……嗯，这是木卫二。它不是 X 射线源，辐射强度比宇宙本底值高不了多少。您期待在那里看到什么呢？"

"不知道。"马丁尼兹含糊地说，"或许有人在发电报吧……"

"好吧。既然有授权，您当然可以看任何想看的东西。"留守工程师耸耸肩，输入了新的参数，在轨道上，"托德"太空望远镜缓缓调整姿态。半小时中，它对木卫二拍摄了数百张照片。

"请稍候……下行数据传输中……处理中……"

当图片序列渲染完成后，留守工程师简直不敢相信自己的眼睛。

在影影绰绰的圆形轮廓上，一个白色小亮点在闪烁着。

"先生，这真是见鬼了！"

【事故发生后二十八小时，NASA 埃姆斯研究中心】

马丁尼兹放下电话，目光灼灼地望着祁风扬。

"真是见鬼了！"他提高声音说，难以抑制话音里的兴奋，"'托德'X 射线望远镜真的在木卫二发现了闪光，就在阿瓦隆平原！长短间隔大约二十秒，已经确认那是莫尔斯电码，正在翻译中。祁先生，这是怎么做到的？"

"这叫作心有灵犀。"霍长浩笑道，"你有所不知，祁先生和孙诗宁女士曾是一对恋人，他们……"

"够了。"祁风扬不客气地打断了霍长浩的话，"这没什么神奇的。刚才我在'克洛诺斯号'登陆舱模拟器里看到了用于生成磁盾的超导线圈，就想到了这个主意。孙诗宁不懂机械，肯定不会修理船载通信设备，但她知道磁盾的工作原理，也知道X射线，所以采用这个办法通信的概率是最大的。"

"我还不太明白……"霍长浩说，"这个闪光能被望远镜看到，说明它的范围相当大，覆盖面积至少得有几十平方千米吧？这又是怎么做到的？"

"是高能粒子！"马丁尼兹一拍脑袋，"木卫二运行在木星的范艾伦辐射带内，有大量的高能粒子，磁盾的主要用途就是把这些粒子屏蔽在登陆舱外，就好像地球的磁场一样，进入登陆舱附近的高能粒子将被磁场约束，环绕登陆舱旋转，如同一个袖珍版的范艾伦辐射带……"

"是的。"祁风扬点了点头，"只要增强线圈中的电流，这个小'辐射带'就会变形，高能粒子轰击地表的冰层，发出荧光。'克洛诺斯号'屏蔽磁场的半径是五千米左右，包含了足够多的粒子，完全可以制造出这样的闪光来。"

"你的意思是孙诗宁用磁盾制造了一个X射线荧光管？"

"差不多。"

"好，太好了……"马丁尼兹兴奋地来回踱步，但很快又沮丧地停了下来，"可惜，这样的通信效率实在太低。孙诗宁手动操作磁盾，要好几秒才能发完一个完整的'嘀嗒'，太慢了。"

"写一个程序，让电脑自动操作磁盾就好了。"霍长浩说。

"说得轻巧。"祁风扬摇摇头，"航天器的软件大多是写在嵌入式系统上的，就算是少数能改动的软件，也是基于VXWorks、SpaceOS之类的专业级操作系统。你以为飞船上会装有Visual Studio吗？孙诗宁虽然聪明，但总归没念完大学，她不懂……"

"那只好写个教程发过去了。"霍长浩"嘿嘿"一笑，"祁老弟，这个任务就交给和她心有灵犀的你了。"

【事故发生后三十小时，旧金山】

傍晚时分，祁风扬终于把程序在"波塞冬号"模拟器上编译通过，交给了上行通信组。通过 NASA 深空网络，这不到九百字节的代码以最强劲的功率发射，飞向八亿公里之遥的木卫二。

与此同时，祁风扬、霍长浩与马丁尼兹暂时离开艾姆斯研究中心，乘车向旧金山市区驶去。

"下一步就是救援行动了。"坐在前座的马丁尼兹回过头说，"一百天，八亿公里。祁先生，下面我得告诉大家这个疯狂的指标是可行的。对此，您有什么好主意吗？"

"他当然有。"霍长浩说，"他是中国航天'北辰计划'的提出者，当时要的指标就是这个。对吧，祁老弟？"

"差不多吧。"祁风扬说。

"祁先生，我很好奇，您打算用什么火箭把几吨重的飞船加速到每秒一百二十公里？"

"不用火箭。"祁风扬说，"用光帆。"

"光帆？"

"对。一面边长为两百米的方形巨帆，石墨烯基底，重量每平方米四克。先用火箭将它送入每秒三十千米的地球逃逸轨道，然后用地面的激光阵列集中照射，由此产生 2G 左右的加速度。加速将持续四小时，加速航段长四十万公里，大致相当于地月间的距离。"

"2G 加速度？那激光功率得有多少？"

"嗯……差不多有十的十三次方瓦特。"祁风扬回答，"相当于人类全部电力输出的百分之一，或者是……"

"全球 LiFi 网络消耗的总功率。"霍长浩说。

"是的。LiFi 激光有极高的精度和准直度，功率可调，几乎就是为此量身打造的。事实上，最初的 LiFi 技术就脱胎于此项目……不，可能更早,可以追溯到20世纪初霍金提出的'突破摄星计划'。"祁风扬说,"现在全世界的LiFi基站有数十万个,完全可以承担起为光帆加速的任务。"

"嗯,或许……"马丁尼兹挠着头。

"而且非常巧,计划中设计的发射时间正是今年3月,因为现在行星间的相对位置刚好能形成最有效的构型,使得航行时间取到极小值。"

"但是,你打算怎么减速入轨?"马丁尼兹说,"到达木星后,如果仍然保持着每秒近百公里的高速,你就会直接飞掠过去。"

"我们用多帆聚焦技术减速。"

"多帆聚焦?"

"就是把另外N艘帆船反射的阳光全部汇聚到一艘上,以获得N倍的减速推力。"霍长浩插嘴道,"我记得这个过程好像还蛮复杂的,超过一万公里的减速冲程需要极为精确的瞄准器,而且每艘帆船变轨的次序、走位都有讲究。"

"由此一来,飞船就可以不必携带减速制动的燃料,每面帆的质量只有五十千克。"祁风扬说,"在多帆聚光减速后,目标帆被木星捕获,飞往木卫二,而其他的帆船将在木星引力下偏转,继续飞往其他目的地。"

"听起来不错。后来怎么没实现呢?"马丁尼兹继续问。

"说来话长。"祁风扬摆摆手说,"当务之急是给出救援飞船所需的有效载荷质量,这样,我很快就可以解出所需光帆编队的规模。"

"两吨吧……这应该是下限了。"马丁尼兹马上回答。

"那原来辅助帆的数目肯定是不够的。"祁风扬说,"而且还要考虑孙诗宁的状况,她必须从木卫二起飞,逃出木卫二的引力场,然后再和救援飞船对接。就'克洛诺斯号'剩余的燃料看,孙诗宁只能加速到每秒五公里左右,叠加上木卫二每秒八公里的公转速度,救援飞船的速度必须降低到这个值。"

"我有个办法。"马丁尼兹说,"'克洛诺斯号'上升段用的是氢氧发动机，而木卫二上最不缺的就是水。孙诗宁可以通过电解水制造氢氧燃料，灌满燃料仓，这样可以大幅度提高交汇速度……我保证，它至少能达到每秒二十公里。"

"好主意。但氢气要怎么储存和液化呢？"

"'克洛诺斯号'上面有相应的装置，稍加改动就可以运行。"马丁尼兹说，"但那又需要一份更长、更复杂的教程了。考虑到孙诗宁对机械不熟悉，仅有文字教程恐怕还不够。我们必须与她保持高效的通信。"

"嗯，这就看祁老弟你的代码了，但愿它能奏效。"霍长浩转头说。

"等孙诗宁回电后就能知道了。"祁风扬看了看表，说，"我们来得及回去吗？"

"来得及，电波跑一趟来回得三个多小时呢。"霍长浩说，"晚上九点赶回来就行了。"

"我可能赶不上。"马丁尼兹说，"我得先去菲尔茨山庄找艾伦马斯克，然后还有伯利茨、布朗他们，或许他们能帮忙搞到国会的特别拨款。莱姆斯那边基本不用指望了，这位先生连木星和金星都分不清楚……"

"祝你好运。"霍长浩朝他竖起大拇指，"我和祁风扬就找个地方喝点儿酒，叙叙旧吧。"

在一家酒馆前，霍长浩叫司机把车停了下来。

"哎，就是这里！"

顺着霍长浩指的方向，祁风扬看到一间破旧的酒吧。它的招牌上镶嵌着一对驯鹿角，吧台前有几盏装着蜡烛的灯，灯影摇曳，里面飘出桐油和松香的气味。

"我喜欢它的名字，'白夜'。"霍长浩说，"每年总有一个时刻，天黑前的一刹那，旧金山的最后一缕阳光恰好照在这里，让它变得名副其实。"

很快，祁风扬就看到了他说的景色：由于这里的角度，夕阳恰好从马路尽头照过来，打在酒吧的门廊上。无数汽车的剪影向着夕阳驶去，好像扑火的飞蛾一般，依次消失在那白炽的熔炉中。很快，天空中的斑斓色彩也渐渐沉淀，就好像霍长浩手中的酒杯里晃着的鸡尾酒，从灿烂的金红慢慢化为沉郁的蓝紫色。

"这真出乎我的意料，霍长浩。"祁风扬说，"我还以为你喜欢那种高级的夜总会呢，有名酒，门口停满了名车。"

"只有暴发户才会喜欢那些垃圾。"霍长浩说，"我选择这儿，主要是因为一部电影。这儿是电影里男女主角分别的地方，而我也曾在这里，送走了一个终生难忘的人。"

"孙诗宁？"

"没错。我说，谈这个你不反感吧？"

"呵呵，就算我反感又能怎样？"祁风扬说，"你说的那部电影，是《五年之约》吧？"

霍长浩将杯中酒一饮而尽："是啊，她离开后，唯一给我留下的就是这部电影的回忆了……她和里面的女主角很像。祁老弟，她仿佛一阵清风吹过你的手掌，你再怎么握紧，她总是从指缝间溜走，奔向更高、更遥远的天空。"

"你还有脸说这种话！霍长浩，你不记得当初你是怎么追求她的了？"

"记得，当然记得……"霍长浩又让酒保拿来一杯酒，自斟自饮起来，"我是在埃及度假时遇到她的，那绝对是我生命中最重要的一天……她美丽、智慧，有一种无可比拟的魅力。我被她彻底迷住了。"

"在那之前，你肯定还被其他女孩迷倒过。"

"是的，但那不一样！以前的那些，怎么说呢，两天就腻味了……但我追孙诗宁可是整整追了一年。我去她的签售会，投资由她的小说改编的电影，在各种体面的餐会上和她套近乎。我带她去航海、登山，开着越野车横穿沙漠，那是她最喜欢的寻找灵感的方式。待时机成熟后，我才带她来到了这里，来到硅谷，对着CLIPPER公司的总裁说，让我们坐一次'山猫'吧！"

"是那个亚轨道飞机吗？"

"没错，票价四百万美元，可以飞到一百公里高的太空转一圈。"霍长浩说，"在亚利桑那的沙漠里，我们的飞机沿着一条闪亮的金属导轨加速，火箭点燃后，我们就冲上云霄，一起看着天空渐渐由蔚蓝变成漆黑。当繁星浮现的时候，我拿出钻戒对她说：'诗宁，你愿意……'"

"够了！之后我就知道了。"

"不，你不知道。"霍长浩说，"你肯定不知道，当时她拒绝了我。她说：'谢谢你的好意，但是我已经喜欢上另一个人了。他虽然家境贫寒，但有崇高的理想，将来一定是个能改变时代的天才。'祁老弟，你想知道我是怎么回答的吗？"

"你说吧。"

"我对她说：'没错，他是天才。但天才是什么？'祁老弟，你知道天才是什么吗？"霍长浩说，"你有没有想过，让你成为天才的东西，难道是什么崇高的理想，抑或是伟大的抱负？都不是！成就天才的东西是绝境，是苦难，是扭曲到不得解脱的心灵……越是扭曲，就越想用一种特别的方式证明自己；越是残缺，就越想用闪光的衣裳遮盖自己。你的心里没有爱，只有一摊为理想搏斗流下的血，这摊血映出来，便成了世人眼中天才的鲜艳腮红……"

祁风扬慢慢晃着杯中的酒，一言不发。

"祁老弟，诗宁是爱你的，让你们分道扬镳的正是因为你们俩都是天才。天才的光芒就像豪猪的尖刺，让你们没法儿拥抱在一起……你们都是心里有一摊血的人。这一点，你很清楚。"

"嗯，霍长浩，你是个明白人……可你有什么资格说我？难道你，你就和她白头偕老了不成？"

"哈哈，你说得对。我们都没法儿抓住她，让她从我们的手心飞走，还飞得那么高、那么远……来，为了孙诗宁，干了这一杯！"

祁风扬"咕咚咕咚"地把酒喝完，苦涩在嘴里慢慢化开，一切都开始围绕他旋转起来。

"后来呢？"他大着舌头问，"后来她怎样了？"

"后来的事，你都知道了……她离家出走，继续追寻她的梦。两年之后，我才得知她报名参加了'波塞冬号'任务。"

祁风扬默默地盯着空杯子，叹道："或许，这才是她想要的归宿吧……"

"那你呢？后来你是怎么过来的？"霍长浩问。

"还不就那样呗……"

"详细讲讲吧，关于'北辰计划'，还有你后来的生活。"

"好吧。"祁风扬苦笑一下，"既然你想听苦情故事，我就讲给你听吧。"

三、不拆

【十年前，北京东城看守所】

"祁先生，我来找你谈的是大事。"探视间里，祁风扬的律师对他说，"检方已经提起公诉了。你的胜算不大，知道吗？"

"我知道。"祁风扬说，"时间紧，快说正事吧。"

"今天要过一遍你的述辞。"律师说，"就从许麟珲院士的死开始吧。

10 月 28 日下午一点后，你在什么地方？做什么？"

"我在 647 基地光帆仿真实验室，进行光帆的静电平衡实验。"

"这是例行的实验吗？"

"不，是我追加的，为了验证我的一个想法……我尝试用静电斥力把帆张开。比起传统的桁架式光帆骨架，这可以把光帆重量降低到原来的十分之一。当天进行的是第三次验证试验，具体的内容在诉讼书附录里面有。"

"许院士是什么时候来的？"

"下午两点左右。当时我临时有事离开，许院士说他可以过来帮我照看现场。我刚出门两分钟，实验室就发生了爆炸。"

"请简要说明一下爆炸的原因。"

"真空泵阀门的疲劳断裂。"祁风扬说，"光帆的静电平衡实验是在 TL-3E 真空室中做的，为了保证能模拟太空的电磁环境，实验腔中必须抽真空，阀门每平方米承压相当于四头大象的重量。每次实验，我们都要进行抽气，次数多了，就发生了机械疲劳。"

"诉讼书里提到这个阀门已经过了使用年限。它是由哪个部门负责的？"

"真空仿真实验室，但管理它的不是 647 基地的人员。"

"是外协单位？"

"嗯，在 647 基地建设的过程中，我们接受了霍长浩的投资，很多设备都是双方共用的。当时达成了协定：在光帆实验之外，他可以利用基地的设备和人员进行其他研究。"

"他进行什么研究？"

"杂七杂八，其中影响最大的是 LiFi 技术。当时基地有比较完善的激光实验设备。"

"很遗憾，证据确凿，你可能会以玩忽职守罪被判刑，这一点我很难帮你开脱。"

"了解,这是事实。但最后一项指控……完全是胡说八道。"

"有人举报你利用职务之便,损坏阀门,谋害许院士。"律师说,"举报人声称,你和许院士在事故发生前一天发生了激烈争吵。"

"没错,我们已经吵了一段时间了。"祁风扬承认。

"原因是什么?"

"主要为了'北辰计划'的实施方案。我希望用多帆聚光技术实现木卫二两百天往返、'无人'到'载人'两步走。但许院士认为这个方案太激进,决定采用普通火箭发射单程的撞击探测器。在那次争吵中,我试图阻止他在决议上签字。"

"这还真是很专业的动机。"律师说,"这两个方案有什么不同吗?"

"当然,两者完全不一样!火箭耗费大、效率低,是注定会被淘汰的夕阳技术。要想在太阳系内大规模快速航行,光帆编队是一个很有希望的方向。"

"真的?我听小张说过,这个技术需要用到的激光功率相当于全国的电力总输出,对吗?"

"没那么夸张,大概只有总功率的二十分之一。当然,这种规模的激光器还是很惊人的,所以我们会和霍长浩的 LiFi 企业进行合作。"祁风扬说,"话说回来,你不觉得奇怪吗?我们在食堂后面争吵,刚好有人在录音!"

"嗯,我明白。"律师说,"如果真有人诬陷你,你觉得会是谁呢?"

"霍长浩。"祁风扬叹了口气,"这个陷阱早就设下了……"

"但很遗憾,想诬陷你的远不止他一个。"律师说,"祁先生,几乎整个研究所的人都巴不得能诬陷你。检方搜集证据时,你的下属几乎都在检举你。你知道为什么吗?"

"为什么?"

"因为大家想过的是安稳的日子,你却挥着鞭子把大家往险道上赶……不,还不只是险道,可能大家认为那是绝路。你逼着大家追求这种目标,最后落得这样的下场,有什么可奇怪的?"律师一边整理文件,一边说,"说实话,祁先生,你才是最难理解的。这么年轻就坐上了副总师的位子,再熬两年就能当上总师,可你非要往最危险的地方走。那个遥远的星球,竟然能让你抛弃安稳的生活,甚至抛弃你那个人人爱慕的未婚妻……"

"请别提她,我的事和她没有关系。"祁风扬回应道。

"当然有关系。若她做你的担保人,你完全可以取保候审,不用待在这个地方。"

"没必要,比起外面,我倒觉得这里还挺清静的。"祁风扬说,"对了,我想申请今天下午回一趟基地,有些东西要取。"

"什么东西?"

"书、笔记本,还有'北辰计划'的总体方案。"祁风扬说,"万一真要在号子里待上十年,我总得有点儿事情干吧。"

傍晚时分,一辆警车把祁风扬带回了647基地。

基地里早已人去楼空,碎砖烂瓦遍地,钢筋扭曲着,从刚被拆毁的楼房地基上伸向天空,好像古代战场上零落的断戈残剑一般。几个拆迁工人在实验楼前,一边喝酒一边打扑克。残羹剩饭被丢在建筑垃圾之间,一群觅食的乌鸦在旁边蹦跳着。

"就是这里。"祁风扬对警察说,"钥匙是最大的那一把,劳驾了。"

"嘎吱"一声,门开了。祁风扬缓步走进房间。只见那份方案报告正躺在桌上,封皮是蓝色的,上面印着熟悉的徽标——三角帆与北斗七星。他拿起报告,随手翻开一页,看到那一章的标题是《正样阶段拟开展工作(2047年5月—2051年8月)》,下面写着:

（1）制造／测试标准与规范固化

（2）正检星总装和发射星总装（目标帆：北辰；辅助帆：天枢／天璇／天玑／天权／玉衡／开阳／摇光）

（3）交收试验与分系统联试

（4）整星全状态多学科耦合测试（电磁性能／质量特性／空间环境／地面环境／动力与能源）

（5）载具与发射场系统联试（CZ-9E/CZ-5F，文昌发射场 TL1/TL2 工位）

…………

都是梦，从此，这一切都只是梦了。

祁风扬长叹一声，合上报告，把它塞进书包，然后在实验室里转了一圈，确定没有东西被遗漏了，才慢慢地向外走去。

走到门口时，他回头朝这里看了最后一眼。一切都像极了他刚来时的样子：积满灰尘的实验台、空无一物的储物架、裂了缝的真空测力管、堆在墙角的机箱壳……他又想了一下，再次确认自己真的没有遗漏什么东西了，于是关灯、关门，走进了北京的夜色之中。

可他觉得，自己最重要的东西被永远遗留在这里了。

那是什么呢？

是自己的才华和梦想吗？不，那是夺不走的。祁风扬想起了科罗廖夫，想到这位饱经坎坷的前辈在集中营里的岁月。只要没有倒下，那么梦想就不会磨灭。

抑或，是自己与战友们的美好回忆？那也不算，何况回忆越是美好，现实的打击便越显得残酷。如今，当年豪气干云的战友们一个个地离开自己，甚至站到了自己的对立面，就好像绿叶无可避免地枯黄飘零一般，最后枝头只剩下一片叶子，路上也只剩下他孤零零一人。

看来，那被永远留下的是无可挽回的青春了。祁风扬想起了经费最紧张的时候，他不得不求助于体制外的资源，在全国各地奔走，筹措投资。最终，他遇见了霍长浩，得到了两亿的资助——其中的一大半被用来建造位于地下的气浮室。那里安放了一个篮球场大小的气浮台，台上数万个小孔喷出六氟化硫气体，将薄如蝉翼的光帆托举漂浮起来，以模拟无重力时帆的受力状态。无数个夜晚，面对着缠作一团的缆线，大家一同争论思考；在光帆展开成功的时候，大家一同鼓掌欢呼。记得那一晚，他开了十几瓶"王二小放牛"，也就是二锅头兑红牛。觥筹交错间，大家汪洋恣肆地畅想着航天的未来，而作为主角的光帆就在大家身后漂浮着，安静而优雅，宛如一朵盛放的银色莲花……

他没想到，那朵花只开放了不到两年就凋谢了。

那朵花生长的土壤，如今也被剥夺了。

为什么这么难呢？他欲哭无泪，为什么所向往的一切、所珍视的一切，纵使自己拼命努力追逐，却仍然一个个地离自己而去呢？双目失明的母亲、穷困潦倒的父亲、背叛的霍长浩、牺牲的许院士，还有离他而去的孙诗宁……大概，只是因为自己太傻吧。早知如此，何必当初呢？当初的一切，或是认真得可笑，或是执着得可爱，现在看来，不都被现实的困厄拆得七零八落吗？

在实验室的外墙上，祁风扬看到了一个巨大的"拆"字。字用红漆写成，宛如滴血。在墙角还有好几桶油漆，几个工人正蹲在马路对面抽烟。看到这些，祁风扬感到胸口有一股热血冲上脑门儿。他快步冲到那堵墙前面，抓起刷子，闪电般地在"拆"前面写了一个"不"字。

"哎！你干啥？"一个工人叫嚷着跑了过来。

祁风扬丢下刷子，朝天喊道："'人艰不拆[①]'啊！"

喊罢，他感到一种前所未有的畅快，眼泪不由自主地漫上了眼眶。在

[①] 人艰不拆：网络用语，意思是"人生已经如此艰难，有些事情就不要拆穿"。这里指祁风扬内心痛苦、郁闷。

泪光中，星空颤抖着变形，化作无数闪烁的眼睛。在这晶莹的目光里，他内心的波澜渐渐平息了。他知道，无论命运如何困厄，都只是这颗灰尘般渺小的星球上发生的灰尘般琐碎的事情。永恒的星辰将永远注视着他，等待、期待他的到来。

他唯有永不停步。

四、世界尽头的海

【事故发生后三十八小时，旧金山】

第二天中午，祁风扬从宿醉中醒来。

周围一片死寂。

他环顾四周，马路上没有一个人，没有一辆车。他站起身来走了两圈，才隐约听到一点儿说话声。他顺着声音走进酒吧，只见里面坐满了人，都目不转睛地盯着电视。电视里有一个人在激动地说着什么。

"……是的，我们六小时前才接到这个消息……"

说话的是马丁尼兹。他一夜没睡，显得很疲惫。

"……这个消息的内容太过离奇，我们需要时间去核实准确性，但目前已经可以确认，它来自孙诗宁，来自从木卫二发回的'闪光电报'。"

听到这里，祁风扬脑袋里"嗡"的一声，酒立刻醒了大半。

一个记者问道："马丁尼兹先生，据此可以判断木卫二上存在着生命吗？"

"当然不能。'电报'中的信息太少，不到二百字节，现在做任何判断都是不负责任的。那可能只是一种未知的自然现象……"

祁风扬跑出去，扇了霍长浩一个耳光，喊道："喂！醒醒！咱们赶紧回去，出大事了！"

通往艾姆斯研究中心的公路上已经被车塞得水泄不通。两人不得不把车抛在桑尼维尔市区，徒步跑回E09大楼。

他们冲进真空模拟舱。昨天，这里还空旷得能听见脚步的回声，今天却挤满了人。只见"克洛诺斯号"模拟舱前搭起了一个平台，来自世界各大媒体的记者熙熙攘攘地挤在台下，台上立起了一面大屏幕。在此起彼伏的闪光灯中，马丁尼兹正在回答记者连珠炮般的疑问。

"请问孙诗宁为何只发回这么少的信息？NASA是否在隐瞒真相？"

"请问地外生命的迹象是什么？"

"目前有获得地外生命的照片吗？"

"请问NASA会发射后续飞船前往木卫二吗？"

…………

"各位，各位，请少安毋躁。"马丁尼兹做了一个平息全场的手势，"大家焦急的心情可以理解，但现在一切都还有待进一步研究，恕我无法回答。"

"先生！先生！"底下的记者又喧嚷起来，显然不满意这个答案。

其中一个女记者非常犀利地大声问道："NASA与CLIPPER公司发布了消息，却连一点儿细节都不肯透露。这很难不让人怀疑，这是一场以外星生命要挟国会拨款的骗局！"

祁风扬心里一惊，霍长浩却是一副不以为意的样子。

"这是无理的污蔑，女士。"马丁尼兹面不改色地回答道，"诚然，你点出了这里的利害关系——我们希望派出飞船去营救孙诗宁，但国会认为这是无谓的浪费。为了杜绝这种污蔑，下面，我可以稍微向大家透露一点儿细节。麻烦那边把灯关一下。"

"啪"的一声，全场陷入黑暗，只剩马丁尼兹身后的大屏幕在发着蓝光。

"请看,这就是'克洛诺斯号'所着陆的阿瓦隆平原,一块椭圆形的完整冰面,直径五十公里,形成于三千年前的一次大规模液态水漫溢事件。木卫二是一颗很活跃的星球,在地下海洋的作用下,水像熔岩一样不断侵入冰壳,然后从冰裂隙和喷泉喷出,可以在很短的时间内重塑地貌。着陆点以北约十公里就有一个冰喷泉'莱姆',那是十年前'普罗米修斯'探针的撞击点。从孙诗宁的视角上看,那应该是很壮观的画面——水汽从泉眼中喷出,一直抛射到五十公里高,然后自由下坠,好像帷幕一样横亘在冰原之上。"马丁尼兹说,"九小时前,我们成功与她取得联系。我们首先确认了飞船的状态,检查了物资,指定了生存方案,确保她能存活一百二十天以上。然后我们就让她进行原定的科学拍摄任务,冰喷泉是首要观测对象。不料,她拍到了这样的东西……"

大屏幕上出现了一行莫尔斯电码,下面是翻译的文字:

"……信道太窄,照片传输耗时太久,故以文字说明。'莱姆'冰喷泉中发现蓝色闪光球体,数目在十到一百个,光度很弱,肉眼难以观测,但红外波段光度很强,辐射温度约两千开①。光球被喷泉喷出后并不做自由抛体运动,而是在空中悬停,甚至逆流而下,钻回冰喷泉泉眼内,似有自主运动能力。在红外波段,可见回到泉眼后的光球经由液态水(汽)甬道继续下潜,由于其高温和冰层的透明度,直至地下数十米仍然勉强可见。光谱数据和星震仪数据正在传输中,我将继续关注此现象……"

"各位,这就是我们所称的'迹象'。"马丁尼兹说,"相比于地外生命,那是某种自然现象的可能性要大得多。骗取拨款一说完全是无稽之谈。"

"但是否会有这种可能性——孙诗宁为了获救,故意伪造出地外生命的迹象以诱使NASA派出救援飞船。毕竟花费数百亿美元去救一个人,

---

① 开:热力学温度单位开尔文的简称。

并不是划算的买卖。"记者提出疑问。

"当然有可能。但请您记住，这不是一桩买卖。我们已经确认孙诗宁能坚持一百二十天，而当前恰好有能在一百二十天内赶往木卫二的飞行方案。即便没有任何所谓'迹象'，即便倾家荡产，救援也将如期展开。"马丁尼兹说，"好了，如果大家的问题只有这种阴谋论，那记者会可以到此结束了……"

"先生，我还可以问最后一个问题吗？"一个记者喊道。

"请说。"

"如果救援任务如期开展，您觉得成功率有多大呢？"

顿时，无数话筒和摄像机伸向了马丁尼兹，好像被磁石所吸引的磁针一般。

"实事求是地说，这场任务比我们所尝试过的最大冒险还要危险百倍。"马丁尼兹说，"但是，我想引述肯尼迪总统说的一段话：'我们要去月球，不是因为它容易，而是因为它极其艰难！'今天我们再次与全人类一起站在了历史的关键点。当年的我们志在必得，今天的我们一如既往！"

紧急拨款申请书——概述（节选）

目标：（1）将受困于木卫二的宇航员带回地球；（2）若救援失败，则实施补给；（3）若补给失败，则实施飞掠，采集宇航员所得的数据；（4）上述任务完成后，各辅助光帆将继续飞行，实现各自科学探测目标。

实施方案：基于原 CNSA "北辰计划"。技术方案文档详见附件一。

时间：2054 年 3—10 月（35+122 地球日）

牵头单位：CLIPPER 太空运输与探索公司

参与单位：NASA/ESA ①/CNSA ②/RKA ③/JAXA ④等。合同与任务分解文档详见附件二至附件四；行政与法律文档详见附件五。

预算估计：一百三十五亿美元（1+337 星 /36 次发射）。参考值如下：Galileo-1995：十六亿美元；Juno-2016：十一亿美元；Clipper-2027：十九亿美元；JUICE-2032：十五亿美元；Prometheus-2043：三十亿美元；Poseidon-2050：一百二十七亿美元

…………

【事故发生后五十小时，艾姆斯研究中心】

凌晨两点，就在祁风扬准备就寝时，有人敲响了他的房门。

"祁老弟。"来人是霍长浩，"有一个好消息和一个坏消息。"

"什么？"

"国会的紧急拨款通过了。美联储向 CLIPPER 公司发放了一百亿美元的贷款，加上各界人士的捐赠，我们的预算勉强达标，你的理想终于可以实现了。"

"那坏消息呢？"

"它必须有人亲自去实现。"

祁风扬沉默了片刻，叹了口气："对接问题还是没办法解决吗？"

"是的，因为木星和地球间存在四十五分钟的通信延迟，地面指挥是来不及的，而且变轨和对接的判断决策太过复杂，A.I. 无法胜任，必须要靠经验丰富的驾驶员亲自操纵。"

"所以必须找一个宇航员？"祁风扬精神一振，"有候选人了吗？"

"还没有。宇航员属于空军管辖，他们中的很多人都希望能驾驶'北辰号'，但空军方面不批准。"霍长浩直言。

"那是肯定的。培养一个宇航员太难了，而我们的任务几乎就是去送死。"

"哈哈，祁老弟，难得你有自知之明。"

"怎么，难道平时我没有吗？"

"只有一点儿……"霍长浩点上烟,然后又递给祁风扬一根,后者摆摆手回绝了,"这不是贬义。现在我们需要的不是一个四平八稳的宇航员,而应当是一个不知天高地厚的、不怕死的疯子。而且……如果我没记错的话,这个疯子曾经答应过孙诗宁,要陪她去看世界尽头的海。"

祁风扬盯着霍长浩,过了半晌,突然爆发出一阵大笑:"哈哈哈……你,你还真够了解我的……"

"不是我了解你。祁老弟,你有飞行经验,身体健康,反应敏捷,意志坚定,而且作为'北辰计划'的副总设计师,你对于飞船的每个细节都了如指掌。"

"好,好,我也正有此意。"祁风扬说,"不过你要记住,我所做的一切不是为了她,更不是为了你。我只是为了实现我的夙愿。这就好像你把一块肉抛给饿得奄奄一息的狼,当它吃饱后,发生什么事情也由不得你了。"

"你什么意思?"

"没什么,很高兴你能抛给我这块肉,霍长浩先生。"

说罢,祁风扬伸出手去,与霍长浩紧紧相握。

"北辰计划"正式启动了。主导者包括 NASA、CLIPPER、ESA 和中国航天这样的宇航机构,也包括世界上研究宇航事业的科技巨头。在各国的数百个超净车间里,三百三十七只薄如蝉翼的银色巨帆被小心地编织完毕,总长足有五十余万公里的牵引索被谨慎地缠绕成形;互联网的特别专线上,庞大的数据流量如洪水般在各国研究组间交互,携带着最有智慧者的理念、最有魄力者的决断与最有经验者的规划,汇总到那些地下机房里的超级计算机中。航行计划以惊人的效率被制订出来,救援方案被敲定、轨迹设计被优化、制造标准被固化,来自全世界的零件在总装车间里被精密地嵌合,通过昼夜不息的测试后,最终被送往发射场。那仿佛是一场颜料的暴雨，起初这一滴、那一滴，看不出具体的形状，但当达到某个临界点后，所有的形状都联系起来，所有的颜色都有了意义。一幅惊世画作诞生了。

此时，距离事故发生仅仅过去了三十五天。

但这还不够。飞船备妥后，必须要有载具才能被发射到太空。全世界的运载火箭制造商都全力开启了流水线，近百枚各种尺寸的火箭运往各地发射场。在短短一周时间内，"长征"、"猎鹰"、SLS、"安加拉"和"阿里亚娜"等重型火箭被连续发射了十余次，而其他较小型号的发射次数更是数不胜数。三百三十七张光帆均被成功送入太空，除了有两个因故障展开失败外，剩下的全部集结成编队，以十倍于第三宇宙速度的高速踏上了飞往木星的航程。

在此期间，霍长浩主要是在飞机上度过的。他在各地奔走，以孙诗宁丈夫的身份联络各家巨头，筹措资金，也督促他的集团将 LiFi 基站改造为可以驱动光帆的激光阵列。

马丁尼兹则在艾姆斯研究中心日夜操劳。他希望将"北辰号"的质量压缩到一吨以下，可惜没能成功。在无数轮的减重优化之后，那艘长得像口棺材的密封舱也还是重达一点五吨，祁风扬将在其中度过漫长的往返所需的两百个昼夜。

祁风扬也没有闲着。他通过了短暂却高效的宇航员训练，掌握了外太空各种突发情况的处理办法。

起初，他以为最难的是多帆聚光减速时的指挥，但其实不然。与孙诗宁的交会对接才是最头疼的——要等她起飞、加速和熄火之后，"北辰号"才能开始解算对接轨道。由于木星与地球的通信延迟，这一切都要祁风扬独立完成，他必须与星载电脑紧密配合，才能在那个电光石火般的瞬间捕获到"克洛诺斯号"。

孙诗宁一直和地球保持着联系。由于非常规的通信方法，通信效率很低，传回地球的照片几乎都难以分辨。这些模糊的照片产生了两派解读的浪潮：一方坚持认为这些照片证明了外星生命的存在，另一方认为那只是未知的自然现象。

此外，孙诗宁的作家身份也让公众对她的关注持续升温。为此，CLIPPER公司甚至派专人去运营孙诗宁的个人社交网络账号，让公众得以直接了解她在木卫二的生活。孙诗宁也不负众望，她的精神状态一直很好，甚至还打算用微藻养殖来延长自己的生存时间。

时间一刻不停地跳动着，最后的日子一天天逼近。这场值得载入史册的航程，马上就要拉开序幕了。

五、零窗口

【事故发生后第四十四天，海南文昌发射场】

"轰隆隆……"

辽阔的中国南海上，阴云密布，闷雷涌动，一场夏季雷暴正在天边酝酿着，缓慢移向文昌发射场。

与之一同到来的是霍长浩。他是坐着货轮来的，船上运载着"北辰号"飞船。这是"北辰计划"的最后一次发射了。霍长浩看到发射场垂直总装厂房里的"长征九号"火箭已经组装完毕，即将开始垂直转运。狂风中，拉系火箭的缆绳在剧烈抖动着，仿佛一束束被命运之手弹拨的琴弦。

"喂，请问是孙珩将军吗？"霍长浩拨通了孙珩的电话。

"是我。您已经到海港了？"

"到了，现在的情况有点儿不妙啊。"

"很不妙。雷暴锋面突然改变了移动路线，照这样下去，发射只能取消了。"

"但这是最后的机会。发射窗口只有明天十九点二十分,要是延后,'北辰号'就会赶不上已经发射的光帆编队,整个计划就完全失败了!"

"霍先生,我们当然了解事情的严重性——这是专业上所称的'零窗口',只有一次机会,发射时机只有几秒。作为发射总指挥,我必须按照规程做出负责任的决断。"

霍长浩沉默了片刻,然后问:"主要的威胁是什么?大风?暴雨?还是雷电?"

"雷电。"孙珩回答,"火箭本来就是个高大的引雷针。起飞前,发射场的避雷塔尚可起到一定的保护作用,但火箭点火升空后,长达数百米的尾焰将成为电流的良好导体。一旦遭到雷击,后果将不堪设想。"

"哦,对此我倒是有一个办法……"

"什么?"

"引雷激光。"霍长浩说,"文昌周围有五个 LiFi 穹顶基站,都属于我的公司。如果都在最大功率下运行,可以发射出兆瓦量级的激光,穿过雷雨云,产生电离通道,就好像一个无形的避雷针一样,把云中的闪电引导到安全的地方。"

"你们做过实验吗?"

"当然,这个产品是被纳入国家防雷标准的,可以有效引导两千米高度下的雷击。"

"好,那我们就冒一次险吧。"孙珩叹了口气,"现在是到了该冒冒险的时候了。"

【事故发生后第四十四天又十小时,文昌发射场 TL-01 发射工位】

在发射后勤塔的栈桥上,狂风呼啸,暴雨如注。钢铁桁架和缆线发出凄厉的"呜呜"声。祁风扬穿着厚重的航天服,站在庞大的火箭整流罩前。

这是最后一次发射演练，航天医监人员正在对航天服与生命保障系统进行最后的检测。

此时火箭已经就绪。"北辰号"已经与"远征四号"上面级对接，一起连接在火箭头部的支撑环框上。整流罩是全封闭的，看不到里面，但祁风扬只要闭上眼睛，内部的结构就清晰地浮现在眼前：三个牵引光帆叠成圆柱状捆在一起，一直戳到整流罩顶部；冷却回路盘根错节地缠绕在飞船腰际，连接着液氦储罐，成千上万的霍尔散热器排布其上，好像长满藤壶的船壳；底部基座的一侧是密封舱，另一侧是对接口，连接很突兀，好像是后来临时想起来补加上去的。没有逃逸塔，没有返回舱①。那都是被他亲自砍掉的死重。要是真的出事，祁风扬只能拿起身旁的注射液，让自己离开得舒服一点儿。

明天，他的生命就托付给这枚火箭了。

"小祁，状态怎么样？"

来者是孙珩将军，见到他，众人都回身敬礼。

"没事，你们继续。"孙珩说，"找你也没啥大事，就是想聊聊。"

"是关于诗宁吗？"

"小祁啊，和她相处了这么久，你应该了解她的一些情况吧？"

"嗯……其实，不算太了解。我只知道您是她的父亲。"

"一个失职的父亲……"孙珩说，"五岁的时候，她的母亲离家而去，我本该担起父亲的重任。可那时正好赶上'长征九号'火箭攻关，因为工作的缘故，我没法儿照顾她，她的童年和少年时期基本上是一个人在马兰基地家属院里度过的。直到考上大学，她才第一次见到大城市的样子。"

"嗯，她和我说起过那段经历。"祁风扬说，"虽然很孤独，但她也因此得以阅读了大量的文学作品。"

"是的，这是她的幸运，也是她的不幸。孤独的童年孕育了她的才

---

① 返回舱：又称"座舱"，它是航天员的"驾驶室"。

华,但也让她产生了一种极端的冲动。"

"是什么呢?"

"去看远方世界的冲动。如果是在寻常环境中成长起来,她不会把这种冲动看得太重,但她和常人不同。她敏感、孤僻,内心除了这种冲动外,别无他物。就好像那烛火,在阳光下,看上去光芒很微弱,一到黑暗中,就会变得刺眼,压倒一切。为了满足这种冲动,她会不择手段,哪怕犯下欺骗全人类的大错。"孙珩叹了口气,又说,"诚然,你们都是天才,但要知道天才只是其中一面,它的另一面是疯子,是不计一切代价将理想贯彻到极致的人,这是很危险的。你完全没必要为她牺牲生命。"

"我理解。但我不是为她而冒险的,我是为了自己的夙愿。"祁风扬慢慢说道。

"那我也没办法了。"孙珩叹了口气,说,"我没有别的要求,只有一句忠告,你身上背负的不仅有理想,还有更多的责任。她很可能根本没打算回来,如果那样,请你务必理智行事。"

祁风扬郑重地点了点头,说道:"我会的。"

【事故发生后第四十五天又十五小时,海南文昌发射场】

在文昌发射场西侧七公里左右,有一座被称为"铜鼓岭"的小山包。山体一侧可以俯瞰发射场,另一侧则是文西县城。在山顶上,有一座白色圆顶建筑物,每个晚上都可以看到有一道淡淡的紫色光束从那个圆顶射向天空;同样的光束还有四道,分别从文昌市的其他方位射出,一直射入太空。在那里,携带信息的激光被同步卫星反射,由此构成了联通世界的 LiFi 网络中的重要一环。

这一天,那个白色圆顶建筑前突然竖起了一座铁塔。塔是临时焊成的,很粗糙,塔尖恰好位于激光器的发射头前。届时,激光引导的雷电将通过这个铁塔被导入地下。

"喂，孙将军，我这边已经搞定了！"在铜鼓岭上，霍长浩冒着瓢泼大雨走下山。

"好，快进掩体，发射流程马上就要开始了。"

"祁风扬怎么样了？"

"已经就位了，飞船舱门刚刚关闭。"

这时，发射指挥大厅里响起一个声音，听到这个声音，发射指挥大厅里的所有人都安静了下来：

"北京，进入十五分钟倒计时，启动发射序列。"

"文昌收到。"孙珩回答，"发射序列启动，人员已到位，系统准备完毕。各分系统检查状态。"

与此同时，在"北辰号"飞船上，祁风扬正躺在狭小的密封舱里，听着耳机里传来的口令，心中感慨万千。他的思绪飞回到十年前，回到在647基地里度过的那一个个不眠之夜。他深知这条路的凶险，也曾无数次地想将会是哪位勇士踏上这条路，但他没想到，那勇士正是自己。

"能源？"

"正常。"

"电气？"

"正常。"

"文昌，载具已就绪。电气脱插分离。"

祁风扬听到"咔嚓"一声，连接火箭与发射塔的"脐带"被切断了，电力切换到了箭载电源。从这时起，火箭与地球的唯一联系就只有底座支架了。

"脱插已分离。载具独立，导航自主，进入十分钟倒计时。"

这时，祁风扬开始感到恐慌——在他的身下，三千多吨的液氧煤油正蓄势待发，八十七万个零件正在紧锣密鼓地运行着，只要有一个故障，他就会被炸上西天。这还算是爽快的，如果故障发生在天上，那他要么会被憋死，要么会被冻死。想到这里，他的额头渗出汗来。他想擦掉汗珠，但手肘被安全带固定着，够不着。

"导航？"

"正常。"

"姿控？"

"正常。"

"文昌，进入五分钟倒计时。"

他望向手边的一个红色按钮。那是紧急终止按钮。只要按下它，发射就会终止，任务就会取消，自己就会回到以前平淡却幸福的生活中。他并不怕死，但他突然发觉有太多东西让他不能死。失明的母亲需要他照顾，生病的父亲需要他供养。还有老人抱孙子的愿望呢？母亲去"看"海的愿望呢？

直到这时，他才明白自己一直都是个被理想绑架的狂人。比起平安幸福的生活，这些理想真的有那么重要吗？想到这里，他的手不由自主地向那个按钮伸了过去。

"后勤？"

"正常。"

"气象？"

"在许可范围。"

"航天员？"

祁风扬的手停住了。他的动作定格了一秒钟，通过直播，全世界的人都看到了他表情的变化。仿佛某种压迫他的重物突然消失了一般，他的表情松弛下来，长叹一口气，将原本伸向那红色按钮的手指顺势换成了胜利的手势，说道：

"正常！"

在数百万块屏幕前，人们爆发出一阵欢呼。

"文昌,有效载荷已就绪,航天员已就绪。各分系统检查完毕,请求发射。"孙珩说。

"北京,可以发射。"

"收到。十秒倒计时。九、八、七……"

周围的一切声音突然远去了,倒计时的口令好像在天边,祁风扬只听到自己的心跳,还有液压动作器加压的"呲呲"声。

"……六、五、四……"

管他的!祁风扬在心里怒吼。

"……三、二、一,点火!"

铜鼓岭下的海湾里,突然升起了一颗"小太阳"。

与其他火箭不同,"长征九号"的尾焰非常明亮,呈黄白色,那是铝基固体助推器燃烧的特征。它在铅灰色的海天之间冉冉升起,喷射出夺目的光焰,穿透暴雨,照亮原野,仿佛莫奈笔下日出瞬间的海港一般,海浪、山脉、云层和村庄,都在那金光里变得轮廓分明起来。在光焰中,发射台附近的雨幕化作万缕火流,倾泻而下,滚滚白烟从导流槽中冲上天空,好像咆哮的火山。

"……发射时间:T加零分、零秒、一四四毫秒。"

很快,巨响传到了指控中心。在三千五百吨推力的冲击下,大地在剧烈震颤着。

"文昌,跟踪正常,遥测信号正常。"

霍长浩望着火箭钻进云层,又钻出来。它怒吼着、咆哮着,速度急剧增加,仿佛一把金光闪烁的长剑撕裂了一层层压抑的灰色帐幕。云层被点燃了,千万缕灰霾被火光烧灼得闪耀通透。火焰中被吹起的水花漫天洒落,发出"噼噼啪啪"的爆裂声,裹挟着呛人的烟气向霍长浩涌来,但他不肯走进掩体。他冒雨望着火箭的轨迹,望向它附近的空间。在那里,五道引雷激光已经启动。

忽然，一道闪电顺着激光劈了下来！

"三号塔接闪！"气象总监喊道。

"文昌，遥测信号受扰，冗余已投入，飞行正常。当前海拔一千米。"

"雷区高度是多少？"霍长浩问。

"三千米左右。"对讲机那边的工程师答道，"但那也是最危险的高度。在那里，闪电主要来自云间放电，引雷激光的效果会大打折扣。"

"那就增大激光功率！"

"已经到最大了。"

霍长浩叹了口气，拿起望远镜继续追踪。

"……四十五秒，跟踪正常，遥测信号正常。当前海拔三千米。"

在云层中，火箭渐渐隐没，只有眼力好的人才能从中分辨出那一点儿颤动的黄光。对于闪电而言，那数百米长的尾焰是绝佳的通道。

忽然，霍长浩看到云中青光一闪。

"航控！"姿控分系统主管吼道，"滚转突变！"

与此同时，各种警报灯在控制大厅中亮起，此起彼伏地闪烁着。两秒后，有人喊道："二号游动发动机无反馈！"

"故障确认，关闭四号游机，导航转移至箭载控制系统。"推进分系统主管说。

"怎么回事？"霍长浩问。

"有一台姿控发动机被打坏了。"一个工程师说，"必须把对侧发动机关掉才能平衡。当然，这样会损失推力，虽然很小，但肯定没法儿精确进入原定的轨道了。"

"也就是说……他还需要一点儿额外的速度？"霍长浩问。

"是的，大概只有每秒九十五米的样子。但为了达到极速，'北辰号'没有留下一点儿富余的燃料。这可是个大麻烦。"

霍长浩沉默了片刻，然后问："距离飞离地球的加速点还有多少时间？"

"五小时二十分。"

"那还来得及。"霍长浩说，"对于这个麻烦，我有一个主意。"

六、地球闪耀

【发射后二百四十分钟，北京南苑机场】

当天晚上八点，湾流 X981 载着霍长浩从文昌起飞。此时这架飞机已经不属于他了，但飞机的新主人同意暂时借给他使用。飞机以极速飞行，只花了不到一小时就抵达了北京。走下舷梯时，他还能明显感觉到飞机机身所散发的热量。

"怎么样？统计结果出来了吗？"他问秘书。

"嗯，孙诗宁的个人社交网络账号的响应人数有八千万；网络平台方面，响应人数超过三亿两千万；官媒稍微慢一点儿，但也进行了动员号召。目前，响应人数还在持续增加。"

"境外的情况如何？"

"我们在各国大城市的分公司都进行了动员，反应肯定没国内那么快，但应该也有数千万人参与。就在几分钟前，美国总统还对此专门进行了电视讲话。"

哈哈，这真是太不可思议啦！霍长浩内心狂喜，在这么短的时间内，半个地球都被动员起来，连美国总统都被他的想法鼓动了。

"加起来超过四亿人，规模基本上够了。供电能保证吗？"霍长浩信心大增。

"范局长说没问题。"

"引导措施呢？"

"也已经就绪了。对此天空广告分公司很有经验。北京天气晴朗，所以打算用飞艇来引导光线。"

"好，那咱们等着看戏吧。"霍长浩坐进专车，说，"回公司，那边视野最好！"

【发射后二百四十五分钟，待机轨道降交点，"北辰号"】

二十秒的燃烧后，"远征四号"上面级耗尽了最后一滴燃料，将飞船加速到每秒三十千米。"咔嚓"，船舱晃动了一下，飞船与上面级分离。轨道最后修正完毕，"北辰号"进入无动力滑行状态，好像一块石头，在地球引力的作用下向双曲轨道的近地点坠落下去。

祁风扬没机会仔细感受失重。为了节约重量，密封舱被压缩到只有棺材大小，里面塞满了维生物资。他只能躺在睡袋中，别说伸展手脚，连转身都困难。当然，这是他自己设计的。他想起马丁尼兹听到这个方案时的表情。

"你疯了吗？！"马丁尼兹说，"你会被憋死的！"

"但这可以减少三百千克重量，从而将到达时间提前半个月。"祁风扬说，"反正我小时候穷惯了，对我而言，四十小时的火车站票是家常便饭。"

"可这是整整两百天！两百天的站票？"

没关系，他想，如果风景足够好，哪怕是两百天的站票也没关系。透过距离面孔不到半米的观察窗，他看到了最熟悉的画面——太阳正从地球黑色的圆轮一侧升起，给大气镀上半圈橙红色的光弧，好像闪光的指环。这不是电影，是真切地呈现在眼前的风光；窗外就是冷酷的太空，只有一纸之隔。那就好像站在悬崖顶端俯瞰深渊一般，危险的美给他带来一种兴奋的战栗。

忽然,通话器响了起来。

"'北辰',这里是休斯敦,控制权已由'远望十号'转移至我处。请注意,当前的飞行计划有重要变更。"

"'北辰'收到,请讲。"

"由于发射时引擎故障,飞船入轨初速度有微小偏差,若不修正将无法抵达加速控制点。因此在原定飞行计划中加入如下修正措施:T+297分30秒,展开光帆至最大张度,帆轴矢量方位097-122-196,自旋5,散热1.8。修正推进持续220秒。详细变轨参数正在通过S2信道上传。"

"明白……休斯敦,可否详细说明轨道修正的动力来源?我记得地面激光阵列已经没有余量了。"

"是的,那是霍长浩的主意,将家用LiFi终端指向天空来推进光帆。"

"家用LiFi?那不是只有几千瓦的功率吗?"

"没错,但那是全世界四亿多台LiFi终端的合力。祁风扬先生,今晚,整个地球将为你而闪耀。"

【发射后二百九十分钟,北京国贸幻视大厦顶层】

"开始了!要开始了!"

在露台上,霍长浩把西装一甩,像看焰火的小孩子一样兴奋地跳着喊着。

顺着霍长浩所指的方向,秘书看到有一道绿色光束被点亮了。它劈开夜色,劈开云层,劈开林立的高楼的黑色剪影,将人们所熟悉的城市夜景诡异地劈裂为两部分。那是位于中华世纪坛的"北京之光",它将引导北京的数百万台家用LiFi终端进行发射。

"你知道我为什么要出这个主意吗?"霍长浩说,"是作秀?广告?还是想找回我飞走的老婆?"

"抱歉,老板,我还以为这是您营销引资的手段……"秘书说。

"哈哈,不是,当然不是!那都是些琐碎的东西,不值一提。你知道这世界上最大的快感是什么吗?"

"请您指教。"

"当然是——造神!"霍长浩双臂挥舞,好像在指挥一支看不见的乐队,"神话、传说、史诗、奥德赛……人们以为的虚构故事,其实都是古人突破极限的历史。今天我们眼前发生的,难道不是值得被后人传颂的当代神话吗?没有魔法,没有神灵,有的只是科学的计算和疯子般的工程师!"

话音刚落,只见"北京之光"缓缓运动起来,仿佛一曲交响乐的指挥棒,在夜空中扫过一条拖着荧光的轨迹。接着,第二道光出现了,越来越多的光线从普通的房顶和阳台射向夜空,朝着空中飞艇所指引的目标点照去。很快,霍长浩就无法分辨出单独的光束。成千上万条的光线缠绕为一片倾斜的光幕,仿佛是通往天空的大道一般。

若从太空中俯瞰,此时此刻,北京是夜空中最亮的星。

这时,霍长浩听到了歌声,一种缥缈空灵的歌声。他跑到露台边俯瞰,只见楼下马路上已人山人海。在街角、在桥头、在广场,无数人低声歌唱着,举起了手中的灯。激光笔、太阳灯,甚至是手电筒,汇成了一片光的海洋,仿佛头顶的星空在地面上的倒影。

"你看到了吗?"霍长浩感慨道,"宇宙不仅存在于头顶,也存在于人们的心中。"

"他能把孙诗宁带回来吗?"秘书问。

"不可能。孙诗宁根本就没打算回来。至于他……两百天,八亿公里,凭一个棺材般的密封舱去穿越冷酷的太空,能活下来就已经是奇迹了。"霍长浩说,"不过,在那些伟大的航程中,又有哪个不是奇迹呢?"

七、刹车

【一百零二天后，木星飞掠轨道，距离木卫二一千五百万公里】

在距离地球八亿两千万公里的太空中，"北辰号"即将抵达目的地。

"'北辰'，这里是休斯敦……"

在这久违的呼叫声中，祁风扬迷迷糊糊地醒来。

"……'北辰'，祝贺你成功抵达目的地。现在整个世界都在为你欢呼，也在紧张地等待着接下来的操作——木星入轨。你即将在五小时后到达木星轨道加速控制点A，减速进入木星环绕轨道。请说明你目前的状态。"

他揉了揉眼睛，望向舷窗外。在那里，一百零二天一成不变的漆黑太空终于有了变化。木星猩红色的轮廓已清晰可辨。在它周围有排在一条直线上的四个亮点，那是木星最大的四颗卫星。

"休斯敦，这里是'北辰'。"祁风扬说，"我的生命体征正常，有轻微头疼，下肢有麻木感，但思维和反应都还算敏捷。飞船状态正常，各分系统无故障，这真是个奇迹……等等，好像有些不对劲。"

他在触屏上点了几下，调出导航窗口，只见导航球的中央与代表速度方向的十字星有了偏离。这个偏离极其微小，只有千分之一，但足以令他在待会儿的多帆聚光减速的过程中偏离焦点。

"休斯敦，我们有麻烦了。"他说，然后点了几个按钮，向地球传输了飞船的状态参数，"请检查飞船速度矢量，它与预设值似乎有偏差。"

由于通信的时间滞后，九十分钟后，他才收到回复。

"'北辰'，已经确认，这个速度差来自离开地球时所做的轨道修正。家用LiFi激光照射的误差被错误估计了，你离开地球时的速度偏大了百万分之一，经过长时间飞行，现在这个微小的误差已经放大到了不可挽回的地步。"耳机里传来令人沮丧的指令，"飞行计划更改如下：放弃营救任务，采用第一套应急编队预案，飞掠木卫二后直接飞往加速控制点B。一百九十二只光帆将在B点与你再次交会，聚光将你送上返程轨道。"

祁风扬顿时急了，按住耳麦大声说："休斯敦，不要终止任务！一定还有办法的。"

九十分钟后，休斯敦回复："'北辰'，请务必按照指令行事。有一个坏消息我们本没打算告诉你。十天前，孙诗宁就与我们失去了联系，她的航天服接续状态也被断开。各种迹象表明，她已经死了……"

"什么？！"

"由于在制造氢氧燃料的过程中突发爆炸，孙诗宁养殖的微藻死亡殆尽。事故后第一百一十四天，她耗尽了口粮。在饥饿中坚持了八天之后，她向地球发回了最后一条闪光电报……"

"为什么？为什么不告诉我？"祁风扬大吼。

"那时她的精神状态已经相当不稳定，电文中，她声称将用生命最后的时间去探索'莱姆'冰喷泉中的异象。根据航天服的记录，她真的去了。她带上仅剩的最后一块干粮，拖着仪器，徒步穿越十几公里的阿瓦隆平原，向'莱姆'冰喷泉的方向行进。两天后，航天服和登陆舱的接续中断。我们和她彻底失联了……"

祁风扬长叹一声。

"'北辰'，请理解并接受现实。毕竟这是一个太冒险的行动，你能平安抵达已属万幸。即便没能成功救回孙诗宁，这次任务对于人类的价值也是巨大的，你仍然是人类的英雄……"

"休斯敦，我明白。无论如何，很感谢大家这一百多天的付出，创造了人类的奇迹。"祁风扬说，"其中，我最该感谢的就是霍长浩先生了。我曾对他说过，若他喂饱了一匹饿狼，那之后发生什么就由不得他了……

诸位，很抱歉。"

说罢，他切断了通信。

【四十五分钟后，休斯敦航天指控中心】

"见鬼，这家伙在搞什么名堂？！"马丁尼兹摔下耳机，气急败坏地骂道。

"老兄，别着急。"他身旁的霍长浩说，"他一定想到了好办法，只是没时间跟咱们扯皮罢了。"

"航控！"马丁尼兹喊道，"把导航数据显示切换到后台，那没法儿切断，我们看看他到底打算怎么入轨。"

"变轨方案被他重设了。'水瓶座'8星和'双子座'9星被移动到编队排头，'南船座'被移动到排尾，共有八十二张光帆被重新设置了焦点和聚光次序……仿真结果显示，重排后的编队将把'北辰号'的速度降到每秒五十千米。"

"交会点高度呢？"

"一千公里。"导航工程师说，"先生，'北辰号'将从木星大气层边缘掠过！"

马丁尼兹吃了一惊，嘀咕着："难道他想做 AOT？"

"那是什么？"霍长浩问。

"气动辅助轨道转移，又叫大气刹车，是一种利用行星大气层阻力实现变轨的方式……他将飞船翻转掉头，恐怕是想把太阳帆当作减速伞来使用。"马丁尼兹说，"但气动刹车是最难控制的变轨方式，如果攻角稍微偏小，他会从大气上缘擦过去；如果稍微偏大，那他就会坠入木星，像流星一样被烧毁。除非事先经过周密计算，否则他就是自寻死路！"

"我记得他算过。"霍长浩说，"在 647 基地的时候，他曾经用计算机集群研究过这种东西。"

"那也挺悬乎。他能把那些参数记在脑子里？"

"当然不行……但就算那样，他也会继续做下去的。"

"为什么？"

"因为一种执念吧……不是为了我们，也不是为了孙诗宁，他只是想把'北辰计划'完整地实现出来，那是他丢了命也要实现的夙愿。"

"真是个疯子。"马丁尼兹叹了口气，"调度，先把直播停了吧，估计待会儿就要锁门做归零①了。"

【与此同时，加速控制点 A】

在向舷窗外的太空看了最后一眼后，祁风扬深吸一口气，拉上了遮光板。

光帆编队已经肉眼可见。木星红色的圆轮前，数百个小光点从太空中浮现出来，闪烁着微光，好像结晶从黑暗中析出的钻石。

导航已进入关键阶段：在屏幕上，三百三十五条轨迹在木星附近汇聚到了一个点，旁边标注着"加速控制点 A"，代表着"北辰号"的十字星正向那里缓缓移动着。在那之后，"北辰号"的轨迹陡然一转，向木星飞去，擦过木星大气边缘后与木卫二交会；而那三百三十五条轨迹如烟花般散开，在木星的引力下绕了半个圈，然后再次在木星另一侧汇聚到一点，那是"加速控制点 B"。在那里，"北辰号"将赶上重新聚集的光帆编队，在第二次聚光的加速下踏上返回地球的旅程。

此刻，祁风扬面前的倒计时已经归零。

"水瓶星座、双子星座，开始对焦！"

数十道强光汇聚在"北辰号"的光帆上。隔着舱壁，祁风扬也能感到周围的温度在急剧升高。他听到"嘎吱"的声响，那是飞船舱体结构因受

---

① 归零：指的是一旦出现了故障，要从第一步到最后一步逐一溯源，抛弃主观臆断，重新一一验证，直到问题解决。

热膨胀时发出的。

"天秤星座、蛇夫星座、室女星座，开始对焦！"

温度继续升高，环控系统开始工作。液氨在冷却管路中急剧蒸发，霍尔散热器正全力向太空抛射走多余的热量。光帆被绷紧了，祁风扬感到后背上有了压力，加速度计的读数已经达到零点零五 G。

"大熊星座，开始对焦！"

来自大熊星座的聚光推力让祁风扬深深陷进了椅背中。在那三十二只光帆里，有七只被冠上了北斗七星的名字，那是他十年前在 647 基地时亲自命名的。

"摩羯星座、南船星座，开始对焦！"

气温上升到了三十六摄氏度，对祁风扬来说，密封舱已经成了"蒸笼"。遮光板的缝隙里透出白炽的光，仿佛外面是地狱的火海一般。祁风扬咬牙忍受着，默读着秒数。整个减速过程将持续整整四小时，比从地球出发加速时的煎熬要漫长得多。那时候，他的体力尚佳，但如今经过了一百多天航程的消耗，忍耐力已大不如前。待聚光减速完毕后，他已经濒临虚脱。

他用颤抖的手打开遮光板。只见木星已近在咫尺。红色圆轮已经变成遮天蔽日的幕布。斑斓狂野的风暴在其中奔涌着，红色的、白色的、青色的，川流不息，仿佛从地狱的闸口倾泻而下的流火之河。

"诗宁，我来了，来陪你看那世界尽头的海了……"

在稀薄大气的冲击下，舱体开始振动，过载再次将祁风扬压在座椅上，不过这次的力道要大得多。加速度计的读数飞快地攀升，很快，他的眼前泛起了黑雾，渐渐扩散，最后融成了一片化不开的黑暗虚空……

八、白夜

不知过了多久，祁风扬才从昏迷中醒来。

超重带来的黑雾渐渐散去，但他眼前仍然是一片黑暗。那是无垠的太空。

接着，如同崩裂的水坝一般，黑暗裂开了，一道光芒从裂缝中喷涌而出，放出夺目的蓝白色光辉。它辉煌地倾泻而下，飘洒而至，铺天盖地，仿佛亿万萤火虫飞旋卷起的风暴，形成了一个闪光的茧。很快，他的密封舱就被这个光茧团团包裹了起来。

那是什么？祁风扬迷惑了。在他的知识范围内，眼前的一切无法解释。

忽然，没有任何加速度，祁风扬看到窗外的风景移动了。一千公里外的木星大气中，云团突然开始加速流动。很快，木星红色的圆轮以肉眼可见的速度消失在身后；随后，斑斓的木卫一也掠过窗外，转瞬即逝，稀薄的硫黄气、碎石和冰屑呼啸着飞过。接着，阳光陡然转了个角度，一片暗蓝色的悬崖从下方升起，银白色的雾气自崖底蒸腾而上，笼罩了一切。周围越来越暗、越来越窄，岩壁上间或掠过一缕闪光，好像正在一个深井中坠落。

这样的坠落持续了约莫十分钟。当越过了某个临界点后，突然，真空的绝对寂静消失了，外面传来"呜呜"的风声，周围亮了起来，好像深潜者忽然浮上了海面一般。最后，他听到一声轻响，光茧消失，微弱的重力让他知道自己被放在了某个星球的地面上。

"嗒、嗒……"有人叩响了密封舱的舱门。

"什么？"

祁风扬怀疑自己幻听了。但一秒后，敲门声再一次响起，然后是"窸窸窣窣"的声音，好像有一只手在扳动舱门的保险锁。

接着，"咔嚓"一声，舱门打开了。

他望着眼前的人，不敢相信自己的眼睛。

"孙诗宁！"

真的是孙诗宁。她一如既往地托了托眼镜，微笑着打量着祁风扬，短发在微风中轻轻摇曳。

"你要歇一会儿才能走路。"她小心地把祁风扬从密封舱中扶了起来，"虽然这里重力很弱，但你躺了太久，身体需要慢慢适应。"

"我糊涂了，诗宁……"祁风扬说，"刚才我还在木星轨道上减速入轨，突然出现一道光，然后天旋地转，我就被送到了这个地方……这是哪儿？"

"当然是木卫二。"

"不可能！木卫二表面是真空的，但这里有可呼吸的大气，有风，有光，还有……"祁风扬环顾四周，震惊得屏住了呼吸，"草原……"

在他周围，是一片倒悬着的荧光草原。

从这里看去，那确实像一片草原：无数纤细的荧光触须从冰的穹顶上如柳条般垂下，一直向下延伸，消失在深不可测的深渊中。但那其实是假象。由于缺乏参照物，无法判断草的大小。事实上，每一株"草"都有几十公里长。祁风扬所在的位置就是一株"草"根部的囊室，它差不多有一个足球场大。在囊室上方能看见许多健壮的根须，它们深入冰穹的裂隙中，将这株巨草牢固地悬吊在穹顶之下。

"这里是'普罗米修斯'探针着陆点的正下方，距离木卫二表面十三千米。"孙诗宁说。

这时，祁风扬才注意到他所在的地面。那并非岩石，也不是冰层，而是一种透明的果冻似的薄膜。它微微蠕动着，内部有极为复杂的叶脉般的管路，无数气泡和光点在其中飞速流淌着。顺着它们流淌的方向，祁风扬望向这个囊室的顶部——在那里，一团蓝色的火焰正在熊熊燃烧着。两支粗大的脉管在火焰下方轮番跳动，一支连着囊室，另一支直接通往室外。它们喷吐着气流，让那团火焰看起来像是跳动的心脏。

"简直是在梦中啊……"祁风扬喃喃道，"这些巨草，就是你所说的地外生命吗？"

"是的，但不仅仅如此。"孙诗宁说，"它们只是这个世界的生产者，属于环脉门，通过电解水来制造氢气和氧气。这有点儿像地球上的光合作用，但最终的能量根源来自木星的磁场。木卫二在木星磁场中运行时，这些几十公里长的巨草切割磁感线，产生电力，电解水产生氢氧，供给整个世界使用。"

"那团火焰是什么？"祁风扬问。

"姑且称为一种呼吸作用吧。"孙诗宁说，"但与我们体内缓慢的氧化反应不同，这里大部分的生命，无论是环脉门、星状体、涡状体还是别的什么，都直接采用氢氧燃烧供能，非常剧烈，所以这里生命演化的节奏比地球快上千倍，以至于仅用了三万年就产生了智慧文明。你看那边，它们在看着我们呢……"

顺着孙诗宁手指的方向，祁风扬震惊地看到了一群精灵般的生物：它们几乎全透明，难以分辨形状，唯一能看清的只有一对黑珍珠般的眼睛，以及腹腔中蓝色的火光。数百只这样的生物聚集在这个囊室外，一动不动，似乎在虔诚地等候着什么。

"它们是这儿的智慧生命，曾经建立过辉煌的文明，甚至产生过工业革命，但现在已经濒临灭绝了。"孙诗宁说，"在这儿聚集的，已经是它们种群的全部了。"

"为什么会这样？"祁风扬诧异地问。

"因为木星的磁暴。"孙诗宁黯然道，"那场磁暴的强度是平常磁场的数万倍，充沛的能量令这些巨草疯狂繁殖，蔓延到全球，释放出大量的氢气，打破了两种气体的平衡。本来这里的大气圈只有一公里厚，氢氧可以充分混合，但现在，大气圈的厚度已经增长到了二十公里，形成了分界鲜明的氢层和氧层。生物必须交替吸收两种气体才能维持燃烧。无论是对于海面的生物，还是冰穹上的生物，这都是灭顶之灾！"

"那它们现在该怎么办？"祁风扬赶紧追问。

"让神明为它们指引一条逃亡之路呗。"孙诗宁微微一笑。

"神明？"

"没错。"孙诗宁笑了笑，说，"说的就是你呀，著名轨道专家祁风扬先生。"

祁风扬看了看外面的生物，又看了看孙诗宁，仿佛明白了什么。

"我们……被当成神了？"

"是的。最初与这些智慧生物接触的是'普罗米修斯'探针。因为它们还没形成科学体系，人类被它们当成了神明崇拜着，连那枚探针都被供奉在了神坛中，探针上面的铭文——比如 JPL 的徽标和制造者的签名——被当成了神谕来解读。"孙诗宁说，"它们希望能借助神的力量离开这个濒死的世界。我为它们找的新家是木卫四，那里受磁暴影响小一些，地下海洋也更深一些。但我不知道怎么设计飞向那儿的轨道，所以……"

"等等，这个轨道我能设计。但它们打算怎么起飞？有发射工具吗？"

"有，你很快就会看到的。"孙诗宁说。

借着跳跃的蓝色火光，祁风扬接过纸笔，开始演算。

纸是淡黄色的，摸起来很奇怪，有种塑料袋似的质感。笔则是用某种黑色生物的甲壳制成的，很像地球上的贻贝壳。这给他一种印象：尽管这里的文明掌握了星际航行的知识，却完全没有发展过制造业，一切工具都是由生物自然演化而来的。祁风扬郑重地在那张纸上画下了两个圆，分别代表木卫二和木卫四的轨道，然后在旁边列出了动量守恒方程和角动量守恒方程。

太简单了。他想，简直如同自己的学生们在做习题。

他想起了三个月前他离开学校时布置的习题：求解两个星球间的霍曼转移轨道。当时，他还以为生活会继续这样平淡无奇下去，但是霍长浩的一通电话打破了这一切。随后，他实现了尘封的理想，飞越了太空，最后竟然来到了这里，成为另一个文明的拯救之神……

想到这里，他看了看身旁的孙诗宁，无言地笑了笑。

诗宁，你还记得我们当年的梦想吗？

"我要为人类铺下通往星空的道路！"许多年前的他，如是说。

那是他们的第一次约会，在大学的操场上，他们在星空下漫步着、畅想着。在那里，每晚都有无数的人在一圈圈地走着，你能听到所有的人生、所有的话语落在星空中，就像世界上所有的雨落在所有的草地上。

"诗宁，你的梦想是什么？"

"很惭愧，我没什么特别的梦想啊。"

"不会吧？像你这么有才华的人，怎么会没有梦想呢？"

"嗯，其实也有，不过那是很模糊的梦想。我想去看、去体验、去遥远的未知的地方，让我的人生充满两种截然不同的感觉。"

"那是什么？"

"就好像……在夏日的山冈上，你与你最好的朋友一起看日出，心中充满了所有的希望和幻想；或是独自走在雨中的一条无尽的路上，并意识到你将永远这样孤独地走下去……"

是的，她走下去了，勇敢无畏地走下去了。祁风扬的脑海中闪过一帧帧画面：蔚蓝的大海上，她驾着雪白的帆船劈波斩浪；陡峭的悬崖前，她拄着登山杖，回首俯瞰脚下的群山；冰雪苍茫的南极，她躺在冰原上，双眸倒映着银河的星光……最后一次是在埃及的沙漠里，她登上金字塔的顶端，身旁是一个穿着花衬衫的陌生男人。

"风扬，这位是霍长浩，知名科技投资人。"她介绍道。

"幸会，祁先生。"霍长浩咄咄逼人地和他握手，右手好像一把要碾碎核桃的特大号钢钳，"听说你是造火箭的？"

"不完全是，我的主攻方向是新概念航天器轨道设计，火箭属于老概念了。"

"哦，那我有个问题——互联网产业仅仅用了三十年就成了世界的支柱。为什么火箭被发明出来已有近百年，却没有什么进步呢？"

"大概是火箭的局限性吧……有工质推进的话，所耗费的燃料将随着载荷增加而迅速增长，就好像这座金字塔，无数奴隶堆砌数百万块的巨石，只为了把这一小块塔尖送到最高点。"

"古埃及人觉得金字塔就是建筑的极限了，但有了冶金术，人类才能造出埃菲尔铁塔。这就是新方法的力量。"

"是的，我的梦想就是这个。我想找到新方法，打破传统火箭的局限性。其中有个方案叫'北辰计划'，希望在十年内，用光帆把人类送上木卫二！"

十年很快就过去了。那是热血沸腾的十年，也是痛苦坎坷的十年。当初怎么都没想到，这条通往梦想的道路是那么艰难！

"哈哈，别信祁疯子那套，所谓情怀，就是专门用来骗你们这些应届生的……"

"年终奖呢？房车补呢？就算祁疯子能牺牲，也不能让大家一起陪葬啊！"

"抱歉了，祁总，向之所欣，俯仰之间，已为陈迹……"

"小祁啊，有梦想不是错，但空有梦想就不对了……"

为什么这么难呢？他曾一次次地问自己，却总是得不到答案。现在他明白了，与其他的梦不同，通往星辰的梦想之路绝对不是他一个人能走下去的。它必须与他爱的孙诗宁一起，与他恨的霍长浩一起，还有与他所认识的、不认识的人一起，才能坚定不移地走下去。全人类只有在那个夜晚一起点燃亿万盏守望之灯，才能汇聚起足够的力量，将他的梦想送到星辰彼端……

于是乎，梦起、梦碎、梦醒、梦回……

至于眼前的这一切，大概是最疯狂的梦中之梦吧。

半小时后，祁风扬长舒一口气。

"完成了。"他把纸和笔递给孙诗宁，"在下面的这几个时间点，按照这些参数组合进行发射就可以了。"

"速度大概多少呢？"

"每秒三千米。"祁风扬说，"怎么样？这些小精灵的火箭能飞得这么快吗？"

"我想可以的。"孙诗宁点点头，走到囊室一侧，将那张纸递给了一个在外面等候的生物体。很快，周围的智慧生物纷纷散去，没入远处的黑暗中。

又过了半小时，一只生物回到囊室前，挥舞着泛着蓝光的前翅。祁风扬猜测那是一种肢体语言。

"他说可以登船了。"孙诗宁说，"来，咱们走吧。"

"走？跟他们一起去木卫四吗？"

"当然。难道你不想和他们一起开拓那个未知的世界吗？"

祁风扬望着孙诗宁，望着她眼中燃烧着的热切的光，慢慢摇了摇头。

"为什么？"孙诗宁叹了口气，"我们不是约定过要一起去看那片世界尽头的海吗？"

"是的，我们约定过，但现在我还有更重要的责任。"祁风扬说，"你还记得吗？那时候你告诉我，你的童年是在大山深处的三线工厂度过的，母亲离婚远走,父亲常年待在工厂里,你每天只能独自望着夜空出神,用想象创造出无数神奇的世界,用对星空的幻想来弥补现实中的孤独……但你知道吗?你父亲顾不上你是由于'长征九号'火箭的缘故。作为火箭的总指挥,他别无选择。"

"你想说什么?"

"我想说的是,总有人要做铺路人,像你父亲那样做着平凡却不可缺少的工作。他的梦想起初属于自己,但终归又不属于自己。我们的使命是不同的。你追求的是亿万星辰的美,而我要为你铺下通往星空的道路。"

"我明白,但是……我到那儿,一个人……"

"放心,我会回来的。"祁风扬紧紧抱住孙诗宁,说,"有朝一日,我们一定在世界尽头的海边再会。"

在向这个世界看了最后一眼之后,祁风扬缓缓合上了密封舱的舱门。

孙诗宁已经离开了。他只能静静地躺在舱中,等待着,等刚才那神秘的光茧将他送上轨道。

忽然,他感到周围的一切都亮了起来。一道光芒透过舷窗照进舱里,照得他眯起了眼睛。他向外看去,只见一团明亮的蓝色火焰正顺着巨草快速移动着。它从穹顶出发,向下方的黑暗空间烧去,仿佛导火线的火头,又像一颗坠落的太阳,沿途的生物、建筑和其他不知名的物体都依次在光芒中现形。接着,仿佛撞上一堵墙似的,那团火球猛然炸开,光度骤增,然后沿着一个看不见的平面弥漫铺展,顿成燎原之势!

祁风扬猛然醒悟,那就是孙诗宁所说的"界面"——氢气层和氧气层分界的表面。

飞船点火了!

霎时,整个地底世界被蓝白色的火光照得透亮。一堵环形火墙形成了,高度足有数公里,呈圆形扩散开去。

起初很缓慢，但它一路翻卷起烈火旋风，越来越多的氢、氧被卷入了火焰，因此推进速度越来越快。在烈焰的炙烤下，底层的海洋沸腾了，一团团硕大的白色蒸汽云翻滚而上，但它们只维持了片刻，就被第二波的爆燃波撕碎。然后是第三波、第四波，直至整片海洋都化为高温高压的过热蒸汽。震波到达了，在一声石破天惊的巨响中，世界分崩离析，密封舱好像海啸中的舢板一样翻滚起来！

祁风扬看到冰穹上出现了可怕的裂纹，仿佛无数道黑色闪电。裂纹的面积迅速扩大，碎冰和岩石从裂缝中剥落，像暴雨一般倾泻下来。

厚达十公里的冰层被炸开了。在祁风扬的面前出现了一条通往太空的裂缝！

霎时，他眼前一黑，巨大的过载把他猛然按进了靠垫。高压蒸汽推动着密封舱急剧加速，顺着那道裂缝向太空冲去。

【四十五分钟后，休斯敦航天指控中心】

"喂！快看，那是什么？！"

在指挥大厅里，工程师们目瞪口呆地望着大屏幕。

屏幕上是木卫二的红外图像，是由一艘光帆拍摄的。在短短几分钟之内，众人看到一道横跨整个赤道的光圈正在掠过星球的表面，速度不低于每秒十公里，仿佛整颗星球在被缓缓浸入一个看不见的熔炉一般。

"立刻打开可见光通道！"

可见光图像一切正常。木卫二洁白的冰原一如既往。

"见鬼！相机坏了吗？"

"等等！星震仪有读数了，超过最大范围，震源深度二十公里。"一个工程师喊道，"先生，那些热量可能来自冰层之下！"

很快，在红外图像上，那道火圈慢慢合拢，最后收缩到一个点上。一刹那，可见光图像也起了变化：在汇聚点的位置上出现了一个黑斑，它迅速扩大，化为蛛网般的裂纹，向整颗星球蔓延，从中喷出了银白色的蒸汽。由于尺度很大，蒸汽的运动很缓慢，仿佛一条银白色的丝巾在看不见的天风之中轻轻飘舞着，慢慢被引力之手抚平，最终形成了一条横跨数万公里的冰雪喷泉。

此时的木卫二看起来仿佛一颗硕大的彗星。覆盖星球的冰原崩裂为成千上万块碎片，每一块的尺寸都有数千米。在爆炸赋予的初速度下，它们向四面八方飞散开去。

"先生，我们要终止任务吗？"

"不必了。别忘了通信延迟，那是四十五分钟前的事情，该发生的早就已经发生了。"

【同一时刻，木星环绕轨道，加速控制点 B】

在许久的黑暗后，一道温暖的阳光透过舷窗照在祁风扬的脸上，把他从昏迷中唤醒。

这是木星的第一缕朝阳。

此时，"北辰号"目标帆终于飞出了木星阴影。在它周围，木卫二喷出的冰喷流已经膨胀，变得稀薄，最后变得完全不可见；爆炸产生的碎片也已落回星球表面，只有极少数达到了木卫二的逃逸速度，四散飞向宇宙深处。

"'北辰'，这里是休斯敦。收到请回话……"

在嘈杂的静电干扰中，一阵焦急的话音在祁风扬耳畔响起，听起来是那样亲切，他不禁热泪盈眶。

"休斯敦，这里是'北辰'。"他说，"我还活着，飞船状态正常……很抱歉，由于木卫二的突变，我未能完成救援任务。"

说罢，他看了看仪表板。倒计时在跳动着，加速控制点 B 已经接近。他看到远处出现了数十个光点，那是正在重新集结的光帆编队。

"'北辰',若一切顺利,请按二号备用方案进行变轨……"

"明白。目前飞船状态正常,轨道正常,已做好变轨准备……"他说,"说实在的,现在回去,我还真有点儿舍不得。你们绝对想不到我在这里看到了什么……"

是的,除他之外,没有人能看到如此壮美的景象了。在他眼前出现了一道彩虹——横跨百万公里的彩虹。它一端连接着木卫二,另一端连接着木星,仿佛一条连接着过去与未来的桥,又像天空的拱门。在这座拱门之下,"北辰号"庄严地航行着,银白的巨帆在彩虹之下闪耀,美得令人窒息。

在这里,他仿佛又听见了那个熟悉的惊叹声:

"啊!这真是太美了!"

那是十几年前的回忆了。在那个回忆中的夏日,在海滩边,孙诗宁惊叹着,肩头落着鲜红的凤凰花花瓣,眼前是蔚蓝的海。那时,他们刚刚毕业,一切的辉煌和苦难都还没有开始。他们还与无数的少男少女一样,对未来充满单纯的憧憬,所期待的生活美好而平凡。

然而,正当他鼓起勇气向女孩表白时,一个不平凡的事物出现了。海湾彼岸忽然传来了一阵"隆隆"声。地平线上升起了一条乳白色的烟迹,直上云霄,宛如通往天空的道路。

"啊,那是'长征九号'……"他说,"举世无双的大火箭,能把飞船送到火星、木星,甚至更远的地方!"

"是的,那真是开启了一个崭新的时代啊……"

"不仅如此,从今天开始,我们俩也将迎来一个新时代呢。"

说罢,祁风扬从背后拿出一束玫瑰:"诗宁,我喜欢你。你愿意和我并肩携手,去寻找那世界尽头的海吗?"

突然,正在上升的火箭剧烈抖动起来,旋即翻滚、断裂,炸成一团火球!

天路戛然而止,白色烟迹末端绽成四散的乱发,无数碎片漫天飞舞,失控的助推器在天空中乱窜,翻滚着、坠落着,尾烟在晚霞中画出一圈圈悲凉的螺旋……

"诗宁……你还愿意吗?"

他望着孙诗宁的眼睛。那里映照着梦魇般的惨象——火箭在爆炸,残骸在坠落,人们尖叫、哭泣……但她的双眸依然那么坚定、沉静,仿佛烈焰中的两颗纯净的玉石。

"我愿意。"

尾声　此火为大

【三年后,海南文昌航天发射中心】

这又是一个寻常的早晨。

工作结束后,祁风扬信步登上铜鼓岭。俯瞰,发射场一览无余。

即将进行的是"长征九号"的第二百零三次发射。此时火箭正在加注燃料,一缕缕雾气从燃料接头旁流泻下来,随风飘散,好像少女的秀发,被朝阳镀上一层毛茸茸的金边。

望着这景象,祁风扬正发呆出神。忽然,他看到山脚下有一个熟悉的身影在向他走来。

"祁老弟,你怎么在这个地方?"霍长浩气喘吁吁地说,"我找你找得好苦啊……"

"哎呀,这不是首富嘛。什么风把你给吹来了?"

"这不,有大事要告诉你啊!"

"什么?"

"凯瑟琳要写书了。她是'波塞冬号'原定的载员之一。"

"就是被孙诗宁换下来的那个?"

"对,她的新书是写她与孙诗宁的幕后故事,书名叫《闪耀的骗局》。一听这名字,你肯定就知道这不是什么好东西了。"

"我早就习惯了。"

"但这次不同,祁老弟,她不仅详细描述了孙诗宁介入'波塞冬号'任务的经过,还找到了她的一篇未完成的小说,题目叫《世界尽头的海》,其中所描写的木卫二生命和你的叙述一模一样。"霍长浩盯着祁风扬,严肃地说,"关键是,这篇小说是在她大三时写的!"

"那又如何?"祁风扬说,"这种东西很容易造假。"

"我知道,但是我……我真的有些动摇了。祁老弟,你能不能告诉我真相?"

"这就是真相啊!"祁风扬说,"整个木卫二都爆炸了,全人类有目共睹。这有什么可怀疑的?"

"但也不必扯上外星人……或许有其他机理能让木卫二的地下海洋电解,纯自然的机理,使得冰层下充满氢气和氧气。'莱姆'冰喷泉就是导火索,而孙诗宁死前去那里是为了点燃它。"霍长浩说,"而且,你打算怎么解释这些疑点呢?'北辰号'的光帆,为什么在木卫二一进一出之后还能毫发无损?爆炸产生的碎块中,为什么没有任何一块像你说的那样飞向木卫四?祁老弟,面对现实吧,你不是大卫·鲍曼,木卫二上也没有黑石碑。在木星阴影中的那十个小时,你的真实经历到底是什么?"

"好吧,好吧,我承认,我确实在十几年前就和孙诗宁串通好了,我们联手制造了一个大骗局。"祁风扬摆摆手,"但这确实是闪耀的骗局,不是吗?"

霍长浩得意地笑了,但瞬间表情又转为震惊,然后变得怅然。最后,他摇了摇头,说:"要真是这样,算你们狠。"

"其实这根本不重要……反正,我们创造的奇迹可是真实存在的。"祁风扬说,"你看这里,这是我和孙诗宁表白的地方。那时候她告诉我,我们的时代其实并不像我们所见的那般平凡。我们所做的每一次选择,垒下的每一块砖瓦,都将改变后世铭记的历史,甚至成为另一个种族的神话。这便是登天的魅力了:千百年后,群星间的子孙应该会谈起我们吧,就像我们谈起点燃最初的火炬的原始人一样……"

一阵"隆隆"的轰鸣,火箭发射了。刺眼的橘黄色光焰腾空而起,扶摇直上,用熊熊烈火立起了一座通天的高塔。

在那闪耀的火光中,霍长浩看到祁风扬正跪地抚摸着一块石碑,碑上刻着字:

> 我要做远方的忠诚的儿子
> 和物质的短暂情人
> 和所有以梦为马的诗人一样
> 我不得不和烈士和小丑走在同一道路上
> 万人都要将火熄灭
> 我一人独将此火高高举起
> 此火为大
> 开花落英于神圣的祖国
> 和所有以梦为马的诗人一样
> 我借此火得度一生的茫茫黑夜

博物馆之心

糖匪

费米的便条

1954年5月，我独自一人前往纽约探望一个年轻时代的朋友。事实上，我们的关系并不算亲近，高中毕业之后就很少来往，要不是因为我们有一个共同的朋友，我甚至不知道他现在在哪里。另一方面，我的身体状况也不允许我独自出行。这很可能是我生命中最后一个春天了。

我一个人去了纽约，没和任何人打招呼，甚至包括那位朋友。这次不必要并且不合理的出行以失败告终。当我按照打听来的地址找到他的公寓时，他并不在家。我猜想他可能只是出去办事，晚些时候就会回来，于是决定等他。

过去几年，我一直被迫待在室内静养，所以不愿再枯坐在某个屋顶下。那天天气很暖和，我走过两条街，进了中央公园，找到一个面对草坪的长椅坐了下来，没多久便睡着了。等我醒来时，风衣口袋里多了一盒卡带。没错，是卡带。

那天我没有等到我的朋友，可能是太过沮丧，或者是无聊，我向住宿的酒店借来录音机，将卡带的内容一次听完，里面的内容令人震惊，是关于外星人的！这可是20世纪50年代，有一半以上的美国人相信外星人的存在，四分之一以上的人声称见过不明飞行物，《纽约客》上充斥着对外星人和飞碟的描绘。

四年前，当我和"曼哈顿计划"的同事们在一起时，我们也常常讨论这个话题。有一天在富林小屋吃午饭时，埃米尔告诉我们，周末晚上，他的祖父和父亲为外星人是否存在这个问题而争执不休，差点儿搞砸了家庭聚会。我停下手中的餐具。

"那么，他们在哪里？"我问。

所有人都笑了。他们认为这是笑话，甚至连我自己都被这笑声感染而大笑起来。但我知道，那个问题并不是笑话。

在灯光下，我打量着这盒卡带。它离奇的出现方式以及匪夷所思的内容，令我几乎相信这是命运的安排。是的，在1954年5月的某个夜晚，当我身心疲惫地将要过完一天，又听到这盒卡带时，我差点儿成了一个宿命论者。也许我千里迢迢地来到纽约，并不是为了见一个并不亲密的朋友，而是因为受到了某种召唤，为了得到这盒卡带。

"那么，他们在哪里？"

卡带回答了这个问题。

理智在最后关头阻止了我，没有必要去赘述拿到卡带后的一个月里我是如何焦虑不安，如何惊慌失措的。对于一个身患绝症的科学家而言，没有什么比在最后关头精神崩溃更糟糕的了。身体衰竭的最大坏处在于人们可以理所当然地认为你的智识水平也随之衰退。当我写下这些话时，已经做出决定，这张便条将和卡带一起封存起来，交给我最信任的A保管。也许有一天，当时机合适时，她会将卡带的内容公开。

以下是卡带的内容。

费米卡带 A 面

第七日

一

J一眼就能认出她。

人群里,不需要费多大劲儿就能看到她,她的模样和这里的人完全不同。按20世纪的标准,那应该算是美的。

"她的美貌出卖了她。"

J走向她的时候,心里反复品味着这句话。明明是看见她时才冒出的念头,却好像旧文明时期的陈腔滥调。那些无法被降解的芯片上存储着无数这类句子,无所事事的夜里,可以用来消磨时间。他慢慢走近她,走进她柔软长卷发的金色光芒里。

"嗨。"他向她打招呼。她的肩膀轻轻一颤,身体重心移到脚跟。

他注意到了,露出温和的笑容:"你看起来很冷。我们去弄点吃的,再找几件合身的衣服吧。"J走在前面,保持恰当的步速。她并没有像其他人那样紧紧跟在后面,出于某种原因,她始终和J保持一定的距离。穿过曾经是中央公园的那片绿地时,她忽然赶上J,脚底生风一般,并肩走在他边上。J向她看去,那张脸上一片梦游者般的空白、安详,以及近乎勇敢的镇定。

"一眼就能认出她。"让J来领走她的那个人这么说道。的确如此,只是她的样子和J预想的有偏差。从她的立场出发,她应该更惊慌一点儿。因为这里的情况和她的预想有偏差，且这偏差很大。然而，她已经只身来到这里，并将自己改造成她预想中人类的模样。

她就像个 20 世纪 70 年代的好莱坞明星，除了脸上那份空白。人类以前就是那个样子，真奢侈。那时候的人们笃信太阳不死，这些恒温动物。

经过几个正在挖掘聚乙烯残片的考古人员，J 带她走进最近的一个地下入口。"大多数时候，我们待在下面。"J 说。她并没有在听，径自一路下到平台，蛛网般密布的地下世界的小径在他们面前展开。借着 J 身体的鳞片在黑暗中发出的微弱光芒，她环视四周，仿佛能看到深入地底的每条路径的尽头。

"地球？"

"不，纽约。"J 答道。

第一天，她只说了这一句话。

二

点完饮料，他们面对面坐着已经过去一小时。J 的体温在慢慢下降，新陈代谢也随之变慢。他随时都会睡过去。事实上，这么坐在酒吧转椅上对着一个白肤金发的美女，他觉得自己已经掉进一个梦里。

他左眼转动，视线对焦在吧台后面镜子里的人影。细长的眼裂，外眼角向上，利于抵挡沙尘；覆满脸部和身体的细小蓝色鳞片，有利于在寒冷的环境里尽可能保持体温。还有一些变化，在外表之下，镜子里无法显现。这就是人类了。为了适应骤然恶劣的自然环境，通过基因改造完成的最终形态。在他的右眼里，始终清晰映现着另一个人影，那是人类原来的模样。

她的面孔突然扭曲成可怕的样子。

"怎么了？"J 跳起来。

"我想和你一样。"她做了个手势。

"不，你的视野没有三百六十度。不像我们，我们的眼睛分布在面部的两侧，生理构造不同。"J解释道。

她停下来，啜吸杯子里的低度酒精。

她用三天时间浏览了J提供的所有关于地球的资料，理论上应该对人类和地球有了更准确的了解，也明白自己的处境。但遇到许多事，她仍旧需要J的解释。这是他的工作最不重要的一部分。

"气温骤降，植被和粮食越来越少。为了生存下去，人类必须改变自身，成为变温动物，以此来适应这样的环境。有种说法是上天选择了人类现在的进化方向。"他没有说下去。不管是基因改造，还是上天的意志，或者是人类的自然进化，都不重要了。

他们回到沉默里，啜吸各自的饮料。今天一整天都耗在这里，也许之后几天也会如此。打他第一眼见到她时，就应该辨识出隐藏在她身体里的巨大力量——停滞的力量。一切日常运转的事物都将因为她的出现而停滞不前。

"变成这样，开心吗？"她说着，叼起吸管，对着半空。

"是出于需要。"

她松开吸管，由它掉在地上。"伤脑筋吧？"她认真地打量着J。

那个标准答案几乎要从J的体内脱口而出。

那一刻，J天真地以为事情就要变得顺利起来。

那些被其他人问过的问题，那些他可以熟练回答的答案，那些一旦进入流程就无法逆转的操作步骤，那些圆满完成了的工作。

然而，她漫不经心地错开了他的视线，低头注视着那根吸管，问："钻石很贵吧？地球上的钻石很值钱吧？"

J点点头。

"你们居然用钻石来做唱针。钻石唱针，还有金唱片。"她说。

1978年4月，继"旅行者2号"之后，宇航局又秘密发送了第三个探测器，向外星文明送上第三份地球名片：镀金铜唱片、钻石唱针。和之前的内容不同，这次唱片上更多的是当时的流行文化。她说她是第三张唱片的获得者。

"用了很长时间。"她抬起下巴看着J。

J不知道她说的是得到唱片的时间，还是改造成人类来到地球的时间，那不重要。过时的信息造成了一个可以弥补的错误。他要告诉她，只要她愿意，他能帮她改造成人类的样子。

"这些年来，有大量外星来客移民地球，他们大部分的身体构造……"

"是啊，真空泡一直在扩张，许多人都躲到地球来。传说是真的吗？躲到地球上就安全了？"她蜷缩在新买的二手风衣里，若无其事地打断了J的话题。这次也太明显了。J猛仰脖子，一口灌下剩下的酒。

不能生气发作、不能诱导或强迫外星来客改造身体、不能让初来的外星来客接触经过改造的外星来客、不能先提到"改造身体"这四个字。

《异星客保护条例》出台后，相应的工作规则如此要求他。

但是工作内容仍旧没变：带领刚到地球的异星客熟悉环境，使他们意识到改造身体的必要。

在七天之内，大多数异星客都会选择改造成地球人，J不知道那些少数没有选择改造的异星客最后去了哪里。工作的最后一个环节，是把这些异星客带进对外总署那宽敞的等候室——一屋子白得刺眼的瓷砖。

"明天去哪里？"她问。J沉默着。他们走到地面上，空荡荡的建筑，没有树木，但至少还有苔藓。有时候能根据苔藓的长势猜测冻土层下面街道原来的样子。这只是无聊时候的猜测，永远不被证实。

她又问了一遍，得到的还是沉默。她停下脚步，仰头看天空，一枚脏兮兮的黄色斑点。"太阳？"她问。

那曾经是地球的生命之源。"在我小时候，它还有这么大。"J用手指比画着。

"越来越小啊！灰柠檬色。"

"灰柠檬色？" J觉得好笑。他喜欢这样随心所欲的说话方式。

"按现在的距离，到达我们眼睛的光子，从太阳表面出发，要用上一个星期吧。"

"嗯，据说在太阳内核的光子要用几十万年才能到达太阳表面。"

三

"博物馆。"她说。

J一度怀疑自己听错了，她从来不确切说出心里的想法。想要什么、想吃什么、想去哪里或者害怕什么。或许只是因为她的心里还没来得及有什么想法，有时候J会这么想。

他们像游魂那样游荡了三天，只要不是太冷的话，大部分时间在地表。她喜欢空荡荡的建筑物，从破碎的窗户张望外面，在厚厚的灰尘下翻找、研究被遗弃的物品，比如玩具。J被她带着，随机地决定做什么。在稀薄的光芒下，J感到越来越恍惚。可在那时候，她突然有了决定。

于是，第七天，J带她去了METE。那是城里少数需要买票进入的地面建筑，也是少数还有人在维护的公共场所。据J所知，她读过里面所有展品的资料，而且似乎也能尽数记下。J疑心她藏起智慧，伪装成和人类拥有同等智力水平的外星来客。没过一会儿，J又开始疑心她就连此刻的随心所欲也是伪装出来的。

最后一天，J忽然从恍惚中一下子醒过来，觉得恐惧。J无法再相信眼前这个异星客。J跟着她走过一条条长廊，巡视两边静默的展品。尽管有市政出资找人清洁，但是据说从蒙古过来的风沙还是被渐渐吞没在这里。只是时间问题，J想。她并没有那么大的感触，面对人类上万年文明积累的丰硕成果，她看上去似乎无动于衷，甚至还没有她进入别人的公寓时兴奋。

"我分不清仓库、博物馆、档案室的区别。"她说。

他们很快从 METE 出来。当她要求去第二家博物馆时，J 意识到自己还有十二个小时可以完成任务，到现在为止没有一点儿进展，之前所有的职业经验全无用处。不过，遭遇到从未有过的挫败并没有令他颓丧，他盯着面前这张渐渐鲜活的面孔，这张面孔刚刚从博物馆的幽暗阴影里进到薄银般的日光里，仿佛是某种启示。

关于自暴自弃。

那一刻，J 连日来僵硬的肩颈忽然放松下来。J 带着她穿过东河，那座钢结构斜拉悬索桥被摧毁后，人们在原有的桥基上用碳纳米重建了简易的桥身。J 从来没想过有一天自己会从那上面走，但是她坚持这么做。

有时候她会很固执，但有时候她又不闻不问，任由 J 带她到任何地方，哪怕是在最后几个小时里。到那栋灰色公寓楼的时候，他们还剩下不到八小时。她也知道七天的规定。第一天，J 给的资料上写明她有七天时间考虑是否融入人类，但是和 J 的工作规则一样，给她的资料上没有说七天之后如果不接受改造她会怎样。

电梯显然不能用。他们从楼梯攀爬向上，不去细想脚下碰到的软绵绵的物体是什么，也不追究扶手上黏糊糊、腥臭的粘连物的来源。J 周身的鳞片发出最大强度的亮光，也只刚刚照出自己的轮廓。比起地下世界，向上去的黑暗似乎更加浓重。

推门进去前，J 不确信这就是他们要来的地方，他也很久没来过了。上次是什么时候？他忽然意识到原来他也有过喜欢在地面游荡的时候。

"不是普通的住家？"她站在半散架的电脑桌前问。

"不是。"第一次来这儿的时候 J 也是这么以为，直到读到墙上的文字说明，"这里是博物馆。"尽管只有一个展览，但的确是博物馆无疑。

J 这么认为。

"也是博物馆？"她在墙角捡起一两个长方形木框，底板连同曾经用来展示的部分早被自然降解。她把脸凑近，木框勾勒出她美丽的五官。

"以前是做什么用的呢？"她问。

"放置好看或者有趣的图片。"J 猜。

他们来到一台放在地上的浅绿色的打字机前。这是目前为止，他们看到唯一算是完整的物件，可能也是这间屋子里唯一一件能称得上展品的东西。她望向 J，J 拉着她在房间里转了一圈，看完了所有丙烯酸涂料写的文字说明。"所以说，是因为猴子的关系。"她明白了。

"还因为莎士比亚。"

"这台打字机之所以被纪念，不是因为它和其他打字机有什么区别。"

"它和其他打字机有区别。猴子们用它写出了莎士比亚戏剧。"

她蹙紧眉毛，以前人类感到痛苦和困惑时，就会做出这样的表情。为什么要感到痛苦？又或者是感到困惑呢？

"它和其他打字机有什么区别？"

"它参与其中，经历过。"

"经历过令它发生改变？"

"没有。"

经历如何可见？经历如何被展览？只能相信它是不同的。

用它与众不同的经历来验证经历的真实性。

J 咽了口唾沫，他提醒自己没有多余的能量可以消耗了。改造的时候，要是把发声系统也改成蜥蜴那样该多好。"走吧。"他听到自己的声音穿过厚厚的倦意抵达。

"即使是同一种样子，经历也不尽相同，所以其实也并不能归为同类。对吧？"她说。

J 的心跳慢了一拍，说："融入需要时间。但是第一步先从外部条件……"

她笑了："我没有在说改造身体的事哟。"

J想说他也没有，现在进行的是一场纯粹的玩乐，时间只剩下七个小时了。

从事这份工作后，他常常会莫名环顾四周，想要辨别隐藏在人类中的异星客。他们穿越星系团，最大限度地使用他们快要散架的航空工具，结束漫长的旅程，来到地球，为了宇宙里的一个传说，躲进人类的躯体，躲进幽蓝且微弱的鳞片光芒。

生存可以简单些，也不会引起人类不必要的慌张。有句话似乎是这么说的。一切为了简便和最大能效，在缺乏能源的情况下，简单化才是唯一的合理的做法。

多么美啊！如果触碰她的皮肤，会感到柔软吗？J那么想着的时候，一双手覆盖在他带着蹼的爪子上。是的，真的很柔软。

博物馆比想象的小，但不是那么小。房间和其他公寓打通，一共有四五个房间。他们慢慢走着，小心翼翼地落脚，以免踩坏什么曾经是很重要的东西。夜晚快要来临了吧，风从窗户灌进来。J昏昏欲睡，像走在梦里，唯一记挂的就是时间。今天是第七天，进入倒计时。恍惚间，一个念头在J的心里生根。他想，这倒计时属于地球。不单是她，不单是他们，不单是布鲁克林，不单是纽约，也许不单是地球，在灰蓝色的寒冷中，应是他们最后的时刻。

他们进入最后一个房间。除了文字介绍外，在两个窗户间的墙壁上隐隐有着字迹。

"是个等号。"她上前抚摸着斑驳的墙面，在那个也许是等号的位置。

"原来是个等式。"J以前从来没有注意到，那上面的喷漆几乎褪色了。

他们为这个发现感到兴奋，声音微微发抖。

她蹲下来，研究地上一堆腐蚀的金属桶，又看了相应的文字介绍，明白了那是猫罐头，接着读了墙上的所有说明，明白了发生过什么事。

"那只猫……它最后是死了还是活着？"

"那只猫？" J 顿了一下，用了很长时间去想该怎么回答，"那只猫……它是薛定谔的猫。"

她睁大眼睛，大到眼皮几乎眦裂，几乎露出那副身体里面的构造。

"它既是活着的，又死去了。"她说出那早被人类用到烂俗的结论，那结论似乎又以某种 J 永远也无法理解的方式击中她。裹在风衣里的纤瘦躯体像飓风中的屋顶，J 这么想着。第一次，他用了自己创作出来的比喻（他创造出自己的比喻）。

"带我去做改造吧。"她说。

他不记得她是否哭了，因为之后她透露的事实太令人震惊了。

在第七天的倒数第三个小时，她告诉他，地球早已经不存在了。她的飞船降落在独自逃向另一颗年轻恒星的大陆板块上。

北美大陆板块正独自向太阳系外漂走，连接着板块的基岩由聚变引擎推动。而维持大气层的引力场则藏在他们地下世界的最深处。

费米卡带 B 面

博物馆之心

到末了，她告诉他，这块孤独的大陆，并且只有这块大陆，正在聚变引擎的推动下，向着太阳系以外那颗大小适中的恒星前进。

他恐怕并没有理解她的意思。震惊中，地球人把外星来客的信息当作隐喻接收下来——孤独的北美洲大陆遭到放逐，在宇宙中孤舟般地漂泊颠簸。他无法去想象大陆板块连同基岩脱离地球的样子，无法去想象连接和维持大气层的引力场以及维持动力装置的能量核，无法想象实体本身。

　　除了工蜂一般的人类，还存在另外一些人。
　　他们努力寻找使经验成为可能的结构，试图在结构之上去理解他们的世界。那种专注投入使得他们有了蜂王般的力量。
　　那个孩子从我身边走过，按下电梯按钮，用指甲里嵌有细沙的那只手。我上了下一趟电梯，走到某一户人家的门口，按下门铃，是他的母亲开的门。那孩子在客厅。他从一堆玩具中抬起头，朝门口望过来。小孩子通常不这样看人。我做了简单的自我介绍。
　　他母亲把我请进屋。寒暄过后，女人简略提到我将要从事的工作内容，并以微妙的方式暗示了这份工作的真正性质。在确认我领会她的意图后，她欣然签订了由事务所事先拟定的劳动协议。整个过程，那个孩子一直盯着我们。
　　这并不意外。他在婴儿的时候，就是那样打量外部世界、探究其中各种奥秘以及事物之间的联系的。从签订合同的那刻开始，我将有整整四年的时间与这目光相伴。这是我的工作。名义上，我是那个孩子的美术家教，但对这样几代都担任重要官职的家庭来说，有个能够低调的贴身保护孩子的人似乎并不是坏事。
　　在事务所的推荐下，我成了那个孩子的保镖，帮助他避开所有那些隐藏在未来不可知暗流里所有可能的危险。人类，地球人，他们害怕未来，又憧憬未来。对他们而言，那是一片混沌未知的领域，什么事都可能发生。
　　对我而言，什么事都已经发生过了。或者说，什么事都正在发生。时间之流就在眼前，甚至不用眺目远望。过去、现在、未来，所有发生的事都在我面前呈现，叠加在三维空间上，通过距离去感知它们。这是我们与生俱来的感知方式。

因为这样,刚来到地球的那段时间,我花了很长时间去理解和适应人类的感知方式。三维空间中,有五种基本感觉器官感知到的世界。对他们而言,此刻单单意味着此刻。切片般的瞬间,独立于过去和将来。一旦明白其中关隘,伪装成他们中的一员就很简单。对他们不知道的世界保持沉默,就像一个正常人伪装成盲人。

地球人看不见未来。他们中的很多人相信此刻的言行决定将来的命运。这简单的因果关系,就好比盲人相信盲杖敲打的声音能够决定脚下道路的方向。

不应嘲笑他们。他们需要这样的信念。

那个孩子被安排了很多的课程,并不全都枯燥乏味。比如柔道和小提琴,虽然一样需要苦练,但他乐在其中。然而他最热衷的,是家门口花园的沙坑。他在沙坑中堆砌城墙、宫殿、桥梁、住屋,或者在沙面画画,主要是人脸或者汉字。他的作品和别的孩子的作品别无二致——脆弱,随时会崩塌,并无新意,也是对外部世界的稚拙再现。然而,他几乎在其中投注了全部心血。到底是迷恋构成世界多样面貌的基本物质,还是痴迷于模拟世界的仿真造型?

我站在不远处静静观察着。望着孩子和沙坑的同时,也看见十八年后,他在另一个城市里建起的博物馆。

起初?起初只是缘于一个小念头,但并不像他日后向别人讲述的故事那样,以一个老人的收集为契机。他没有说谎。只是那些触动人们心弦的起因往往都细微如尘埃,无法被察觉,难以被表达。在纽约读MFA[①]的最后半年里,他开始准备自己的毕业展。原来他只是打算做关于地球人历来一些著名思想实验的摄影作品,后来许多想法在脑海里慢慢发酵,他生出

---

① MFA:艺术硕士。

一个大胆的念头——要建一个博物馆。那年春天，他意外地迷上了博尔赫斯笔下的图书馆，在那个南美洲盲人的迷宫小径里依稀看到某种幻影，或者说可能性。

单单虚构一个博物馆还不够，甚至在虚拟网络世界的建设也不能满足他。他需要实物，更具体、真切的存在。必须有某物被留下来，事件才得以真正发生。他的一个并不亲近的朋友这样理解他的实践，事实上那个人也被他拉进一起建造博物馆的冒险中。

在他组建的团队里，有建筑师、动画师、画家、多媒体艺术家、神经科学家、骨科专家、室内设计师、光学动力学专家、人类学家、理论物理博士，以及宇航员，还有一名分子生物专家兼兽医。其中一部分人担任顾问，负责提供切实详尽的专业知识。而另一部分人，以他们擅长的方式负责创造。

还有另一些人，负责观看。

我看着那个孩子，他耐心地耙着沙，一遍又一遍，在盛夏的烈日下，一点儿都不感到焦躁。他的眼睛一阵刺痛，是汗流进了眼睛，带着咸味的刺痛。他揉了揉眼睛，趁着这个间隙评估刚才工作的成果。现在他抄起铲子，将沙一点点放进橘红色的沙漏，耐心收集落下的沙子，将它们填进自制的模具里，填满、压实，用刀子抹平表面……

周末没有下雨。纽约的春天，阳光还算和煦。他和一个建筑师朋友约在 HIGHLINE[①] 见面。他们在热狗摊那儿买了两个热狗当午餐，边走边聊。阳光在树叶和女孩的脸上跳跃着。他们交换完初步的想法，短暂的沉默后，他对着 Rojas[②] 巨大的水泥立方体，邀请女孩参与室内设计的部分。

我看着那个孩子，他抓住模具外壳的边缘，缓慢垂直向上抬。三角形

---

① HIGHLINE：高线公园，一个位于纽约曼哈顿的线型空中花园。
② Rojas：著名艺术家。

沙块脱模成型，却在落地时松散开裂……

上午，他过得并不顺利：出门时发现家里下水道堵了、按照预定时间找教授讨论毕业作品却被放了鸽子、骨科专家来信说没法儿弄到他要的测骨龄的 X 线片、从二手书摊上买的科幻小说集意外地缺失了重要的几页……坐到图书馆的老位置，他打开计算机，收到雕塑家的邮件。

我看着那个孩子。他目不转睛地盯着从水壶花洒处洒落的水流，注视着水珠隐没在沙砾中，最后连水渍都淡去，只留下淡黄色的干涸的痕迹。也许现在是可以重新制作沙块的时候了，他掏出塑料管，用它制作最重要的长圆形沙块。在他周围是他为自己要建起的城市所挖掘的壕沟……

那个博物馆最终建成了。

建成的当天，他同团队成员一起庆祝；某个深夜，他握着女朋友的手在展品间夜巡，他真爱她专注进食时的、像小动物的模样；最失意的那段日子，每天早晨，他透过万有引力公式旁边的那扇窗户，俯瞰这座城市睡眼惺忪的样子；再过几年，他的孩子会比他更热衷这个地方，他有了更重要的项目要去完成。

从什么时候起，我过于频繁地注视着这个孩子的未来。确切地说，是他身处博物馆的时刻。没多久，我更深地陷入对博物馆的凝视中。无论何时何地，在做什么，我总忍不住将目光投向未来纽约这一座小小的博物馆，投向它建成的第九天，第四个月零七天，第二十个月零十天，它的任何一个时刻。我尤其偏爱那些空无一人的时刻。

没有任何人，只剩下展品。我的意识巡游其间。

鲜艳的、带着特殊趣味的科幻小说海报，还有打字机、爱因斯坦的公式、猫粮罐头、宇航服、旧照片和写字桌，大部分在二手市场随处可见的物件在这里以另一种不同的方式被展示。我曾经仔细将它们和新出厂的商品，以及普通二手商品做过比较。差别在哪儿？被卷入某个重大事件——思想试验中，在使用之后，又被那事件抛还给日常之中。有什么特殊的痕迹留下吗？或者有什么被剥夺去了吗？

我小心翼翼地在它们面前经过，生怕留下自己的气息，生怕我的不小心给它们留下无法逆转的改变。这些作为曾经发生的事件留下的残骸，它们在这里，为了证明它们曾经参与的事件。多么不可思议，对于直面时间河流的我而言，过去、未来、现在总是同时呈现在我的眼前，从来不需要这些多余的痕迹——不需要痕迹去证明曾经发生过什么。然而这些展品、事件留下的残骸被搁置此处，搁浅在时间河流浅滩上的莫名之物，我无法从它们身上挪开视线，犹如那些热爱在墓地里散步的怪客，近乎痴情地凝视着它们。那时候的心情，宁静平和。身处时间之河的无止境的律动，我却前所未有地感到某种近乎停止的缓慢、感知的终结，如同死亡。

是的，所有的生命都会消失，但他们的痕迹会以某种方式留下。未必会被纪念，甚至未必会被察觉，但一定会留下。

这座博物馆会比那孩子存在得更久。

比他的朋友、家人，比大多数人类存在得更久。

几百年后，当北美洲大陆孤岛般地飞向太阳系外寻找另一个恒星的庇护时，它仍旧伫立在它最初被建造的地方——纽约的老布鲁克林。

有一个外星人将在那里决定改造自己的身体。她也将在那里告诉地球人北美洲大陆的真相。这个真相将被当作隐喻而被记录下来。

只要正对下午五点的太阳，视线向右偏一些，越过几个恰好挡在前面的时间点，我就能看到那个隐喻被记录的瞬间。

它确实存在，并且早已存在。

这么说来，现在你们应该知道我不是地球人或地球生物。人，这个词，是地球人特有的称呼。我们不说"人"，也不喜欢被称作外星"人"。

在那个孩子四岁的时候，我成为他的保镖，伪装成人类，隐藏在这座古老的灰蒙蒙的城市里。城市很脏，冬天下鹅毛大雪，春天落漫天黄沙，曾经是宫殿的地方现在住着这个国家的领导人。以这块红色区域为中心，城市一圈一圈地向外不断扩张、膨胀，在它臃肿的体形里装满了几百万彼此陌生的高级生命体。对于外星生物而言，没有什么比混迹于其中更安全的了。

我守护着那个孩子，守护着他的时间之流，保证他的过去、现在、将来都完好无缺。他的父母很满意，孩子也很信任我。他似乎认为我会一直这样陪伴着他。

也许的确如此，也许不是。

当我身处此刻时，目光却在那间博物馆里徜徉。我的一部分已经留在了那里。

当然，我也会死去，在某个时刻以某种方式。如果愿意的话，我可以看到自己的未来，知道有一天我会这样离奇地死去。但是为什么我要那么做？在我活着的每时每刻，都和未来共存，都与过去共存，感知时间之流的每一分律动。我的生命与其说是一条短暂的直线，不如说是混沌时空的一个永不消失的点。我从未存在，也从未消失。

从这个意义上来说，我一直就在那儿，守护着那个博物馆。

我就是博物馆那颗隐秘跳动的心脏。

我就是博物馆里那无数颗跳动着的心脏中的一颗。

无数个新年

灰狐

一

"来,拿着。"奶奶微笑着,伸出捏着红包的手。

"不用了,奶奶。我都毕业两年了,还给什么红包啊!"我假意推托,眼角的余光却盯着我爸。

"拿着吧,早都准备了,明年就不给了。"奶奶执意要把红包塞到我手里。

我等着老爸脸上的表情放松。大概是看到我秉承了他谦让的美德,他露出笑容,我便不再推辞,把红包放进口袋。

"谢谢奶奶!祝您新年快乐。"

我坐到一边,看着奶奶去追着蛋仔——我表哥家的孩子,我的表侄子——塞红包。那孩子理都没理,把红包扔在地上,大姑悄悄地捡起红包收起来。

这场景我看了几百遍。

三百六十四遍。

我不用数就知道红包里有多少钱,还知道如果我不去拦的话,蛋仔一分钟之后就会撞在桌角上,足足哭二十一分钟,直到电视里的小品演员光着头出来,满场找媳妇,他才会流着鼻涕笑出声来。

我知道这一天之内发生的所有事。

因为我被困在了这里,被困在了大年初一。

准确地说,我从大年三十下午五点四十八分被困到初一下午五点四十七分。时间在这两点之间结成了环,我成了在这个环里狂奔的仓鼠。

我不知道这是怎么发生的。当时我正和二姑、二婶还有堂哥四个人一起打麻将,我已经连坐了三庄,然后又摸到一张七条——自摸。我想当时我可能说了"真希望我的日子每天都像今天这么好"之类的话,这话大概被哪个路过的神明听去了,突发奇想地满足了我这个小小的要求。于是我打完了那场麻将,全家人一起吃了年夜饭,边看春晚边吐槽,放鞭炮,第二天起来相互拜年,看重播的春晚,吃午饭,打麻将加闲扯,然后,眼前一花,我手里拿着一张七条正在傻笑。

第一次循环的时候,我还没弄清楚是什么状况,两场麻将之间简直是无缝对接,过年吃的饭菜也都雷同,重播的春晚和首播也没什么区别,再加上睡眠不足,我就那样浑浑噩噩地过了三次大年初一,才猛然醒悟,发现事情不对。

于是他们再叫我打麻将时,我拒绝了,趴在阳台上看外面飘起雪花,结果"呼"地一下,我又坐回到麻将桌前,手里捏着七条。

每到下午的五点四十七分,无论我在做什么,都会回到前一天的麻将桌前。

我看了上百遍春晚,打了几千圈麻将,吃了上万个饺子,还从我奶奶的手里接过了合计十几万元的压岁钱,但是始终没机会花出去。

二

除夕夜,我和堂哥在客厅打地铺。我们整个家族的人这天晚上都住在奶奶家那九十多平方米的房子里，任何能够躺下的地方都塞满了人。

这个时候我不得不佩服奶奶的先见之明。十几年前，我父亲这一代凑钱给奶奶买了这套房子，老太太把所有超过一米见方的地方都摆上了床，尽管一年里有三百六十天都没有人睡，但是每到过年，我们全家人都回来的时候，是不愁住的地方的，就算是在外出差的大姑父、回南方娘家探亲的表哥表嫂，还有外出旅游的表姐表姐夫一起回来，也一样能够住得下。

过年嘛，就得这样热热闹闹。

除夕夜零点的时候要去放鞭炮（我们小县城限制不多），这样的事自然落在家里的小伙子身上，就是我和堂哥。鞭炮一放完，长辈们便对本来就很无聊的春晚失去兴趣，纷纷去睡了，我和堂哥顶着一头的火药味在客厅打地铺。

堂哥比我大三岁，在我们这一代人之间，我们的岁数相差最小，两家离得又近，于是每到寒暑假我便会被送到二叔家住，或者堂哥过来我家住。那时候生活简单，路上也没有许多车，堂哥带着我几乎整天在外面玩，进行着一场又一场的冒险。堂哥比我多出的三年阅历在我眼里几乎就是一切，我所有的问题他都能够解答，不能解答的他都会微微一笑，胸有成竹地说："在乎那些干什么？没用！"

后来堂哥高考失利，二叔二婶把堂哥安排进了本地技校，堂哥学了一门手艺，现在在一家汽修厂当大师傅。

他躺在被窝里，夸夸其谈，讲述着汽修厂里的见闻。他讲老板的各种车以及各种人，这些人和车都有一个共同点：豪车以及不可告人的秘密。

他讲得生动，虽然这些故事只是临睡前的闲话，是真是假都无所谓，堂哥也许不过随口一说，但听过几十次之后，我总是觉得这些故事里面有别的意思。

每个故事都有同一个开头，讲到中途的时候，堂哥会停一停，我就会评价一番，再提出一些猜测，然后接下来的故事就会变向，就像火车驶上不同的道路，重复几百遍下来，那些故事就会演化出几十种不同的版本，有好的结局，也有坏的结局。

结局并不重要，重要的是他用出乎我意料的故事来证明我猜不透这个世界。

我上了大学，毕业后留在一个中等城市打工，家里谈起的时候，有些以我为荣的意思。但是在堂哥眼里，我仍然是他的弟弟，理所当然要比他矮一些。

我们就像拿故事打牌，他说一段，我来猜，然后堂哥用我猜测之外的故事来压住我，以此来证明留在县城的自己比走出家门的我要见多识广，好像无常的命运站在他那一方。

那些故事，在讲述人嘴里说出时还是崭新的，可是进入我的耳朵里，就已经重复了无数遍。我尊敬堂哥，但也对他的吹嘘感到厌倦。我胡乱对付两句，便翻个身睡去了。

三

大年初一的早晨总是从鞭炮声开始的，但是那点声音还不会吵醒我，直到蛋仔把昨晚剩的凉茶不小心倒在我和堂哥的脸上。

占据着客厅中央的我们是全家起得最晚的，我们爬起来，把弄湿的褥子收进衣柜——大年初一可没有地方晾。

早起的奶奶已经做好了早饭，年夜饭剩下的饺子，煎得又焦又脆。我举起筷子，比画两下就放下了，吃了几百顿同样的饭，早就腻了。

距离奶奶家小区不远，有一间很小的杂货铺。这是我在大年初一能找到的唯一一家还开门营业的店铺，每隔那么几天，我就会跑去换换口味。

那家杂货铺里所有的零食被我吃了个遍，从儿童果冻到五香辣条，还有动物饼干、各种薯条虾片，当然，最好吃的还是方便面。

我还记得我第一次发现这里，简直就像哥伦布发现了新大陆。我狂奔进去，求看店的阿姨给我泡一碗方便面。我捧着碗坐在她店门口的台阶上，稀里糊涂地连面带汤吃了个精光。

阿姨问："孩子，你为什么哭了？"

我说："烫的。"

我知道自己的吃相难看，在阿姨眼里，我大概像是某部电影里那个吃不上肉的倒霉鬼。

从某种意义上说，她是对的，只不过我和那人相反，几百顿年夜饭连着吃下来，确实腻。

早饭吃完，全家人相互拜了年，一天中最受煎熬的时间就要来了。

我的二婶凑过来，坐在我身边："小飞，有对象了吗？"

有那么几次，我真想逃离这里，我也确实尝试了。

可这一天是大年初一。

火车票早就卖光了，长途大巴全部停运，马路上连出租车都没有。

我只有一辆很久没有骑过的破自行车和奶奶刚给的五百块压岁钱，还有门外零下十摄氏度的低温。管他的，来一场说走就走的旅行吧。

四

街道上几乎没有什么人，路两旁的商铺门上都贴着大红的对联，可是店门紧闭，卷帘门反射着冷冷的光。空气中弥漫着鞭炮爆炸后火药和纸张燃烧的味道，车轮轧过地面上厚厚的红色炮纸，"沙沙"的声音像是走在雪地上。远方被隐藏在薄薄的雾霾中，我漫无目的地蹬着车，家乡在白色的哈气中时隐时现。

这里的变化可真大。

我从高中的时候就被送到外地去上学，只有逢年过节才有机会回来，假期里基本上待在家里。谁能想到我的家乡在短短的十几年里竟变成了这样，高耸的大厦、开阔的广场，还有外观奇特的购物中心，所有的一切都和我记忆中那荒芜、破败，出门三步就是荒草地的家完全不同。

我在这样的城市里骑行，想在无限重复的日子里找到一些新鲜感。但是很快，那些忽然长出的高楼就变得不再神秘，高大而冰冷的建筑和其他地方没什么两样。车轮下是双向四车道的水泥马路，可在我脑海里，它和十几年前每到下雨就泥泞不堪的黄土岭没什么区别。这座城市变化再大，我也能够凭着说不出的感觉找到记忆中的痕迹，我记得它，就像记得家里亲人的脸。

我意识到了一件事，这个家，这座城，没有区别，我被束缚在了这里。我这任性的逃跑不再是一场冒险，而是在自家后院瞎溜达。

每个大年初一五点的时候都会下起雪。这时，无论骑着自行车走到哪里，我都会停下，坐在马路牙子上歇着。我不知道家里的人是在火急火燎地四处找我，还是在热火朝天地打着麻将，根本没有意识到我的离开。

我只知道当地面被一层薄薄的雪覆盖的时候，我就会回到暖烘烘的家，手里捏着那张七条。

外国人说，要经过五个阶段才能接受一件不喜欢的事：否认、愤怒、协商、绝望、接受。

当我意识到自己无法逃离之后，便再也没有了出走的欲望，除了偶尔去那家零食的宝库打打牙祭之外，我一直待在家里。

按道理说，我应该进入愤怒这个阶段了。

但是我该向谁发火？

二婶就坐在我身边："有女朋友了吗？"

我二婶是个热心人，对我也特别好。小时候我爸妈出差或者我放假的时候，爸妈经常把我送到二叔家住。在这儿，我除了跟堂哥玩耍，就是和二婶聊天。她做的饭比我妈做的好吃，说话也比我妈好听——我不是说声音，二婶从来没说过我笨——她还特别能保密，我小时候的心里话都告诉过她，但她一次也没有外传。

在众多亲戚中，二婶是对我最好的人了。

但是，她现在对我的关注简直让人无处可逃："小飞，你可不能再等了，你看你都这么大了，工作也稳定了，该花心思找女朋友了。你别这个表情，你怎么不着急啊？你看，你今年二十五岁，从现在开始找，总得挑几个吧，等找到称心如意的，也得二十七八了，再谈上一年半载，相互熟悉一下，两家走动走动，结婚怎么也得三十岁了。这都很晚了，最好在三十二岁之前要孩子，趁你爸你妈还有精力，可以帮你带带孩子。而且啊……"说到这里，她总会用胳膊肘顶顶我，"这三十岁之后，男人和女人的身体机能就下降了，你不为你爸你妈着想，不为你着想，也得为孩子着想吧，给他一个健康的体魄不比什么都好？不能让孩子输在起跑线上……"

她一直絮絮叨叨的，替我从相亲安排到我的孩子大学毕业。而且，不能只生一个，一定要两个，一男一女。

当无法忍受时，我确实发怒过几回，照着网上传授的反制方法反问："堂哥怎么样啊？听说女朋友是个厨师？怎么还不结婚？房子准备好了吗？……"

一连串的问题噎得二婶说不出话来，我看似取得了局部战争的胜利。但是接下来的一整天，堂哥对我怒目而视，二婶的眼神更让我难以接受，我的话像是戳在她的心窝上，让她痛苦不堪，我后悔了。二婶是真心对我好的。

幸好我有弥补的机会。

五

打那以后,我便不再顶嘴,最多只是迎合着二婶的话哼唧两句算是回应。

但是我很快又发现了另一个问题:我快要相信了。

在这日复一日的循环中,我以为只是应付差事,那些话左耳进右耳出,能够熬过这一天就算完事。可谁又能想到每天一个半小时的深刻座谈,其威力比得上传销组织的洗脑。润物细无声,二婶的话如春雨一般留在我的脑子里,生了根,发了芽。当我意识到时,我发现自己正向二婶大吐苦水,声泪俱下地声讨那些从我生命中路过却没有留下来陪我的女孩,从少年时青涩的暗恋,再到大学时没头没尾的几段感情……

我突然停下,开始审视自己,发现二婶的理念已经被我全盘消化吸收了。我的父母年纪已经不小了,虽然没有明说,但是在和我的交谈中也透露出希望我早点儿结婚,好让他们抱孙子的想法。我的工作虽然刚刚起步,但也算收入稳定,用二婶的话说:"长相、个头、家庭、工作,没得挑!"

这些我倒是不否认。

二婶的话听上去那么有说服力,我甚至开始为自己没有大学一毕业就带着女朋友回家来拜见父母而羞愧,让二老望眼欲穿了那么多年,我却不以为耻,反以为荣。

这简直是不孝!

我必须抓紧时间弥补错过的这么多年,要请亲朋好友放出风去,说我想找对象了。自然有人帮我介绍,我只要找一个对得上眼的、身体健康的、知书达理的就好了,然后就是风风光光地结婚,生孩子,让父母退休之后有事干，我就安心地奔事业，走上人生的康庄大道。

很有道理啊。

等一下。

好像有什么不对。

我对结婚倒是不抗拒，但是不应该等找到真正的另一半，两情相悦的时候，再考虑厮守终身的事吗？这家族的荣誉感、自豪感和责任感是怎么回事？

看过动画片里掉进沼泽地里的人吗？我就这样被二婶声情并茂的理论悄无声息地淹没了。不过，幸好我还存有一丝理智，支撑着我做出正确的选择。

我把自己关进厕所，对着镜子对自己进行反洗脑：我的父母是爱我的，他们希望我自信、坚强，并且有判断力，我会在合适的时候找到正确的女孩，他们不会逼我结婚……

这看起来很傻，但是在循环的日子里，我就靠着这样的方式来和二婶抗衡。幸运的是，我赢了。我不但恢复了自信，并且对我父母也有了全新的认识，他们相信我，不会把我看成找不到对象的废物（三年无人问津，并不代表什么）。

二婶的关怀仍在每天重复，幸好我找到了应对之道。

秘密武器就是蛋仔。

六

那孩子是这无限循环的大年初一里，我唯一摸不到规律的人，他就像是薛定谔的猫，像是测不准的量子，像是掀起风暴的那只蝴蝶。

如果世界上有熊孩子培训学校，蛋仔的巨型雕像一定会矗立在学校大门口。

他集顽皮和萌蠢于一身，既胆大包天，又胆小如鼠。醒着的时候，蛋仔没有一刻处于静止状态，即使大姑始终跟在后面，他也可能随时发生状况。

有时候他会在一只拖鞋上绊倒，趴在地上大哭。第二天，我提前将那只拖鞋踢开，他会因为钻到床下找鞋而卡住，继续哭。就算是我把拖鞋都收起来，蛋仔会因为那个时间段无事可做而去翻抽屉，结果拉脱了抽屉，砸到了脚。

在循环的三百多天里，我还没有成功地让他不哭不闹地度过一天。他是我在这无聊的日子里唯一的挑战。

最初的时候，看到他我就头疼。他像个定时炸弹在屋里跑来跑去，还发出刺耳的尖叫。在那些日子里，所有的东西都被他打碎过，小到二姑的老花镜，大到客厅的彩电。他所到之处，一片狼藉。

我曾因此对大姑心怀不满。大姑对这个孩子太惯着，把他养出了一身的坏毛病。以后上了学，他准是个挨揍的料。

后来，我在一遍又一遍的轮回中慢慢收集信息，从家里人遮遮掩掩的交谈中才知道，大姑的日子过得并不好，大姑父并没有出差，而是欠了一屁股赌债跑了，已经半年多没有回过家。表哥也过得不顺，蛋仔刚三岁，表嫂就有了别人。离婚后，表哥气不过，去跟那个第三者打架，反倒被人家给揍了。最后，表哥觉得在家待着丢人，丢下蛋仔离家出走。好好的一个家，就剩下大姑和蛋仔两个人相依为命，大姑要打零工赚钱养家，能够喂饱孩子就已经很不容易了，根本没有考虑过蛋仔在德智体美劳上的发展。

我不再讨厌那孩子了，但依然要防着他在家里四处破坏，每次我都稍微改变一些东西摆放的位置，或者在不同的时间把他放到不同的房间，争取让他高兴而且安静地过一个好年。

后来我找到一个窍门：趁早饭前，大家排着队等着用厕所洗漱的时候，我用胶带把装糖果的盒子缠起来，放在小卧室的床边，这样蛋仔会在吃完早饭之后发现那个盒子，但是无论他怎么弄都打不开。他会哭、会叫、会把盒子扔在地上，然后我会从沙发上跳起来，跑到小卧室去救驾。这个时候，二婶还没进入正题，才刚刚说到现在的年轻人太孤单，应该早点找女朋友。

这个方法我用了一百多次，屡试不爽。

我拆掉自己缠上的胶带，打开盒子，剥开一粒糖塞到蛋仔的嘴里。他的哭声渐渐止住，看我的眼神里也不再有浓厚的敌意。我用纸巾擦掉他的鼻涕和眼泪，跟他在小卧室里玩了一会儿，等着他把嘴里的糖嘬完。

好了，这就够了，三分钟之内，他会将一口混着糖汁的口水吐到我的衣服上，我必须在这一刻到来之前将他转手。

大姑接走了孩子，二姑和其他的人都在客厅里看重播的春节联欢晚会，而我终于能够得到一点点独处的时间。

干点什么呢？电视里所有的台都在重播春节联欢晚会，我背会了每一句台词，唱会了每一首歌。网上的新闻在我眼里已经成了陈年往事，微博上大部分知名博主五年内所有的微博我也看了个遍。

我试着找同事、同学、朋友聊天，可惜他们都忙着过年，没时间和我多说话。不过我发现有两个女同学回复得很快，似乎也没有什么其他的事情打扰我和她们之间的聊天，这是个好现象，也许将来我们之间能够发生些什么。但很快我与她们之间就没有什么话题可聊了，我开始厌倦，最后也不和她们说话了。

奶奶家没有 WiFi，幸运的是，我的 4G 流量从理论上讲是无限使用的。我补了很多以前记下来，但是没时间看的动画片和美剧。对，我有无限的时间，所以我就是这样来丰富自己的。

自由的时间总是很短暂，刚刚够看一集《神秘博士》，我原本对这片子不感兴趣，拍摄的时间太早，特效差、像素低。可是自从我被困在大年初一之后，突然就对这个穿越时空、到处乱跑的胡博士产生了惺惺相惜之情。只不过他的身边总有人陪伴，而我在这时间旋涡里就是孤身一人。

七

转眼到了午饭时间，家里人都行动起来，摆桌椅、拿碗筷，各司其职，有条不紊。这是每次过年的固定模式，是把我们培养出部队一样有组织、有纪律的家族传统。

大家坐到桌边，等着我爸把装好的火锅端上来。这是老爸的拿手菜，用木炭烧得热腾腾的大铜锅，以白菜、粉条、海带为底，中间是炸红薯、炸酥肉、炸丸子，最上层铺满油光水滑的烧肉片，用骨头汤炖好，"咕嘟咕嘟"地端上桌来。大家举杯说吉祥话，祝彼此在新的一年里心想事成。

我吃得不多，只是坐在雾气腾腾的桌子前面看着。我的家人离我很近，又好像很远。桌上的一派热闹场面仿佛与我无关，很快他们都会各奔东西，而我还是留在这里看他们吃饭。

当大家都吃得差不多，开始闲聊的时候，我下了桌，领着蛋仔去另一个屋里看电视，好让大姑安心吃点东西。

酒足饭饱之后，奶奶一声令下，家庭流水线再次启动，餐桌上的残羹冷炙瞬间被撤下，铺上一层绒毯之后，这里就成了下午麻将的战场。

老爸老妈一整天都在厨房，准备午饭，洗碗，再准备晚饭。有时候，我进去想替他们干点活，但很快就被轰了出来，理由是我奶奶看不得我干活，大过年的，还是别惹奶奶生气。

这一天里，我几乎和自己的爸妈说不上几句话，不过这样也好，我还不知道在这样的循环里每天都见到老爸老妈会是什么样的感觉。

他们又叫我了,我勉为其难地坐到麻将桌前,打算在四面围城中度过这一天剩下的时光。

但是我算错了一件事。

八

这是我循环的第三百六十五天,大年初一的一周年纪念日,终于发生了一件我没有料到的事情。

麻将打到四点多的时候,在小卧室午休的二姑父睡醒了,在家里待着有些闷,他打算出去转转。他从衣架上摘下大衣,然后变魔术一样,从兜里掏出两块肥肉片。想都不用想,这是蛋仔不愿意吃肉而偷偷藏起来的。

二姑父沉着脸看着客厅里的人,他中午喝了点酒,酒劲没过,现在脸上红得发黑。

"没事没事,一会儿洗一洗就好了。"二姑知道他喝了酒脾气怪,赶紧站起来凑过去。

"洗什么洗!洗了能干吗?我明天就要走了,你让我穿这样的衣服去加拿大?"二姑父提高嗓门说。

我知道二姑和二姑父只回来待一天,但是还不知道他们已经订好了去加拿大的机票。还是二姑命好,嫁给二姑父的时候,他还是个打工的,可现在他名下有两家公司,经常带着二姑到处旅游。每次二姑带他回来过年,二姑父都是话不多地坐在一边,偶尔说上两句话,都是掷地有声。我们其他人自知和二姑父没有什么共同语言,也很少主动找他聊天。

大姑也凑过去说:"都是孩子不懂事。来,现在脱下来,我给你洗一洗。明天什么时候走？肯定能干。"

二姑父白了大姑一眼，想说什么，但是忍住了。

"姐，你就别掺和了。他喝多了，没事。"

二姑挡在大姑前面，但是大姑自己觉得理亏，还是想替二姑父把衣服洗干净。

"姐，这衣服是羊毛的，不能水洗。你就别添乱了。"二姑把大姑推开。

"哎，我怎么是添乱了？我们家孩子弄脏的，我给洗了，怎么添乱了？"大姑见二姑一个劲儿地往外推自己，心里开始不高兴了。

"好了好了，没事没事。"二姑父不耐烦起来。他猛地转身，这时衣服的一角还在大姑手里抓着。

大姑被他一带，向前趔趄一步。没想到蛋仔听到他们争吵，已经从小屋跑出来，刚好站在大姑脚边。

大姑被蛋仔绊了一下，两个人都摔倒在地。

蛋仔像往常一样开始放声大哭。我站起来，打算去扶大姑和蛋仔，可是这时堂哥已经冲了过去。

"你想干什么！"堂哥吼道，他使劲一推，二姑父重重地撞在门上。

"阿闯！"二叔叫堂哥，"快回来。"

二姑一手扶着二姑父，一个手推着堂哥："阿闯，你要干什么……"

"不就是有两个臭钱吗？有什么了不起的！"堂哥不依不饶地站在原地，瞪着二姑父骂道。他中午还和二姑父一起喝了不少酒，现在酒劲上来了，又开始犯浑。

"你们闹什么呢！大过年的像话吗！"我爸听到外面吵架，从厨房里出来了。他是家里的老大，说话还是有点分量的。

大家安静了几秒钟，可是老爸那一嗓子声音太大，把刚刚平静下来的蛋仔又吓哭了，所有的人又躁动起来。

我冷冷地看着他们为了鸡毛蒜皮的事吵架，心里面没有任何想法。因为很快这一切又将重新开始，刚才发生的事在他们脑子里都不复存在。

亲戚们挤在大门口的玄关处，相互怒视着，谁也不肯第一个退出这场赌气的争斗。

然而，有细微的声音从另一个方向传来，我转向那边，看到奶奶坐在客厅角落的沙发上，正在小声抽泣，眼泪从她满是皱纹的脸上滑下。窗外灰色的天空开始飘落雪花，就像奶奶瑟瑟发抖的满头白发。

我的心像是被细而长的针刺了一下，似乎停了几秒钟。这时我忽然想起，在这么多次的循环里，从来没有注意到奶奶。没事的时候，她老人家总是坐在客厅角落的沙发上，因为那里靠着暖气，暖和。她安静地坐着，看着这一大家子人来来往往。

有时候家里的东西不知道放在哪儿，二叔或者我爸就会过来问，奶奶怕他们找不到，总是自己去拿，然后慢慢地走回来，继续坐着。

爷爷去世得早，倔强的奶奶平时都是一个人过，只有过年的时候，大家才从全国各地返回老家，聚在一起。

我每年只能见奶奶一次，记忆中的奶奶全都是安静地微笑着的样子。

但是现在她被气哭了，被他们每一个人。

"别吵了！"一股怒火突然从胸口爆发出来，我跳起来吼道，"你们……"我伸手指向前方，无数咒骂的语言正要脱口而出，可是眼前的景象忽然变了。

"小飞，你怎么了？"二婶问。

我环视左右，二姑、二婶、堂哥正围坐在桌子旁，我的手里捏着一张麻将牌——七条，我又回到了一天开始的时候。

九

我把牌扣在桌子上,向奶奶那里看去,奶奶仍然坐在客厅一角的沙发上,微笑着,嘴里说着什么。

"奶奶,您在这自言自语什么呢?"我走过去,坐在奶奶旁边。

"我说……"奶奶拉着我的手,满是老茧的手掌像砂纸一样粗糙,"要是你们天天在家里,都这么高兴就好了。"

我猛然醒悟。一直以来,我都是以自己为中心,来思考所发生的一切。然而我错了,错得离谱,原来我并不是主角,奶奶才是。

二叔、二婶、堂哥、二姑父……我转头看向我的家人们,也许他们也因为奶奶许下的心愿,而在某个时空中体验和我一样的、却又不同的大年初一。

"奶奶啊……"我鼻子发酸,眼泪流了出来,可是命运又逗得我笑个不停。我攥紧奶奶的手,心中积攒了三百多个新年的烦闷忽然烟消云散。

奶奶也笑了,她并不知道我为什么突然凑过来却又一言不发,也不知道我为何又哭又笑像个傻瓜。她的笑是发自内心的,看到我,看到其他家人,看到她的子子孙孙都健康快乐,她就会笑出来。

一年之中,只有这个时候,全家人才会聚在一起,无论他们在外面是怎样的人,回到这个家,都会想从其他人的身上找到自己在这个家的位置,无论他们用什么样的方法。

堂哥想成为年少时我眼中那个成熟可靠的大哥,二婶想继续做我的知心朋友。尽管第二天就要去加拿大旅游,但是二姑和二姑父仍然赶回来陪奶奶过年。还有我爸,在家的时候从来不下厨,回到奶奶家却一头扎进厨房不出来。

我也不过是个在外地求职的打工仔，住在不满十平方米的出租屋里，给网站做做设计，时不时地被总监骂得狗血喷头，回到家里却心安理得地享受着其他人的表扬和夸奖，好像我真的做了什么光宗耀祖的事一样。

在这个家里，每个人都隐藏起在社会中磨砺出的性格，按照自己的角色表演。但从另一个方面来看，我们终于可以放下在社会中的伪装，做真正的自己。

有时候，我们会分不清自己是什么身份，被压抑的那一面会爆发出来，就像刚才我看到的那一幕。

但尽管这样，我仍然相信我的家人彼此之间是相亲相爱的，就像我相信第二种说法，我们的本意是善良的。

"哗"的一声，麻将掉了一地。这又是蛋仔干的好事，刚才没打完的那把牌算是废了。

我拉着奶奶的手，扶着她站起来："您也来玩麻将吧。"

"我老眼昏花的，字都不认识，玩什么啊？"

"很简单的，学一学就会了。"二婶站起来，抱过一个靠垫，把椅子垫得舒舒服服的。

"那好吧。"奶奶竟没有推辞，大概她对这种活动向往已久，更重要的是，一家人能够坐在一起了。

于是，家里凡是手里没活的人全都参与到这场麻将里来，小小的桌子围满了人，像是街头的象棋摊子。

"您看，您有两张六饼，我哥又打了一张六饼，您就可以碰了。"二姑教奶奶打牌。

奶奶顺从地从自己的牌堆里拿出那两张六饼，伸向桌子对面，轻轻一碰。

"可以了吗？"奶奶问。

大家哄堂大笑起来，奶奶也笑了。

我们每个人都有两种身份，出门在外时，是老板，是老师，是修车师傅，是 IT 民工；回家时，是儿子，是女儿，是孙子，是孙女。

而奶奶的两种身份，过年时，是在家高高在上的老祖宗；平时是孤独的空巢老人。

我不知道如何跳出这个循环，但是我想我知道了自己应该做些什么，我了解这家里的每一个人，他们的想法、他们的情感、他们想表达的一切。

十

快到吃年夜饭的时候，奶奶已经学会了和牌，她正玩得高兴，我们好说歹说才把她从牌桌上劝下来。

热腾腾的饺子也端上饭桌，小品演员也出来了。我突然有了食欲，连"想死你们了"这样的台词都觉得特别下饭。

趁吃饱喝足大家都在看春晚的时候，我把蛋仔拉到另一个屋，相处了那么多天，我对他的脾气也有了了解，他是个聪明的孩子，只是没有和别人沟通的习惯，幸好让他放松警惕并不是太难，只要有零食就可以了。

晚上放完鞭炮，我主动和堂哥聊起了他的女朋友。讲起恋爱史的时候，堂哥就不像之前那么流利了，每说几句就会停下来，连呼吸的声音都透露出他心中的幸福。

我和他聊了一夜，说得我确实想找一个人共度一生了，没想到堂哥比二婶还管用。

二婶还是我的知心朋友。早上起来，我就拉着二婶聊天，这次还带上奶奶。其实她心里比谁都着急，我也好，堂哥也好，她希望我们赶紧生个重孙子给她抱抱。

我说快了快了，堂哥那边就快准备好了。我透露给二婶一些堂哥的消息，剩下的时间，二婶都在跟奶奶讨论怎么准备结婚时的被褥。

这时，蛋仔跑到客厅中央，开始拍着手唱歌。昨天春晚的时候，我都在给他排练。这孩子学得真快，都学会了，还没有出错。

大家这才发现蛋仔除了破坏，还有另一门天赋，连大姑都觉得吃惊。

我悄悄地告诉大姑，蛋仔喜欢唱歌，让他听听音乐可以安静许多。

然后我去了厨房。在外打工这几年，我也自学了几道拿手菜，可是一直没有机会在老爸老妈面前露一手，不如就现在吧。

我们一家三口挤在厨房里，一边闲聊，一边准备午饭，这还是第一次这样交流，似乎没有任何障碍，一直横亘在我们之间的那些小矛盾都烟消云散了。

饭桌上，我敬了二姑父两杯，还问起他去过的那些旅游胜地。刚开始，他还绷着脸不愿开口，可是架不住全家人起哄，他开始讲起那些在国外发生过的糗事，逗得我们前仰后合。

午饭比平常多吃了一个小时，残羹剩饭还没撤下，奶奶就占据了一个位置，等着其他人收拾完开始战斗。

我打听过了，离奶奶家几百米之外就有一处麻将摊子，全是她这么大年纪的老太太在那里集中。她要是上瘾了，就可以溜达着去打牌，总比在家里闲着强。

家人们全都聚在那张麻将桌旁，相互闲聊，时不时地指点别人出牌。有时候奶奶赢了，有时候二婶输了，没人在乎输赢，只要在一起就很高兴。

"孙子！"奶奶叫了两遍，我才意识到是在喊我。

"什么事？"

"来帮我摸张牌。"

"怎么？我的手气好？"我拿起一张牌，捏在手里，探头去看奶奶的牌，短短一天时间，她已经学会了单吊。

那张牌的手感是如此熟悉，我竟然有点恍惚。

"快点啊，什么牌？"奶奶着急了，连着催我。

"好牌！"我把那张牌放在桌上。

"又和了！"有人说，全家人都欢呼起来。

时钟走向六点。

讨厌猫咪的小松先生

程婧波

毛茸茸的、温软的猫，有时也会带来好消息。

去年夏天，我们一家搬到了清迈，打算在此长住。租住的社区有二三十年的历史，一点儿也不豪华，甚至可以说有些陈旧。但奇怪的是，这里深受外国人的青睐，仿佛一个小联合国，住满了来自五大洲、四大洋的人。傍晚在小区的湖边散步时，总能见到各种肤色的面孔，听到各个地方的语言。

大概是地价便宜的缘故，我的美国邻居把房子建得像座城堡，城堡两侧环绕着漂亮的花圃，花圃中有个立着爱神雕塑的喷泉。刚搬来时，我把这座白色城堡当作地标，走过城堡右转，尽头处的那栋小房子就是我家。

房东太太的房子在我家隔壁，是兰纳风格的木屋，花园里种了一棵令人叹为观止的龙眼树。她是这个社区的业委会成员，又能讲一口流利的英语，因此对这里的每家每户都了如指掌。

"总的来说，我们这里的人相当友善。"她说，"除了住在巷子那头的小松先生……你最好当心一些。"

这是我第一次听到小松先生的名字，但是除了名字之外，我对他一无所知。

房东太太说得没错，这里的人的确非常友善。美国邻居家有株老树，看似枯枝，却在热腾腾的空气里渐渐鼓胀起来，慢慢坠满了一个个沉甸甸的波罗蜜；泰国邻居家种满了芭蕉、芒果和石榴；房东太太家的龙眼树也大丰收了……每当谁家的果子熟了，主人便会采摘好了，挨家挨户送去。我租住的院子里也有两棵芒果树，一天赶着一天地结果，来不及被吃掉的就会烂在树上。有时一夜之间，便有很多青色的大芒果变得黄澄澄的，我就和儿子一道拿一种一头带弯钩的竿子把它们打下来，再分给邻居们。

半是好奇，半是忐忑，我找个机会装了一篮芒果，去按小松先生家的门铃，儿子跟在我的身后。小松先生的房子既不像城堡，也不是兰纳风格的，反倒有些像我们之前在横滨住过的一栋小房子，小巧而紧凑。他的花园也不似邻居们那样种着柔软的草坪和可爱的果树，而是爬满了杂草和藤蔓，十分阴森。

我按了门铃，但没有人开门。

我们在门口等了一会儿，又按了一次，还是没有人开门。

我和儿子面面相觑，只好离开。可是我们刚走出几步远，就听到从房子里传来的咳嗽声。接着有人拉开房门，又在我们身后重重地关上了。

我回过头，看到小松先生家的门后有个人影，似乎正不声不响地注视着我们。而他的花园，在午后的阳光下透着一股阴冷萧索的气息。

我把"吃闭门羹"的遭遇讲给先生听，他说这也合情合理，小松先生是日本人，大概日本人都是不喜欢交际的，有着怕给自己和别人添麻烦的性格。

我问他怎么知道小松先生是日本人，他说曾经碰到去小松先生家拜访的义工，从义工那儿听说小松先生不会泰语，所以社区专门委派了讲日语的同乡去探望他。小松先生出生在大阪，后来考取了东京的一所理工大学，成了一名工程师。他现在快八十岁了，却什么都亲力亲为，从修理浴室漏水的水龙头到开车去购物。之前几年，每到热季，他都要去素贴山脚下的一家疗养院住上一阵子，等到凉季[①]的时候再回自己家住。可是随着年龄的增长，他的脾气也变得愈发古怪，常常和疗养院的护工怄气。怄气

---

① 凉季：热带地区一年中气温较低、天气凉爽的季节。

之后,他就打电话到处投诉,所以社区派来的这个义工已经处理过多次投诉,对他的情况非常熟悉。

说起来,他那紧凑小巧的房子也有了合理的解释——极有可能是他自己设计了那栋房子,按照日式的格局。

吃闭门羹的小插曲并没有影响我们在清迈的旅居生活。社区就像清迈的缩影,多元的文化在这里兼容并蓄,这座泰北小城的慵懒与和善,我们很喜欢。

然而雨季接近尾声的时候,发生了一件可怕的事。

初到清迈的人可能会惊讶这里蚊虫飞舞的景象,蜘蛛和壁虎也是家中常客。夜间的虫鸣有时会到震耳欲聋的程度;早上还总能听到松鼠、山雀和野鸽子的打闹声。有时清晨出门跑步,睡眼惺忪地把脚塞进运动鞋,脚趾会抵到一团又湿又软的东西。提起鞋来抖动两下,就有一只棕绿相间、湿漉漉的大蛤蟆滚落在地。

我们住了一段时间之后,对以上种种情况,渐渐习以为常。可是,没想到有一天,一条蛇顺着围墙溜进了花园。房东太太打电话请物业公司的人过来捉蛇。来人拿了一截树枝,把蛇挑起来,像扔绳子一样地抡起来,扔到了围墙后面。

我非常担心这滑溜溜的客人将再次来造访。几个被称作"老清迈"的华人给我出主意,说养一只猫就不怕院子里进蛇了。于是,我立刻驱车去宠物店买了一只猫。

回家后,我把装着猫的纸箱子从车上搬下来。儿子欢天喜地地把脑袋凑近箱子。房东太太也看见了,便走过来对他说:"恭喜你,拥有了一只小宠物。"

我说:"是啊,这样就不怕院子里进蛇了。"

等她低头往箱子里一看,这才发现是一只猫咪。她旋即握住我的手腕,轻声说:"你要是先问过我,我是不建议你这么做的。不过既然你已经把它带回来了……"

"这里不能养猫吗？"

房东太太用鼻子指了指巷子那头的房子："小松先生不喜欢猫咪。"

我这才意识到，我们这条巷子里，每家每户都养着狗，却没有一户人家养猫。但日本不是有着悠久浓厚的爱猫文化吗？我不禁对不喜欢猫咪的小松先生再次好奇起来。

"自从小松先生来了之后，我们这里有二十年没人养猫了。"她说。

难怪这里的松鼠总是肆无忌惮地钻进每一户人家的花园，有时它们太过大摇大摆，一不留神就从电线或者树枝上掉下来，然后再慢条斯理地攀着树干爬回枝头。

"二十年来都没有人养过猫吗？"我觉得有些不可思议。

"也有人试图养过，但猫总是莫名死掉。你见过小松先生家后院的那个工具房吗？听说里面堆满了毒饵。"

"路过的流浪猫呢？"

"流浪猫总会被小松先生粗暴地呵斥走。"

"他为什么这么不喜欢猫？"我问。

"不知道。他家门口总是放着一排装满水的矿泉水瓶子，因为猫很怕塑料瓶的反光。"

"好的，我会留神的。"

然而猫总要出去玩耍，四处走动。倘若把它关在屋子里，它就会发出轻柔的叫声，祈求你为它开门。如果你对这祈求置若罔闻，它就会自己拿锋利的爪子抠开纱门，雀跃着跑出去。

每当猫出门去，我总是提心吊胆，生怕它遭遇不测。毕竟，它的存在是一个有些冒险的破例。儿子也因为听到了我和房东太太的谈话，自此之后，他总用"讨厌猫咪的小松爷爷"来称呼小松先生。

好在直到雨季结束，猫和"讨厌猫咪的小松爷爷"都相安无事。随着凉季的到来，巷子口那棵晚熟的百香果树开始一批批地开花又结果。有时来不及采摘，百香果便掉落在地上，被鸟雀啄食，被蚂蚁啃噬，然后再发出酒糟一样的腐坏气味。

有一天，儿子放学回来，拿起带弯钩的竿子玩耍，一路耍到巷子口的百香果树下。我在门廊前的椅子上看书，估摸着再过一会儿就该准备晚饭了。突然，儿子小脸通红，上气不接下气地跑回来，扑到门前，结结巴巴地说："不好啦！不好啦！"

我问："怎么了？"

他又急又怕，嘟囔着说："我摘了几个百香果，讨厌猫咪的小松爷爷走出来，叽里呱啦，叽里呱啦的。小松爷爷生气了！"

我笑了："你又听不懂。你怎么知道他生气啦？"

儿子的眼泪在眼眶里打着转，说："他说话的时候不是笑眯眯的。"

我合上书，站起来，朝巷子口望去，根本没有小松先生的影子。如果这真是小松先生的果树，那我应该带着儿子去向他道歉。但考虑到小松先生之前的态度，如果贸然上门，估计又要吃"闭门羹"。于是，我决定先去向房东太太讨教。

"那棵百香果树就是小松先生种的呀。虽说种在公共区域，但他也是不许别人随便采摘的。"房东太太无可奈何地说。看样子，脾气古怪的小松先生也没少让这些和善的邻居吃苦头。

房东太太还嘱咐我："小松先生不喜欢被打扰。尽量不要去打扰他为好。"

然而，第二天早上，先生准备送儿子上学时，竟然发现他的书包不见了，大概是昨天傍晚掉在百香果树下了。

先生带着他去找，回来的时候，先生的脸色有些异样。

"没有找到吗？"我问。

"找倒是找到了。只是……"他把书包递给我。

我接过来，感觉有些坠手。打开一看，里面是些果子。我把果子一一拿出来放进盘子里，有一串青绿色的芭蕉、两个石榴和七个熟透的释迦果，另外还有一张纸条，用英文工工整整地写着："百香果树打了除虫药水，勿食。"

"书包就挂在小松先生家的栅栏上。"先生补充道。

第二天，我带上一包朋友在清迈山上种出来的越光米，又去按小松先生家的门铃。这也是我来清迈之后才逐渐学到的门道。虽然同属亚洲稻米，但泰国香米是籼米的一种，由印度传入；而日本稻米与东北大米更类似，由中国传入。两相比较，泰国香米的口感又不如日本稻米。在日本米中，又以"越光米"口感最佳。这名字其实还与中国有关。三千年前，中国稻米传入日本，当时的日本将中国尊称为"越"，因此光泽莹亮的上等大米就被称作"越光米"。我想对于米饭口感挑剔的日本邻居，这是一份再合适不过的礼物了。

我依旧是等了半天，也没有人来开门。我正要转身离开，门开了。小松先生从屋子里走出来，慢慢踱到了栅栏边。

我第一次见到传说中的小松先生本人。他身材矮小，但腰板挺得很直，满头银发，灰色的衬衫一丝不苟地扎在卡其色的裤子里，整个人看起来是那种非常精神的老年人。

"打扰了。"我说，"谢谢您的水果。这是一些今年的新米，请您尝尝。"

小松先生已经站到了栅栏旁，但是他并不伸手拉开栅栏，而是将双手抬起，越过栅栏，朝我伸过来。我将米递给他。他慢慢吐出一句日语："谢谢。"然后转过身，走回了屋子里，关上房门。

我猜他真的是一个不爱交际的人吧。在这之后，我也没有再去打扰过他。

而猫是不管这些的。

整个社区都是它的乐园。清晨，我出门跑步的时候，它总一路跟着我，走过巷子口之后，便挨家挨户地钻进邻居家的花园里去玩耍，傍晚回到家中时，背上总是裹满了枯萎的刺苹果，肚子和尾巴上沾满了刺虎和别的什么野花野草的种子。有时它也钻进小松先生家那个偌大的阴森的花园，或在灰黄的杂草间匍匐，或在斑驳的藤蔓间小憩。我这才发现，不知道什么时候，小松先生家门前已经没有了那些装满水的塑料瓶子。

凉季开始之后，天黑得越来越早。到了十月底，六点吃完晚饭，如果不抓紧时间出去散步，天很快就黑尽了。于是，我们不得不常常就着月光散步。这种全家运动，自然也少不了猫的参与。它会一直跟着我们散步到湖边，像狗一样如影随形，又不像狗那样需要系上绳子。

仿佛我们之间默默订立了某种古老神秘、若即若离的契约。

有了猫之后，我的确再也没有见过蛇的踪迹，但偶尔会在门口的地垫上发现一些雀鸟的羽毛，家中的壁虎也十有八九是断尾的。

猫每天进进出出，怡然自得。这样一个冷血的杀手，却长着柔软的皮毛，有着酥人的叫声。大自然的造化真是神奇。倘若蟑螂也长着这样一双大而明澈的眼睛，有着毛茸茸的皮囊，家里住进几只也无妨吧。

清迈没有寒冷的天气，所以它从来不睡为它准备的猫窝。猫最常打盹儿的地方是厨房的角落，在那里可以望见花园，晒到太阳，并且不会挡住任何人的去路。自从养了猫之后，我总爱在空闲时观察猫。无论看到它睡觉、吃食、眯着眼睛等待鸟在花园里落脚，还是叉着腿舔毛，都会觉得自己也跟着变得放松起来。不得不承认，尽管猫有着不为人知的一面，但和猫住在同一屋檐下，是一件非常安心和惬意的事情。

我愈发不理解小松先生为什么讨厌猫咪了。对于独居的人来说，猫是再适合不过的伴侣了。

再次和小松先生接触，是因为有一天，房东太太过来敲门，问我礼拜六能不能开车送小松先生去山脚的疗养院。一般来说，凉季他是不会去住的，但今年他的腿脚愈发不灵便了，想早一点儿住过去。原本房东太太答应送他，可是突然接到朋友女儿的结婚请帖，周六要去一趟清莱山中。

周六早上，我在约定时间把车开到小松先生家门口，他已经站在院子里了。小松先生所有的行李只有一个小小的手提箱，他坚持要自己提上车。

"以我的年纪，在日本坐电车是要给老人让座的。"他固执地说。

的确，未满八十岁的老人给八九十岁的老人让座，这在日本不算什么稀奇的事。我们一路上都没怎么说话。好在清迈的山间景色非常漂亮，凉季里层林尽染，我们便以路途上的美景打发了一阵时光。

到了疗养院，小松先生需要在前台签署一堆文件。

前台的接待员耸耸肩说："其实只要签英文就好，可是小松先生一定要写汉字全名。"

我看了看，小松先生在每一页都工工整整地写上了"小松实①"。小松左京在晚年时曾养过一只泰国暹罗猫。

三个汉字，这样等他签完一叠文件，足足过了十多分钟。

在此期间，接待员还非常神秘地靠近小松先生的耳朵，悄声对他说："前天下午，你的猫又去巴颂太太的枕头上睡了一会儿。"

我不禁吃了一惊。原来小松先生也养猫？

"这是第三次了。"接待员又说。

我正想开口询问，却看见小松先生抬起眼睛和接待员对视了一秒，接着两人便心照不宣地闭上了嘴。对于小松先生居然有猫的事，我也无从打听了。

签好之后，小松先生从接待员那里领过钥匙，微微一弯腰，对我说："请跟我来。"接着他提着手提箱，走到了一扇房门前。

小松先生打开房门，里面是一个带阳台的单间，靠着落地玻璃的地方放了一张床。此外，房间里还有一个衣柜、一张桌子、两把椅子和一张沙

---

① 小松实：日本科幻小说家小松左京的本名。取名"小松实"，是为了向他致敬。

发，进门处有一个卫生间。

这个房间散发着和小松先生一模一样的味道。他应该就是这里的主人没错了。

"听房东太太说，你是一位图书翻译？"小松先生跪在地板上，打开了手提行李。里面有一个工具箱，还有几本书。

我点点头。

他从箱子里拿出那些书，递给我说："你拿去看吧。"

我低头看了看，是几本英文小说：雷·布拉德伯里的《华氏451》《浓雾号角》，老舍的《猫城记》。

"谢谢。"我说，"我很喜欢这两位作家。"

小松先生站起来，走到墙边，提了提裤腿，再慢慢地陷坐进沙发中："在我的房子里还有几本菲利普·迪克的书，如果你想看可以去拿。"

我本来可以说一声"谢谢"，然后离开。可是不知怎么的，从我嘴里说出来的话却是："您知道吗？菲利普·迪克非常喜欢猫。"

其实不止菲利普·迪克，雷·布拉德伯里和老舍也是出了名的爱猫。

小松先生没有说话，但是他轻轻地点了点头，似乎作为一个"讨厌猫咪"的人，并不介意我刚才的话。不知道是不是我的错觉，在听到"猫"这个字眼的那一瞬间，他的眼里闪过一丝不易察觉的悲伤。

如果你没有看过菲利普·迪克的小说，或许至少听说过根据他的小说改编的电影。《银翼杀手》《全面回忆》《少数派报告》《命运规划局》……猫在他的小说里有着非常特殊的地位，他本人的墓碑上就刻着一只猫头。而雷·布拉德伯里也是出名的猫痴，一生养过二十多只猫。

是出于某种巧合吗？小松先生收集了三位作家的小说，而他们刚好都非常爱猫。

这时，门外突然来了一位泰国老太太，身后还站着三位老人。

"小松先生！"老太太用很大的嗓门儿说，"请把你的猫带走，没人想看到它出现在这里！"

小松先生恭敬地站起身，或者说是冷漠疏离地站起身，走到门口，一个字也没有答，而是九十度弯腰朝泰国老太太鞠了一躬。

老太太显然有些手足无措，她怔怔地看了一眼小松先生，枪炮般的话都憋回了肚子里，变成泪水从眼眶里涌了出来。

小松先生直起身，握住老太太的手。他郑重地在老太太的手上拍了拍，老太太身后的三位老人摇了摇头，把她扶走了。

这一幕看得我丈二和尚摸不着头脑。我和小松先生的谈话也因此戛然而止。

回到家之后，我在晚餐桌上讲起了疗养院的奇事。

"这个啊，疗养院的那只猫好像还挺出名的。"先生说，"我听说那是一只了不得的猫。"

原来自从小松先生前几年住进疗养院，那只猫就出现了。像清迈所有的猫一样，它总是来去自如，怡然自得。可是，偶尔它会跳上某个老人的床，在枕头上打一会儿盹儿，但谁也不知道猫是怎么溜进房间的。最让人费解的是，要是猫连续三次在谁的枕头上打盹儿，过不了多久，被猫光顾过的房间主人就会被查出疾病，有的是不治之症，甚至没几天老人就会去世。

护工和老人们发现了这个秘密，都觉得这只猫非常不吉利。但奇怪的是，讨厌猫咪的小松先生反对赶走这只猫。不知道他使了什么法子，院长也对猫的事睁一只眼闭一只眼。在小松先生的坚持和庇护下，猫依旧住在疗养院。它像一个从不失手的死神，总是准确地预测着疾病与生死。

只有一个例外，那就是小松先生。

猫常常出入小松先生的房间，但他除了咳嗽、顽固和腿脚不便之外，并没有什么大碍。

渐渐地，人们都管猫叫作"小松先生的猫"了。

我再次见到小松先生，是今年年初，凉季结束、热季开始的三月，他从疗养院回到家中。

清迈当地在三四月份时会烧山，天空中低浮着一片浓重的灰烟。于是在此学习、度假或是养老的外国人纷纷逃回国躲霾，先生也带着儿子回中国省亲去了。我在这样的时节里，应景地读完了《浓雾号角》。

有一天清晨，一辆车在一片灰蒙蒙中驶入我们的巷子，停在了巷口。车上下来的是小松先生，他依旧穿着灰色衬衫，衬衫的衣角整齐地扎在卡其色的裤子里，并提着那只小小的手提箱。

小松先生没有像别的外国人那样，为了躲避三四月烧山的浓烟而飞回自己的故乡。房东太太说，二十年来几乎从没有见他回过日本。

我猜这和他的猫有关。

有猫住，不远行。

自从养了猫之后，我也几乎没有离开过清迈。不过，如果我在清迈住上二十年而没有回过故土，应该早就会说一口流利的泰语了吧。小松先生却还只是固执地讲着日语，以及他在东京求学时学到的英语。到底会是什么样的原因，让一个人在年过半百之后远离故土这么多年？日本对他来说，又是怎样一个回不去、舍不掉的存在？

难挨的热季结束之后，就是最舒服的雨季。下过几场雨，空气也变得格外清新了。外国人如候鸟般都飞回了清迈。我坐在门廊前看的书，也从《浓雾号角》变成了《雨一直下》。

重新回到清迈的儿子，个头也比去年刚到此地时高了不少，像猫一样，终究敢自己出门去，在邻里间玩耍和撒野了。他的泰语也日渐流利，有时甚至会在邻居家里混顿晚饭。在家里聊天时，他偶尔也会夹杂着英语和日语。他一定也像猫一样，没少擅自溜去小松先生的家。

有一天，儿子跟着我去小松先生家还书。小松先生破天荒地拉开了栅栏，邀请我们进去坐坐。

穿过他那斑杂凋敝的庭院，我们进入了那栋小小的房子。与庭院截然不同的是，房子内部窗明几净，一切都归置得井井有条，如同他在疗养院的那个整洁的房间。

小松先生用一个漆盒装了几样非常精致的点心和果子，邀请我们吃。

"小松爷爷有和拉普达机器人的合影。"儿子边吃边说。

"你怎么知道？"我问。

"不信让他给你看。"他说完，便用磕磕巴巴的日语请求小松先生拿出相册。

小松先生并没有推辞。他转身走进一个房间，过了一会儿，手里拿着一本大大的相册出来了。

小松先生坐在沙发上，和儿子头挨着头，翻看着相册。他脸上不时露出由衷的笑容，给我一种他在含饴弄孙的错觉。小松先生一边翻着相册，一边介绍说，自己年轻时是医药公司的工程师，去世界各地出差，修理公司卖出去的医疗器械。20 世纪 80 年代末，他甚至到过北京，在那里修理了两个月的机器。

"我爬上了长城，还看了故宫。不过那都是三十多年前的事情了。"

相册里除了小松先生在世界各地出差的照片，还有一些合影。我猜那是他的家人。突然，我发现照片里有一只猫。接着，又发现了一张有猫的照片。随着翻看相册，越来越多的猫出现在照片上。

"那是爱子。"小松先生指着照片上的一个女人说，"她很爱猫。"

我这才了解到小松先生其实是有妻子的，他甚至还有一个儿子，现在仍在日本，已经结婚生子。

二十多年前，小松先生的妻子罹患癌症去世了。在医药公司干了大半辈子的小松先生，却没有办法让爱子起死回生。从那之后，他发现老家的房子再也不能居住，因为那里的每一寸砖瓦和木板都充满了悲伤的回忆。

随着祖屋日渐老朽，一部分回忆枯竭死去，慢慢不再能伤害到他；而另一部分回忆则在褪色的房子中找到了活下去的办法——与妻子相关的点滴，都寄生在了屋子里的几只猫咪身上。

"有一天，我打开冰箱，看到爱子为猫做的便当，才突然想到，她已经不在世上了。以后，都要由我来喂猫了。"

在为爱子养的猫陆续送终之后，小松先生埋葬了最后一只老死的猫，卖掉了老屋，来到了清迈。他的儿子不理解父亲背井离乡的行为，之后又有了自己的家庭，从此父子间的联系越来越少。

没有了爱子，没有了房子，也没有了猫，这就是小松先生二十年来几乎从不回去的原因。

"可是为什么又开始在疗养院养猫了呢？"我问。

"我所工作的那家医药公司，一直在探索基因检测和疾病预防。"小松先生说，"只是晚了一步，否则爱子的癌症应该可以更早被发现。"

几年前，小松先生在日本的母公司研发出了一种基于基因检测和人体扫描的医疗器械，但还没有大量投入临床使用。小松先生赎出了他全部的企业年金，买了一台试验机。他把这台试验机捐献给了清迈的疗养院，这样可以尽早筛查和预测老人们的疾病。

然而，这台冷冰冰的机器让人十分恐惧，老人们非常害怕，甚至抵触用这台仪器来做身体检查。

疗养院里有一个乐观开朗的英国老兵，人们都管他叫"老约翰"。有一次，在机器宣布老约翰确诊为不治之症之后，他笑着对小松先生说："如果非要有一个地狱使者来告诉我什么坏消息，我宁愿它是一只猫。"

不久，老约翰离世了。小松先生的身边，也开始有了一个小小的手提箱，那里面装满了他的工具。

讲到这里，小松先生站起身，用低沉的嗓音说："请跟我来。"

他带我来到了后院的工具房，那是一间斜搭在院墙上的小木屋。用来建造木屋的木板向阳的一面都泛着黑色，背阴的一面则爬满了深绿的苔藓。

小松先生打开木屋的门，请我参观。

里面是一张木质的工作台，墙上挂满了各种工具。我用目光仔细打量了一番，这里头并没有房东太太口中的"毒饵"。我猜那些"二十年来社区里的猫总是离奇死去"的传闻，也是一种误解罢了。

不过在那工作台上，倒是躺着一只猫。

猫像死去了一样，纹丝不动地趴着。

小松先生走过去，轻轻地抚摸了一下猫的背脊。他的动作是那么轻柔。

一阵机械的"哒哒"声之后，猫睁开眼睛，站了起来。

它用头顶和脖子蹭了蹭小松先生的手，然后灵巧地跳下了桌子。

"所以您是把试验机改造了吗？"我目瞪口呆，"改造成了猫的样子？"

小松先生像个孩子一样倒背着手站在那里看着我，露出一个微笑。

"我早已经过了知天命的年纪，七十多岁的人和年轻人，对生死的认知自然是不一样的。"他喃喃地说。

随着时光荏苒，岁月流转，他已经在心里放下了悲伤。

讨厌猫咪的小松先生，为他疗养院的老友们制作了这样一只"猫"。

"被温柔地爱过也好，被误解也好……"他说，"总之，这就是我的人生。"

猫走到我的身边，轻轻地蹭着我的脚。

那是猫这种动物才能带给人的特有的触感，温暖、柔软、顺滑。

除此之外，还有一些说不清的东西。

我想起了月光下和我们一家散步的猫，想起了这一物种和我们人类之间默默订立的某种古老神秘、若即若离的契约。

"不，您的人生不止如此。"我笑了，"以您的年纪，在日本坐电车是要给老人让座的。"

在这木质的工具房门口，小松先生、我，还有猫，静静地站在阳光下。

自此之后，雨季结束，凉季开始。新的循环，顺应着斗转星移。

一个灰蒙蒙的清晨，一辆车驶入了我们的巷子，停在了巷口。车上下来的是一家三口。他们从车上搬下来不少箱子，其中一个航空箱里，有什么东西在"呼哧呼哧"地喘气。

透过箱子上的孔洞，一双海水般的眼睛朝外打量着。

这一家子按响了小松先生家的门铃。

我站在院子里，透过芒果树的枝叶，看到巷子尽头的栅栏打开了。

身材矮小的小松先生走出栅栏，一一拥抱了他们。

四个人一齐把所有的箱子搬进了屋子。大人把箱子拆开，孩子从里头抱出一只猫。

不出所料，没过五分钟，小松先生过来敲门了。

"希望您不要生气。"我说，"是我通过在日本合作的编辑朋友，打电话与您儿子联系的。但愿这对您来说不是什么坏消息。"

"不。"小松先生用日语说，"谢谢你。"

接着，他朝我郑重地鞠了一躬，用英语说："这一次，猫带来的是好消息。"

我们相视一笑。

毛茸茸的、温软的、喉咙里会发出"咕噜咕噜"声的猫，有时也会带来好消息。

◆ 第18届银河奖杰出奖获奖作品

终极爆炸

王晋康

对一个人的了解，也许两年的相处比不上一次长谈。在去特拉维夫的飞机上，以及在特拉维夫的伯塞尔饭店里，一向冷漠寡言的司马完与史林有过一次长谈。这次谈话让史林心中产生了对司马老师深深的敬畏。他有点后悔向国家安全部密告自己的老师——说告密其实是过分自责，不太恰当的。史林并没有（主动）告密，而是在国安部向他了解司马完的近况时，他没有隐瞒自己对司马完的怀疑。不过，他的陈述不带任何个人成见和私利，完全出于对国家、民族的忠诚，对此他并没有任何良心负担。

但在此次长谈后，史林想，也许自己对司马老师的怀疑是完全错误的。这么一位完全醉心于"宇宙闪闪发光的核心机制"的科学家，绝不可能成为敌国的间谍。

当然，国安部对司马完的怀疑也有非常过硬的理由。单是他们向史林透露的只言片语，就够可怕了。史林想来想去，仍无法得出确定的结论。

史林来到北方研究所后，就在司马完手下研究以"核同质异能素"为能源的灵巧型电磁脉冲炸弹，至今已经两年半了。当年，史林以优异的成绩从北大物理系毕业，可没想到会舍弃科学之神而为战神效劳。史林一心想做个超一流的理论物理学家，这个志愿从少年时代就深植于心中，成了他毕生的信仰。初中一年级时，他看过一本科普著作《可怕的对称》，作者是美国理论物理学家阿维·热。阿维·热也许算不上是一流的科学大师，但绝对是一流的传教者，以生花妙笔传播了他对科学之神的虔诚信仰。

阿维·热在书中说，宇宙是由一位最高明的设计师设计的，基于简单和统一的规则，基于美和对称性。宇宙的运行规则更像规则简约的围棋，而非规则复杂的橄榄球。他说，物理学家就像是完全不知道规则的观棋者，经过了长时间的观察、思考、摸索、失败，已经敢小小地吹一点儿牛了，已经敢说他们大致猜到了上天设计宇宙的规则，即破解宇宙的终极定律，或终极公式。

这本书强烈地拨动了史林的心弦。他很想由自己来踢出这制胜的一脚。

按阿维·热的观点，现在已经大致到瓜熟蒂落的时候了。那么，如果能由一个中国人来完成宇宙终极理论倒也不错，算得上有始有终。宇宙诞生的理论，马虎一点儿，可以说是由一位中国人在两千多年前最早提出的，即老子。他在《老子》第四十二章中说："道生一，一生二，二生三，三生万物。"翻译成现代语言就是："宇宙万物是按某种确定的规律生成的，并且是单源的。"他还写道："万物生于有，有生于无。"这正是今天宇宙学家的观点——宇宙从"无"中爆炸出来。真是匪夷所思啊！一个两千多年前的老人，在科学几乎尚未启蒙之时，他怎么能有这样的奇想？

史林的志向是狂了一点儿，但也不算太离谱。可惜他也是生不逢时，毕业时，第三次世界大战，或者如后代历史学家命名的"第二点五次世界大战"，已经越来越近了。国家正在为战争而全力冲刺，所有的基础研究被暂时束之高阁。史林没能去科学院，而是被招聘到这家一流的武器研究所。

对此，史林倒没有什么怨言。在他醉心于宇宙终极理论时，他的精神无疑是属于全人类的。但这个精神得有一个物质载体，而这个肉体是生活在尘世之中的，隶属于某个特定的国家和民族。既然如此，他也会诚心诚意地履行一个公民的义务。

他向国家安全部如实陈述自己对司马老师的怀疑，也正是基于这种义务，即社会属性，而不是缘于他的本性，即人格属性。

司马完是一位造诣极深的高能物理学家，专攻能破坏信息系统的电磁脉冲炸弹，在此领域中，他是中国乃至世界的一流高手。中国已经为这场无法避免的战争做了一些准备。鉴于美国在军事上的绝对优势和中国相对薄弱的军工基础，中国的对策是大力发展不对称战力，比如信息战战力。在这些特定领域中，中国已经赶上甚至超过了美国。而在这个领域中执牛耳的司马完自然是一个国宝级的人物。

司马完今年五十岁，小个子，比较瘦，外貌毫不惊人。妻子卓君慧的个子比他高一些，非常漂亮，高雅雍容，具有大家风范。虽然她今年四十五岁了，但保养得很好，看上去像三十几岁的人，与她交往，有如沐春风的感觉。

卓君慧是位一流的脑科学家。现代脑科学大致上有两个分支。一个分支偏重哲理性，研究神经元如何形成智慧，如何出现自我，或者探讨人类作为观察者最终能否洞悉自身的秘密[1]，等等。另一个分支则偏重实用性，研究如何开发深度智力，加强左右脑联动，增强记忆力，研究阿尔茨海默病的防治等。两个分支的距离不亚于牛郎星与织女星的迢迢之遥，但卓君慧在两个分支中都游刃有余，她甚至在脑外科手术中也是一把好刀。

他们有一个十九岁的儿子，那小子是他父母的"不肖子"，一个狂热的新嬉皮士，信仰自由主义、爱与和平。他也很聪明，虽然不用功，还是轻松地考进北大数学系，所以他与史林是相差五届的系友。这小子在大学里仍不怎么学习，只要考试能上六十分，绝不愿在课堂多待一分钟。司马夫妇对他比较头疼，这算是这个美满家庭中唯一不尽如人意的地方吧。

---

[1] 洞悉自身的秘密：不少科学家认为人类绝不能完全认识自身，从理论上说也不行，因为"自指"就会产生悖逆和不决。

中航的 A380 起飞了，这是二十年前正式投入运营的超大型客机，双层，标准载客数为五百五十五人。现在飞机是在平流层飞行，非常平稳。透过飞机下远处的云层，能看到连绵的群山，还有在山岭中蜿蜒的长城。他们此次一行三人，司马夫妇和史林。司马完和史林是去以色列两个武器研究所做例行工作访问。这些年来，他们和以色列同行保持着融洽的关系，在某种程度上超越了政治。卓君慧则是去特拉维夫的魏茨曼研究所，那儿是世界上脑科学的重镇，有一台运算速度为每秒十亿次的超大型计算机，专门用于模拟一百四十亿人脑神经元的缔合方式。据说爱因斯坦的大脑现在已经"回归故里①"，在这个研究所被精心研究。卓君慧常来这里访问，史林三次来以色列都是和司马老师、卓师母同行。

史林走前，国家安全部的洪先生又约见了他。这次会见没什么实质内容，洪先生只是再三告诫他不要露出什么破绽，仍要像过去一样与司马完相处。

"司马先生是国宝级的人物，对他一定要慎重再慎重。当然……"洪先生语气一转，"你也应该时刻竖起耳朵，注意他的行动。如果能洗脱他的嫌疑，无论对他个人或者对国家都是幸事。"

洪先生希望在此行中，史林能以适当的借口，始终把司马完"罩在视野中"，但前提是不能引起司马完的怀疑。史林答应尽量做到。

司马夫妇坐在头等舱，史林在普通舱下层，不能时刻把司马完"罩在视野中"。他有点担心——也许就在那道帷幕之后，司马完正和某个神秘人物进行接头。他正在想办法如何接近司马完时，卓君慧从头等舱里出来了。她来到史林的座位前，轻声说："你这会儿没有事吧？老马（她总是这样称呼丈夫）想请你过去，谈一点儿工作之外的话题。你去吧，咱俩换换座位。"

史林过去了。司马完用目光示意史林在卓君慧的座位上坐下，又唤空

---

① 回归故里："故里"指爱因斯坦的犹太人族籍而不是他的瑞士国籍。

姐为史林斟上一杯热咖啡。史林忖度着：司马老师今天会谈什么"工作之外的话题"？

司马完开门见山地问："听说你有志于理论物理，宇宙学研究？"

"对，我搞武器研究是角色反串，暂时的。战事结束后，我肯定会回归本行。"

司马完有点突兀地问："你是否相信有宇宙终极定律？"

史林谨慎地说："我想，在地球所在的'这个'宇宙中，如果它在时间和空间上是有限的——这已经是大多数理论物理学家的共识——那么，关于它的理论也就应该有终极。"

司马完点点头，说："还应该加一个条件，如果宇宙确实是上天基于简单、质朴和优美的原则建造的。"

史林激动地说："对这一点，我绝对相信！而且我还相信两点，一是宇宙只有一个单一的起源；二是它的自我建构一定天然地遵循一个最简单的规则。有这两点，就能保证你说的那种质朴和优美。"

司马完赞赏地点点头，沉默了一会儿。史林也沉默着，不知道司马完还会谈什么。

司马完忽然问："你的 IQ 值是一百六十？"

史林不想炫耀自己，有点难为情地说："对，我做过一次测定，一百六十。不过，我不大相信它，至少是不大看重它。"

司马完皱着眉头问："不相信什么？是不相信 IQ 测定的准确性，还是不相信人的智力有差异？"

"我指的是前者。智商测定标准不是普适的，一个智商为六十的人也可能是个音乐天才。至于人与人之间的智力差异，那是绝对存在的，谁要说没有差异，反倒不可思议。"

"IQ 的准确与否是小事情，不必管它。关键是，你是否承认自己是天才。我就承认自己是天才，在理论物理领域的天才。承认自己是天才并不是为了炫耀，而是认识到自己的责任。老天既然生下爱因斯坦，他就有责任发现相对论，否则他就是失职，是对人类犯了渎职罪。"

史林听得一愣。他从来没有听过对爱因斯坦如此"严厉"的评判，或者说是如此深刻的赞美，觉得很新鲜。从这番话中，他感受到司马完思维的锋利，也多少听出一些偏激。他想天才大都这样吧。

"我知道你也是个天才。我观察你两年多了。"司马完说得很平静，不是赞赏，而是就事论事，就像在说"我知道你的体重是一百六十斤"一样，"也知道你一直没放弃对终极理论的研究，并用业余时间一直在做这方面的研究。你想由一个中国人来揭开上天档案柜上的最后一张封条。我没说错吧？"

史林感动地默默点头。他没想到司马老师在悄悄观察他。对他而言，探索宇宙终极理论已经成了此生的终极目的，这种忠诚溶化在他的血液中，今生不会改变。所以，司马老师的话让他觉得亲切，有一种天涯知己的感觉。不过他马上提醒自己：不要忘了国家安全部的嘱咐，对司马老师时刻都得睁着"第三只眼睛"。

"其实我也一直致力于此，比你早了二十年吧。你不妨说说近来的思考、进展或者疑难，也许我能对你有所帮助。"

司马老师说得很平淡，但透出不事声张的自信。史林考虑片刻，说："我想，要解决终极理论，还得走阿维·热所说的对称性的路子。德国女数学家艾米·诺特尔以极敏锐的灵感，指出大自然中守恒量必然与某种对称相关。比如她指出，如果物理定律不随时间变化（相对于时间对称），能量就守恒；如果作用量不随空间平移而变化，动量就守恒；如果不随空间旋转而变化，角动量就守恒。司马老师，这些守恒定律我在初中就学过了，但从来没想到它们的对称本质！诺特尔的洞察力是人类智慧的一个极好的例子，简直有如神示，给我极深刻的印象，让我敬畏和动情。我对她崇拜得五体投地。"

史林说得很动情。司马完没有插话，只是面无表情地点点头。

"爱因斯坦非常深刻地理解这一点——上天对宇宙的设计必定由对称性支配。他能完成相对论，就是因为他善于从浩繁杂乱的实验事实中抽取对称性。比如，在那么多有关引力的事实中，他只抽取了一个最关键的守恒量，就是所有物体，不管轻重，不管它是什么元素，都以同样的速度下落。这就使得他发现了一种对称：均匀引力场与某个数值的加速运动完全等效。爱因斯坦称，这对他来说是一次'非常幸福的思考'。从那之后，广义相对论就呼之欲出了。"史林说着，忽然觉得有点不好意思，在司马老师面前说这些无疑是班门弄斧，"这些历史你一定很清楚。我对它们进行回溯，只是想说明，我对终极理论的研究一直是走这条对称性的路子。"

司马完微微点头："我想你的路子不错。有进展吗？"

"还没有。引力还是没法进行重整，不能与其他三种力合并到一个公式中。"

司马完沉默了一会儿，说："对称性的路子肯定不会错的，但你是否可以换一个角度？当年爱因斯坦没能完成统一场论，是因为那时弱力和强力还没有被发现。那么，今天物理学界在终极理论上举步维艰，是不是因为仍然有未知力隐藏于时空深处？我相信物质层级不会到夸克和胶子这儿就戛然而止，应该有更深的层级。当然，随着粒子的尺度越接近普朗克长度①，粒子实体或物质层级就会越模糊、虚浮，互相粘连，研究它们会越来越难，最终干脆不可知。不过，我们并不需要完全了解。门捷列夫也不是在了解所有元素后才建立周期律的。他只用推断出元素性质跟质量有关，并呈周期性变化就行了，这是个比较复杂的周期，取决于最外电子层可容纳的电子数。但只要发现这个'定律之核'，周期律就成功了。"

这番见解让史林受到震动。他说："老师你说得很对，我也相信你所抽出的脉络。不过，我一直没能发现有关宇宙力的那个'核'。只要抓住

---

① 普朗克长度：10^{-33} 厘米，夸克的直径是 10^{-16} 厘米。

这个'核',终极理论就会在地平线上露头了。"

史林企盼地看着司马完。直觉告诉他,也许司马老师手里就握着这把钥匙。不过他同时又认为这是不可能的,如果司马老师已经做出突破,绝对不会藏在心里而不去发表,更不会在这样的闲聊中轻易披露,要知道,这是多少人梦寐以求的成功!对这样的成功来说,诺贝尔奖是太轻太轻的奖赏。不会的,司马老师不会握有这把钥匙。不过,他无法排除这种奇怪的感觉——对于宇宙终极真理,司马老师的神情完全是成竹在胸。

司马完看着舷窗外的天空,平淡地说:"以往的终极研究都是想着把宇宙的几种力统一,实际上,力的本质是信使粒子的交换,像光子的交换形成电磁力,引力子的交换形成引力,介子的交换形成弱力等。所以,力的本质就是物质,换一个说法而已。而物质呢,不过是空间由于能量富集所造成的畸变。这么说吧,力、物质、能量这些都是中间量,可以撇开的。宇宙的生命史从本质上说只是两个相逆的过程,空间从大褶皱,如黑洞,转换为小褶皱,冒出无数小泡泡,又自发地有序组合;然后,又被自发地抹平。其中,空间形成褶皱是负熵过程,这点不难理解,按质能公式,任何粒子的生成都是能量的富集化;空间被抹平则是熵增。你看,这又是艾米·诺特尔式的一个对应:宇宙运行相对于时间的对称性,对应于空间畸变度的守恒。"他把目光从窗外收回来,看看史林:"你试试吧。沿着这个思路——抛开一切中间量,直接考虑空间的褶皱与抹平——也许能比较容易得出宇宙的终极公式。"

司马完朝史林点点头,结束了谈话,闭目靠在座椅上。他已经看见了史林的激动,甚至可以说是狂热。史林感觉到了"幸福的思考",就像爱因斯坦坐电梯时,因胃部下沉而感受到引力与加速度的等效;像麦克斯韦仅用数学方法就推导出电磁波恰恰等于光速;像狄拉克在狄拉克方程的多余解中预言了反粒子……所有的顿悟对科学家来说都是最幸福的,而这次的幸福更是幸福之最,它是真理的终极,是对真理探索的最完美的一次俯冲。

史林的目光在燃烧，血液沸腾了。他的眼前是奇特优美的宇宙图景，是宇宙的生死图像：

一个极度畸变的空间，光线被锁闭在内部，无法向外逃逸；连时间也被锁死，永久地停滞在零点零分零秒。然后，它因偶然的量子涨落爆炸了，时间由此开始。空间暴涨，单一的畸变在暴涨中被迅速抹平，但同时转变为无数的微观畸变。空间中撕裂出一个个"小泡泡"，它们就是最初层面的粒子。泡泡以自组织的方式进行排列组合，形成夸克和胶子，再黏结成轻子、重子、原子、分子、星云、星体、星系。星体在核反应中抛出废料，形成行星，某些行星上的"太初汤"再进行自组织，生成有机物、有机物团聚体、第一个DNA、简单生物，等等。这个负熵过程的高级产物之一就是人，是人的智慧和意识……

但同时，随着氢原子聚合，随着恒星向太空倾倒光和热，一只看不见的手又在轻轻抹去物质的褶皱，回归平滑空间。这个熵增过程是在多个层级上进行的。不过，局部的抹平又会导致整体的空间畸变，于是黑洞（奇点）又形成了。空间的畸变和抹平最终构成了宇宙史。

史林完全相信，只要抽出这个艾米·诺特尔对称，宇宙终极公式也就不远了。它一定非常简约质朴，像爱因斯坦的质能公式一样优美。激动中，他竟然有些气喘吁吁。这会儿，他把国安部洪先生的交代完全抛到脑后了。他虔诚地看着司马老师，等他往下说，但司马完似乎已经把话说完了。

过了一会儿，史林不得不轻声唤道："老师？"

司马完睁开眼看看他。

"老师，你的见解极有启发性。我想，你离成功只有一步之遥了。为什么还没得出最终结果？"

司马完淡然地说："也许是我的才智不够。这也是个悖论吧。要想破解这个最简约的宇宙公式,可能需要超出我这种小天才的超级天才。"

史林有些失望,也免不了兴奋(带点自私的兴奋)。如果司马老师没有完成,那自己还有戏。他沉默了一会儿,说:"可惜,这样的公式即使被破译,恐怕也很难检验。物理学家和玄学家的区别,是物理学家有实验室,而且所做的实验必须有可重复性。但唯独物理学中的宇宙学例外。宇宙学家倒是有一个天然的大实验室——宇宙,但没人能看到实验的终点,更无法把宇宙的时间拨到零点,反复运行,以验证它的可重复性。"

"谁说不能验证?只要是真理,就应该得到验证,也必然能验证。"司马完不屑地说,"我知道有类似的论调,说宇宙学是唯一不能验证的科学。不要信它!总有办法验证的,即使不是直接验证,也是很有说服力的间接验证。"

史林渴望地看着司马完,依他的感觉,司马老师不但对终极定律成竹在胸,而且对如何验证也早有定论。他真希望老师能把这个"包袱"彻底抖出来。非常不巧,飞机马上要降落了,空姐走出来,让乘客回到自己的座位,系上安全带。卓君慧从普通舱回来,她看出这次谈话对史林的触动很大,因为史林是恋恋不舍地离开头等舱,并一直陷在沉思中的。

地中海的海面在舷窗外闪过,特拉维夫机场的灯光向他们迎来,飞机降落了。他们出了机场,随即坐出租车来到伯塞尔饭店。饭店依海而建,窗户中嵌着地中海的风光,非常美丽;位置又比较适中,离他们要去的三个研究所都不远。前两次史林陪司马老师和师母来时,也是下榻在这个饭店的。

在前两次同行中,史林对司马老师产生过怀疑,因为老师在特拉维夫的行为多少透着古怪。史林的怀疑不大清晰,只是想想而已。不过,那次国家安全部官员的到来,把这些怀疑明朗化,也强化了。所以,即使史林因这次长谈而对司马老师充满敬畏之情,也不能完全抵消他内心对司马老师的怀疑。从住进伯塞尔饭店后，史林仍时刻"竖着耳朵"观察老师的动静。

半个月前的一天，北方研究所吕所长——他的军衔是少将，在国内外军工界是一个大人物——让秘书把史林唤到办公室。屋里还坐着一个人，穿便衣，但有明显的军人气质，四方脸不怒而威，打眼一看就是个相当级别的大人物。那人迎上来和史林握手，请他在沙发上落座。吕所长介绍："这是国家安全部的领导，姓洪，想找你问一些情况，你要全力配合。"吕所长说完就走了，临走还小心地带上门。

史林心中免不了忐忑，单看吕所长的态度，就知道今天的谈话一定相当重要。洪先生先和颜悦色地扯了几句家常，问史林哪个学校毕业，来所里有几年，一直跟谁当助手，等等。史林知道这些话只是引子，既然国安部找到自己，自己的情况部里一定事先调查清楚了。然后，洪先生慢慢把话题引到司马完身上。史林谨慎地回答说，他来这儿的时间不长，对司马老师非常敬佩，老师的专业造诣极深，工作也非常敬业。不过他们没有多少工作之外的接触，只是应卓师母之邀去赴过两次家宴。

洪先生不停点头，他说这位司马老师可是国宝啊，是列在国家安全部重点保护名单上的。他们的保护是百倍小心，不容许出任何差错的。所以想找史林来了解一下，看司马老师有没有什么心理上的问题、身体上的问题，等等。他让史林不要有什么顾虑，尽可直言不讳。

虽然洪先生的话很委婉，但史林不会听不出话外之音。史林断定，洪先生既然来找他了解司马完，肯定有什么重要原因吧。他踌躇片刻，决定对国安部实话实说：

"我没发现什么问题，只有一点，不知道算不算异常。他在以色列工作访问时，总有两三天不见踪影。我陪他去过两次特拉维夫，都是这样。据他说是陪妻子去魏茨曼研究所，那是个综合性的研究所，以脑科学研究为强项，所以卓师母去那里是正常的，但司马老师去干什么，我就不清楚了。我原来以为，也许这牵涉什么秘密工作，是我这样级别的人不该了解的，所以我一直没有打探过。"

洪先生听得很认真："还有什么情况吗？"

"没有了。"史林想想，又补充道，"我们去特拉维夫的工作访问一般不会超过一星期，所以，单单为了陪妻子而耽误两三天时间，这不符合司马老师的为人。"

洪先生赞赏地点点头，这才说出来意："谢谢你，小史。我来之前对你做过深入了解，吕所长说你是一个完全可以信赖的年轻人。今天我找你来，是有一个重担要交给你。"史林听出了问题的严重性，屏息以待，"我们对司马先生非常信任，非常器重，他对国家的贡献是有目共睹的。但不久前一次例行体检中，我们发现他脑中有异物。"

史林极为震惊。他瞪大眼睛看着洪先生。对方点点头，肯定地说："没错，确定有异物，是在头部正上方，穿透头盖骨，向下延伸到胼胝体。异物的材质看起来是某种芯片，或其他电子元件，我们还没机会确认。"

史林张口结舌。说震惊是太轻了，完全是惊骇。有异物！在一个国宝级的武器科学家脑中！在战争阴云越来越浓的特殊时刻！他觉得洪先生宣布的事实，就像是阴河里的水，漫地而来，让他不寒而栗。他说：

"你是说他被……"

"对，我们担心他被别人控制，被敌人控制，在他本人并不知情的情况下。所以……"洪先生摇摇头，没把这句话说完。

史林下意识地轻轻摇头。这事太不可思议了，他实在不愿相信。他想劝洪先生再去认真复核，不要把事情搞错了。当然，他知道这个想法太幼稚，对一个国宝级的人物，来人又是国安部的重要官员，肯定不会贸然行事的。但……脑中有异物！受人控制！这实在太诡异了。

洪先生问："你是否知道，司马先生在魏茨曼研究所接触的是什么人呢？"

"不清楚,他从不在我面前谈论那边的事,卓师母也不谈。"

"那么,司马先生的行为是否有异常?比如偶尔动作僵硬、表情怔忪、无名烦躁,等等。如果他真受到外来力量的控制,应该会表现出一些异常的。"

史林认真回忆了一会儿,摇摇头:"没有,从来没发现过。"

"那好吧,今天就谈到这儿,以后请你注意观察,但不要紧张,不要在他面前露出什么迹象。现在,既然知道司马先生的脑中有异物,那么一切都已在控制之中了,不会出大娄子。"

洪先生说得轻描淡写,但史林清楚,这些安慰恐怕言不由衷。史林突然问:"你说是在对他例行体检时发现他脑中有异物的。那么上一次的体检是什么时候?"

洪先生看看史林,心想这年轻人确实思维敏捷,是糊弄不住的。他叹口气:"是去年 2 月 10 日。你说得对,这个异物可能是去年 2 月 10 日以后就植入了,而我们到今年 2 月才发现。如果是那样,他就有近一年的时间处于我们的控制之外。如果真的……能泄露的军事机密也被泄露完了。"他摇摇头,"不管怎样,我们要尽快查个水落石出,这也是为他本人负责。"

到达特拉维夫后,他们三人照例访问了以色列军事技术公司(IMI),第二天又访问了迪莫纳核研究所。访问中明显看到战争带来的影响,以色列同行们虽然还是谈笑自若,但能看出他们内心深处的疏远和提防。毕竟以色列一直是美国的忠实盟国,在即将来临的战争中,以色列不一定会直接参战,但至少是倾向于"自家大哥"的。

卓师母这两天一直陪着他们,她的美貌高雅、雍容大度是有效的润滑剂,让双方已经生涩的交往变得融洽一些。那些研究杀人武器的男人都愿意和她交谈。但史林心情复杂。在和国安部洪先生的那次谈话中,有一点洪先生避而不提，史林当时也没想到，但随后想到了，那就是卓师母是否知道丈夫脑袋中的异物。作为夫妻，两人终日耳鬓厮磨、同床共枕，她应该能发现丈夫脑袋里的异常吧？如果知道，她在其中扮演什么角色？是同谋还是包庇犯？如果不知道，与她同床共枕的男人竟然是个受他人控制的"机器人"，她却一无所知！

史林很尊敬卓师母，无论是哪种情况，史林都觉得比较恐怖，为她感到心痛。

第三天正好是犹太新年，即逾越节，司马夫妇的老朋友，IMI的一位高层主管胡沃德·卡斯皮邀三人去他的私人农场玩。卡斯皮二十年前曾任以色列军工司司长，是一个公认的亲华派。在这样一个相对微妙的时刻，这种邀请显然不是纯粹的私谊。四人乘坐着卡斯皮的轿车出城。他的私人农场相当远，已经接近加沙了。快中午时，他们到达农场，卡斯皮夫人已经准备好饭菜，笑着说：

"欢迎来到我的农场。能在逾越节招待尊贵的客人，我非常高兴。"

餐桌上堆着烤羊肉、苦菜和未发酵的面包，这是逾越节的传统食品，是为了纪念当年犹太民族逃离埃及的。吃午饭时，大家有意识地"不谈国事"，高高兴兴地闲聊着。

饭后，卡斯皮带他们参观了他的农场，随后他领大家回到客厅，他的夫人为他们斟上咖啡后就退出去了。他们知道，真正的谈话就要开始了。卡斯皮脸色凝重地说：

"恐怕咱们之间的交往不得不中断了。原因你们都知道的，战争，还有美国的压力。关于战争的正义性我不想多说，各国政治家都有非常雄辩的诠释，但我想倒不如用一个浅显的比喻更为实在。这是一场资源之战，就像一群海豹争夺唯一的、可以换气的冰窟窿。先来的海豹要求维持旧有秩序，后来的说，你们占了这么久，轮也该轮到我们了！谁对？可能后来者的要求多一些正义，但考虑到换气口对先来者同样生死攸关，他们的强占也是可以原谅的。尤其是如果换气口太小，而海豹的数量太多，即使达成完全公平的分配办法，也不能保证所有海豹的最基本的需求，那就只有靠战争来解决了。如果你们最终走进战争，那是为了自己民族的生存，我敬重你们，至少是理解你们。"

司马完说："谢谢。战争确非我们所愿，甚至当一个武器科学家也违反我的本性。我总忘不了美国一个科学家班布里奇，他在参与完成了第一颗原子弹的成功爆炸后，痛心疾首地对奥本海默说的话，'现在我们都成了混蛋。'"他摇摇头，"可是，总得有人干这种事。"

卡斯皮用力点头，重复道："我能够理解，非常理解，甚至在道义上对你们的同情更多一些。但战争一旦爆发，以色列势必站在另一方。你们知道的，多年的政治同盟，以色列人对美国的感恩心理。而且，即使没有这些因素……"他盯着司马完，加重语气说，"我们也不能把宝压在注定失败的一方。"

这句话非常刺耳，史林有倒噎一口气的感觉。看看司马完夫妇，他们神色不变。司马完平静地说："看来你已经预判了战争的输赢。"

卡斯皮的话毫不留情："我知道这些话很不中听，但我还是要说，作为朋友，我不得不说。这些年，中国国力大增，按 GDP（以平价购买力计算）来说已经是世界第一经济体。但你们的军事力量较为滞后。当然，你们也大力发展了不对称战法，在某些领域，比如你主持的电磁脉冲武器就不亚于美国，但这改变不了整体的劣势。我曾接触过一些中国军方人士，他们说，中国十四亿民众和九百六十万平方公里的国土，是足以让任何侵略者灭顶的泥沼。我绝对相信这一点，但问题是美国军方也绝对相信这一点！经历了多次局部战争后，他们足够精明，不会陷入这个泥沼的。所以，我估计，这次战争不会以占领土地和消灭有生力量为主，而是远程绞杀战和点穴战，重点破坏你们的石油运输、电力、通信、交通等，直到中国经济被慢慢扼死。这不是第三次世界大战，而是第二点五次世界大战。"

这是史林第一次听到这个名词，后来它成了历史学家公认的名称，虽然并不是卡斯皮所说的理由。

司马夫妇沉默着，不做任何表态，但听得很用心。卡斯皮继续说："坦率地讲，你们大力发展的不对称战法恐怕难以奏效。关键是，即使在这些领域，你们也并不占绝对优势，因而改变不了你们的整体劣势。据我估计，战争中真正能实现的，反倒是对方的不对称战法，即在信息战、地面战、岸基海战等你们有均势或优势的领域，对方按兵不动；对方将只使用远洋打击力量、空中力量和天基打击力量等你们处于绝对劣势的领域，实行远程绞杀和精确点穴。你们对这种战法是毫无办法的。"

司马完平静地听着，点点头："你的分析很精辟。"

"一定要避免这场战争！请务必把我的话转达到贵国的高层。我算不上虔诚的和平主义者，以色列国是从血与火中建立起来的，我们不会反对战争，但至少要避免必败的战争。说句我不该说的话吧，即使这场战争实在不可避免，也要尽量推迟，推迟十年、二十年，那才符合你们的利益。"

"谢谢你的诤言。我会转达的。"

卡斯皮摇摇头："你刚才说了班布里奇的自责，使我想起俄罗斯和美国两大枪族的鼻祖，卡拉什尼科夫和斯通纳。两人七十多岁时在美国第一次会面，见面时说，他们都是罪人，上帝的两群子孙拿着他俩发明的武器互相残杀。"

司马完叹息着，重复道："武器科学家就像是令人憎厌的行刑手，偏偏又是社会不可缺少的。不过，现在不少国家已经进步[1]了，废除了死刑，也不需要行刑手了。但愿有一天，社会不再需要武器科学家。咱们等着那一天吧。"

私人访问结束后，卡斯皮把他们三人送回特拉维夫。他们三人很清

---

[1] 作者认为，废除死刑这一做法并不算进步。

楚，卡斯皮说的那些话，实际上是受以色列政府的授意。

回到伯塞尔饭店后，史林的心情相当抑郁。他太年轻，虽然对双方的军力一向都有基本的了解，但难免被偏见所蒙蔽。现在，卡斯皮为他们指出了一座阴森森的冰山，它横亘在必走的航线上，正缓慢地、不可阻挡地向这边逼近。它是真实的威胁，不是海市蜃楼。没有任何办法躲开它。

史林也注意观察着司马夫妇的反应，不知道他们内心如何，至少表面上相当平静。也许，他们对卡斯皮的谈话内容并不意外。难道他们早就认识到形势的严峻？晚上洗澡后，史林来到司马夫妇住的套房，卓君慧洗完澡后正在内室梳妆，对外边大声说："是小史吗？你先和老马聊，我马上就出去。"司马完向史林点点头，仍自顾自地翻阅《塔木德》法典。法典是英文版的，以色列饭店中经常放有《塔木德》法典这一类的典籍，以供客人们翻阅或带走。司马完的翻阅显得心不在焉。史林想，原来他并非心如止水啊。史林坐下来，不服气地说："司马老师，今天卡斯皮说得未免太武断了。"

司马完淡淡地说："一家之言罢了。不过，他的分析确实很有见地。"

"那我们怎么办？"

"尽人事，听天命吧。"

这个表态未免过于消极。史林心里不太舒服，沉默着。这会儿卓师母走出来说："明天咱们到魏茨曼研究所去，这恐怕是战前最后一次了。小史，明天你也去。"

史林非常意外，因为过去两次陪司马夫妇来以色列，他们从不提让史林去那个研究所，甚至在闲谈中也从不提它。史林一直有一个感觉：司马夫妇总是小心地捂着那边的一切。今天的态度变化未免太突然。他看看司马完，后者点头认可。卓君慧对丈夫说："你也去洗澡吧，洗完早点休息，要连着绞两三天脑汁呢。"

司马完"嗯"了一声，起身去卫生间。史林有点纳闷，她所说的"绞两三天脑汁"是什么意思？按说，在魏茨曼研究所应该是卓师母去绞脑汁吧，那是她的本职工作。卓师母坐到沙发上，和史林聊了一会儿。电话响了，她去接了电话，声音柔柔地说了很久，最后说：

"去吧，我和你爸都尊重你的决定。"

等卓师母放下电话过来，史林发现她的神情有些黯然。

"儿子的电话。"卓师母说，"军队在大学征兵，他办了休学，参军了。他说，中国之大，已经放不下一张安静的书桌。他的很多同学都参军了。"

史林在老师家里见过这位晚五届的系友，印象不是太佳。但他没想到，这个表面上玩世不恭的小伙子原来是性情中人，一个热血青年。他钦佩地说："师母，他是好样的。如果我不是在搞武器，也会报名参军。"

卓师母叹口气："我和他爸爸都支持他的决定。当然，担心是免不了的。他年纪太小。"

"他到什么部队？"

"南方一个长波雷达站。在那儿他的专业多少有点用处。"

司马完在浴室里喊妻子，让她把行李箱中的电动刮胡刀拿过去。史林觉得自己留这儿不合适，立即起身告辞。他临走时，那个念头又冒出来：终日与丈夫耳鬓厮磨的卓师母是否知道他脑中的异物？她不可能毫无觉察吧？史林想，国安部委派的工作真是难为自己了，现在，面对一向敬重的司马老师、待人如春风般温暖的师母，还有他们满腔热血、投笔从戎的儿子，他真不愿意再扮演监视者的角色了。

第二天，他们三人借用卡斯皮先生的轿车，由卓师母开着去魏茨曼研究所。路上，史林有一个明显的感觉：睡过一觉之后，司马夫妇已经把卡斯皮那番沉重的谈话，以及对战争前景的担心完全抛在脑后，现在他们一心想的是去魏茨曼研究所之后的工作，有一种临战前的紧张和企盼，一种隐约的兴奋。行路时，夫妇两人一直在进行简短的交谈，如"肯定是战前最后一次冲刺了"或者"我估计这次会有突破"。他们的谈话不再回避史林，似乎史林突然也成了"圈内人"。史林没有多问，只是默默地听着，默默地揣摩着。

研究所在海边，是一幢不大的灰色四层小楼。门口没有设警卫，汽车长驱直入，停在长有棕榈树的院内。小楼内部的建筑和装修相当高档，来往的工作人员都热情地和司马夫妇打招呼，看来他们在这儿很熟络。三人来到一间地下室内，屋子比较封闭，里面有七张椅子，类似于牙科病人坐的那种可调节的手术椅，南墙上有一块相当大的电脑屏幕。屋里已经有五个人，司马夫妇同他们依次握手，同时向史林介绍他们的身份，其中有一些史林已经早闻其名。那位黄面孔、衣冠楚楚的男人叫松本清智，是日本东京大学物理系的主任。那位俄罗斯人叫格拉祖诺夫，长得虎背熊腰，胡须茂密，是"俄国熊"这个绰号的最好标本，是俄罗斯实验地球物理研究所的研究员。那个肥胖的中年男人是东道主，以色列人西尔曼。这位叫吉斯特那莫提，瘦骨嶙峋，衣着粗劣，令人想起印度电影中的弄蛇艺人。年纪最大的高个子是美国人肯尼思·贝利茨，满头白发，粉红色的手背上长满了老人斑。卓君慧说，贝利茨是这个"一六〇小组"的组长。

一六〇小组？史林疑惑地看着卓师母。卓师母笑着解释，这个研究小组完全是民间性质，一直没有正式名称，在他们的圈内常戏称为一六〇小组，后来就这么固定下来了。起这个名字是因为小组成员的IQ一般都不低于一百六十，都是世界上最杰出的理论物理学家。"不一定是最著名，但一定是最杰出的，比如那个印度人，是一个无正式职业的贱民，完全靠自学成才，在物理学界内外都没有名望，但他的实力不在任何人之下。"卓君慧补充说。

这句介绍让史林掂量出了这个小组的分量。他很困惑，不知道这几个人的集合与"脑科学"有什么关联。卓师母还介绍了第六位，电脑屏幕上一张不断变幻着的面孔。她说这是电脑亚伯拉罕，算是一六〇小组的第八个成员吧。

几个人都微笑着,看着第一次与会的史林。司马完向大家介绍说,这是一个很有天分的年轻人,专业是理论物理,智商一百六十,是一个不错的候补人选。"由于个人原因,我即将退出一六〇小组,所以很冒昧地向大家引荐他,彼此先接触一下。当然,是否接纳他还要等正式的投票。"司马完转向吃惊的史林,"小史,请原谅我没有事先征求你的意见。反正是非正式的见面,究竟参加与否你有完全的自由。不过我想你肯定会参加的,因为……"他难得微微一笑,"这是向宇宙终极堡垒进攻的敢死队。"

宇宙终极堡垒!史林确实吃惊,没想到司马老师会这么突然地把他推到这个陌生的组织内。他的内心已经升腾起强烈的欲望。这些人中,凡是史林已闻其名的,都是一流的宇宙学家或量子物理学家。虽各人主攻方向不同,但没关系的,正如阿维·热所说,在向宇宙终极定律的进攻中,科学的各个分支已经快会师了。

鉴于自己多年的追求和深种于心中的宇宙终极情结,他当然十分乐意参加,甚至可以说,这是司马老师对他的莫大恩惠。当然,想到国安部洪先生的话,他心中也免不了疑虑。也许司马完突然给他的恩惠是别有用心的?司马完随后的话使他的疑虑更加重了。司马完说:"依照一六〇小组的惯例,你需要先起誓,决不向外界透露有关一六〇小组的任何情况。无论最终是否决定参加,你都要先起誓。"

大家对新来者点点头,表示有这样的程序。史林迟疑地说:"只要这儿的秘密不危害我的国家。"

贝利茨摇摇头:"一六〇小组的工作是以整个人类为基点的。"

史林犹豫着。人类——这当然是个崇高的字眼,但他知道人类利益和国家利益并非完全一致。很显然,人类内部有过多次战争,包括将要发生的战争。在这样的情形下,怎能去奢谈什么单一的人类?司马完看看他,冷静地说:

"你可以不起誓的，这样你就不会知道一六〇小组的内情；你也可以起誓，这样你将了解一六〇小组的内情，但不得向外人披露。对于国家安全部来说，这两种情况的最终结果是完全等效的。你选择吧。"

司马完似不经意地点出了国家安全部的名字，史林不由得掉转目光看着他。司马完面无表情，卓师母安详地微笑着。史林想，看来他们已经知道了国家安全部与自己的那次谈话。史林飞快地盘算一下，果断地做出了选择。他想，如果一六〇小组中真有什么见不得人的秘密，他们不会把宝压在一个新人的誓言上吧。他郑重地说：

"我以生命起誓，决不向任何人透露有关一六〇小组的内情。"

屋里的人都满意地点头。贝利茨说："好的，现在进入阵地吧。这可能是战前最后一次冲刺，希望这次能得到确定的结论。"

格拉祖诺夫笑着说："没关系，这次一定能有所收获。"

"开始吧。"

以下的进程让史林目瞪口呆。格拉祖诺夫先坐到可调座椅上，卓君慧走过去，熟练地揭开一片他的头骨，里边弹出两个插孔，她拉过座椅旁的两根带插头的电缆，分别与两个插孔相连。计算机屏幕上，在亚伯拉罕的模拟人脸旁边，立时闪出格拉祖诺夫的面孔，不，不是一个，是两个。两个面孔与"原件"相比，有些人为的变形，而且变形全都左右对称，比如一个左耳大而另一个右耳大，这大概是用来区分格拉祖诺夫的左右大脑分身吧。它们在屏幕上对着大家做鬼脸。卓君慧依次为六个人做好同样的连接，更准确地说是联机，十二张面孔依次闪现在屏幕上。

虽然很震惊，但史林在这一刻就猜到了真相。这是一种集体智力。六个大脑的胼胝体被断开，每人的左右脑独立，变成十二个相对独立的思维场，再分别与计算机联机，建成一个大一统的思维场。胼胝体是人脑左右大脑的连接，有大约两亿条通路。早期治疗癫痫时，曾有过割断胼胝体的治疗方法，可以防止一侧大脑的病变影响到另一侧。在二三十年前有人提出设想，说人脑的胼胝体实际上是很好的对外通道，可以实现人脑之间或人脑与电脑的联机，并戏言它是"上天造人时预留的电脑接口"。

非常可喜的是，这种联机的结果并不是加法，大致说来，n个人脑的联机，其联合智力大约是单个人脑的十的n次方的数量级。这是一种非常诱人的技术，但因为它牵涉太多的伦理方面的问题，所以没有下文。没想到，在一六〇小组中已经不声不响地实行起来。现在，六个人脑的联机，先不算卓师母和电脑亚伯拉罕，其综合智力大致相当于一百零六个人脑。也就是说，相当于一百万个一流的理论物理学家！在这么一个强大的思维机器前，还有什么问题不能解决呢？

史林想，这就是国家安全部所怀疑的"脑中异物"。他们在大脑中插入异物，原来并不是为了当间谍，而完全是为了非功利的思维。他佩服这六个人的勇敢，因为不管怎么说，这有点"自我摧残""非人"的味道。

这会儿是司马完在进行联机，他不动声色地说："我的神经插头在上次体检时被外人发现了。我推测，国安部一定找你了解过我的情况。关于这一点，你回国后可以向他们汇报，不算你违誓。"

原来司马完和卓师母心里早就明镜似的，非常清楚自己对他们的监视。一时间，史林有被剥光衣服的感觉。不过，这会儿他已经把什么"监视"抛到脑后了。那是世俗中的事情，而现在他已经到了天界，面前是六个主管宇宙运行机制的天界政治局常委，正在研究宇宙的最终设计。这也正是他毕生的追求。

六人已经进入禅定状态，屏幕上的十三张面孔，包括电脑亚伯拉罕的，全消失了，代之以奇形怪状的曲线和信息流，令人目不暇接。现在屋里只剩下史林和卓君慧。卓师母帮六个人联完机，这才有时间对他解释。她说，这样的人脑联机，或者说集体智慧，是由贝利茨先生最先提议，由她帮助弄成的，唯一的目的，就是为了探索宇宙终极定律。正如司马完曾说的，为了探求那个最简约的宇宙终极公式,需要超出人类天才的超级智慧。

"你先在这里坐一会儿,我也要进去了,是例行巡视。"卓师母有点得意地说,"我可以说是这个智力网络的'帮主',负责它的健康运行。你耐心等一会儿,我很快就会回来的。小史,等我回来,也许我有话要跟你说。"

卓师母坐到第七张手术椅上,散开长发,把两手举到头顶,熟练地做好与计算机的联机,然后闭上眼睛。她的面部表情也被割裂,变得和其他六个男人一样怪异。史林看着她自我联机,感情上再度受到强烈的冲击。原来,卓师母不仅知道丈夫脑中的"异物",她自己也是如此!奇怪的是,史林可以接受六个男人脑中有"异物"的现实,却不愿相信卓师母也是这样。这位慈和明朗、春风沐人的女性,不应该和"脑中异物"扯到一块儿。

其实史林对这种异物并无敌意,如果一六〇小组同意,他也乐意照办,只要能参与到对宇宙终极定律的冲刺中。所以,他对师母的怜惜就显得违反逻辑。

屋里很静,只有计算机运行时发出的轻轻的"嗡嗡"声。六个男人都处于非常亢奋的作战状态,面部变幻着怪异的表情,大部分时间他们闭着眼,有时也会突然睁开眼,但一般只睁一只。此时,他们的目光中是无物的,对焦在无限远处。他们的面颊肌肉抖动着,嘴角也常轻轻抽动,左手或右手神经质地敲击着手术椅的不锈钢扶手。大屏幕上翻滚着繁杂怪异的信息流,一刻也不停,其变化毫无规则,非常强劲。六道思维的光流频繁向终极堡垒冲击,从繁复难解的大千世界中理出清晰的脉络,这些脉络逐渐合并,并成一条,指向宇宙大爆炸的奇点。然后,汹涌拍击的思维波涛涌动于整个宇宙。

史林贪婪地盯着屏幕,盯着他们。他此时无缘体会对宇宙深层机理的顿悟，那种爱因斯坦所称的"幸福思考"。不过，透过六个人的表情，他已经充分感受到这个思维场的张力。而他暂时只能作壁上观，他简直急不可耐了。

只有卓师母的面容相对平和。她基本上闭着眼，表情一直很恬静，不大显出那种怪异的割裂感。这当然和她的工作性质有关，她并不是和其他人一样冲锋陷阵，而是充当在战线之后巡回服务的卫生兵。屋中的安静长久地保持着，和宇宙一样漫无尽头。一直到吃午饭时，卓师母才睁开眼睛，伸手去取自己头顶的插头。

卓师母取下插头后仍躺在椅子上，一动也不动。现在，她的表情完全恢复正常，不再左右割裂了，但她似乎沉浸在深重的忧虑中，眉头紧蹙，默默地望着屋顶。史林清楚地感受到她的忧虑，但不知道原因。他想：是不是这个智力网络有什么问题？或者他们的集体思维没有效果？

卓师母起来了，从柜子中取出早就备好的食物，是装在软包装袋中的糊状物，类似于早期的太空食品[①]，让史林帮忙分发给各人。六个男人都机械地接过食品，挤到嘴中。他们在做这些动作时，明显没有中断他们的思维。六人都吃完了，卓师母把食品袋收回，从微波炉中取出两份快餐，递给史林一份。两人吃饭时，史林有数不清的问题想问卓师母，但一时不知道该问哪个；另外，他也不知道卓师母会不会向他透露核心秘密，毕竟他还没有被一六〇小组接纳。他问："师母，他们的探索已经到了哪个阶段？如果可以对我透露的话。"

卓师母平静地，甚至有点漫不经心地说："宇宙公式已经破解了，去年就成功了。"史林瞪大眼睛，震骇地望着师母。

"非常简约、非常优美的公式。你如果看到它，一定会喊道：'哦，它原来是这样！它本来就应该是这样！'"她看看史林，"不过很抱歉，在你正式加入之前，我不能透露详情。它对一六〇小组之外的人是严格保

[①] 太空食品：后来的太空食品也讲究色香味，基本不再使用这种糊状物。

密的，极严格的保密。"

这个消息太惊人了，史林难以相信。当然，卓师母是不会骗他的。他想不通的是，既然已经取得这样惊人的成功，换作他，睡梦中都会笑醒的。卓师母今天的忧虑又因何而来？小组又为什么不公布？沉思很久后，史林委婉地说："我上次对司马老师说过，宇宙学研究的最大难点是对于它的验证。这个终极公式一定难以验证吧。不过我认为，再难也必须通过某种验证，超越于逻辑思维之外的验证。"

卓师母轻松地说："谁说难以验证？恰恰相反，非常容易的，已经验证过了。"

"真的？"

"当然。你想，在没有确凿的验证之前，一六〇小组会贸然喝庆功酒吗？"卓师母说，"虽然我不能向你披露这个公式，但讲讲对它的验证倒不妨的。这会儿没事，我大概讲讲吧。"

史林已经急不可耐了，忘记了吃饭："请讲吧，师母，快讲吧。"

史林的猴急让卓师母笑了："别急，你边吃边听。这要先说说爱因斯坦的质能公式，不少教科书上说，质能公式的发现打开了利用核能的大门。其实这纯属误解，是一个沿袭已久的误解。"

史林接过话头："对，你说得对。质能公式是从分析物体的运动推导出来的，只涉及物体的质量（动量），完全不涉及核能或放射性。核能其实和化学能一样，都是某种特定物质的特定性质，只有少量元素才能通过分裂或聚变释放能量，大部分物质不行。比如铁原子就是最稳定的，可以说它是宇宙核熔炉进行到最终结果时的废料，它的原子核内就绝对没有能量可以释放。总归一句话，具有能释放的核能，并不是物质的普适性质。但根据质能公式，任何物质，包括铁、岩石、水、惰性气体，甚至我们的肉体，都应该具有极大的能量。"他又补充一句，"核能在释放时确实伴随着质能转换（铀裂变时大约有百分之一的质量湮灭），但那只能看作是质能公式的一个特例，不能代表公式本身。其实，化学反应中同样有质量的损失，只是为数极微。"

"对，是这样的。质能公式只是指出质量与能量的等效性，但并不涉及'如何释放能量'。那么你是否知道，有哪种办法可以释放普通物质中所蕴含的、符合质能公式的能量？可以称它为物质的终极能量。"卓师母补充道，"正反物质的湮灭不算，因为咱们的宇宙中并没有反物质，要想取得反物质，首先要耗费更多的能量。"

史林笑了笑，摇摇头："哪儿有这种方法啊！没有，绝对没有，连最基本的技术设想也没有。如果有了它，世界早变样啦。哦，对了，我想起来了，某个理论物理学家倒是提出过一个设想，假设地球旁边有一个黑洞，我们把重物投进黑洞，使用某种机械方法控制其匀速下落（从理论上说这可以做到），那么这个物体的势能就能转变为可利用的能量，其理论值正好符合质能公式的计算。"他笑着补充，"当然，这只是一个思维游戏，不可能转变为实用技术。"

"是否实用并不重要，关键看这个设想从理论上来说是否正确。我想它是正确的。这个设想中有两个重要特点，你能指出来吗？"

史林略略思索片刻，说："我试试吧。我想一个特点是，这种能量释放和物质的种类无关，只和质量有关，所以它对所有物质都是普适的。对垃圾也适用，填到黑洞的垃圾将全部转换为终极能量，那位物理学家开玩笑说，这是世界上最彻底、最经济的垃圾处理方式。"

"还有什么特点？"卓师母提示道，"想想老马曾说过的，抹平空间褶皱。"

史林的反应非常敏捷，立即说："第二个特点是，它是借助于宇宙最极端的畸变空间实现的，物质放出了终极能量，然后被黑洞抹平自身的'褶皱'，消失在黑洞中。"

卓师母赞许地点头："不错，你的思维很敏锐，善于抓关键点。你的老师没看错你。"

史林心潮澎湃。他在阅读到这个设想时，只是把它当成智力游戏，一点儿也没有引起重视。但此刻在卓师母的提示下，他意识到，这个简单的思想实验也许正好显示了终极能量的本质。被投入黑洞的物质完成了它在宇宙中的最终轮回，被剃去所有毛发[1]，不管它是什么元素，不管它是什么状态——固态、液态、气态、离子态，甚至是单独的夸克，都将放出终极能量，被黑洞一视同仁地抹平褶皱，化为乌有。但这和卓师母所说的"对宇宙终极公式的验证"有什么关系呢？

卓师母似乎知道了他的思想活动，随即说："一六〇小组发现的宇宙终极公式，恰恰揭示了空间'褶皱'与'抹平'的关系。利用这个公式，就有办法让物质'抹平褶皱'，放出它的终极能量。所有的物质都可以，而且技术方法相当简单，比冷聚变简单多了。我们一般称它为终极技术。"

卓师母说得很平淡，但史林再次被震惊了。他激动地看着卓师母，生怕她是在开玩笑。

他忽然脱口而出："这么说，冰窟窿可以扩大了？甚至可以无限地扩大！卓师母，那你们为什么还要保密？"他说的话没头没脑，但卓君慧完全理解。他是在借用卡斯皮的比喻：即将开始的资源争夺之战就像一群海豹在争夺冰面上的换气口。是啊，现在冰窟窿可以无限扩大了，因为对资源的争夺首先集中在能源上，如果物质的终极能量能轻易释放，那么人类的能源问题可以说得到了彻底解决，以后只需把社会运行中产生的垃圾、核废料等这么转换一下就行了，哪里还用得着打仗呢？

史林非常亢奋，情动于色。卓君慧心疼地看看这个大男孩，想：他还是年轻啊！一腔热血，但未免太理想化。

她摇摇头："不行的，终极公式绝对不能对外宣布。这是小组全体成员的决定。"

---

[1] 剃去所有毛发：指的是被抹去所有信息的意思。

史林的亢奋被泼了冷水，不满地追问："为什么？到底是为什么？"

卓师母叹口气："我这就告诉你。不知道你是否知道文明发展的一个潜规则，虽然它并没有什么内在的必然性，但它一直是很管用的。那就是当技术之威力发展到某种程度时，它的掌握者必然会具有相应程度的成熟。形象地说，就是上天不允许小孩得到危险玩具。大自然能有这条潜规则实在是人类的幸运，否则就太危险了。但一六〇小组的出现打破了这种潜规则。由于智力联网，小组所达到的科技水平远远超越时代，至少超越五个世纪。也就是说，今天的人类还不具备与终极技术相应的成熟度。"她强调着，"不，绝对不能让他们得到这个危险的玩具。"

史林悟到这个结论的分量，但并不完全信服。他不好意思反驳，沉默着。卓君慧看看他："你不大信服这条潜规则，是不是？我们并不愿意隐瞒终极技术，不过很可惜，它还有一个……怎么说呢，相当怪异的、善恶难辨的特点，它使我刚才说的危险性大大增加了。"

"什么特点？"

"量子力学揭示，一个观察者会造成观察对象量子态的塌缩，也就是说，精神可以影响实在。这个观点有点神神鬼鬼的味道，爱因斯坦就坚决反对，但一百多年的科学发展完全证实了它。而且，这种精神作用并不是永远局限在量子世界中——那样给人的感觉还安全些——通过某种技巧，精神作用甚至可以影响到宏观世界，比如著名的'薛定谔佯谬'。你当然了解这些观点。"

"是的，我很了解。我一点儿都不怀疑。"

"问题是这种精神作用中有一个特例。当观察者的观察对象就是他本身时，这种'自指'会产生一种自激反应。把它应用到终极技术上，会得出这样一个结果：如果一个人想引爆自身会特别容易，可以借助于装在上衣口袋中的某种器具去实现。而普通物质终极能量的释放要相对复杂一些。"她看着史林，说，"你当然能想象得到这意味着什么。"

史林当然能想象得到，不由得打了一个寒战。这就意味着，一旦终极技术被散播到公众中去，那对恐怖分子实在太有利了。他们今后甚至不用腰缠炸药，只需在上衣口袋中装上某种小器具，就可以自由自在地去他想去的地方，然后微笑着引爆自身。这是怎样威力的人体炸弹啊！按质能公式，一个体重六十公斤的人具有大约五乘以十的十八次方焦耳能量，按每克 TNT 能量密度为五千焦耳算，相当于一百零九吨 TNT，也就是说一亿吨！而美国扔在广岛的原子弹才一点三万吨！太可怕了，确实太可怕了。现在，史林完全理解了一六〇小组对终极公式严格保密的苦心。

卓君慧说："原本世界上只有七个人了解这件事。你是第八个。"

史林沉重地点头，他已经感到了沉甸甸的责任。他也会死死地守住这个秘密，不向任何人透露，甚至包括祖国的国家安全部。随后他想到，卓师母今天主动向他透露这些秘密，恐怕是有所考虑的，也许是受一六〇小组的授意吧。这些秘密不会向一个"外人"轻易泄露。那么，一六〇小组可能已经决定接纳自己。

对此史林没什么可犹豫的，虽然"脑中植入异物"难免引起一些恐惧的联想，有可能毁了他作为普通人的生活。也不一定，司马夫妇照旧生活得很好。但为了他从少年时代就深植于心中的宇宙终极情结，为了满足自己的探索欲，他愿意做出这样的牺牲。

卓师母又要进去巡回检查了，史林帮她插好神经插头。等她沉入那个思维场后，史林一个人坐在旁边发呆。卓师母指出的终极武器的前景太可怕了，与之相比，今天的核弹简直是儿童玩具。因为人类所珍视、所保护、所信赖的一切，如建筑、文物、书籍、野花、绿草、白云、空气、清水，甚至你的亲人、你自身，都会变成超级炸弹。也许一连串的终极爆炸能引起地球的爆炸，半径六千公里的物质球在一瞬间能被抹平，变成强光和高热，人类的挪亚方舟从此化为没有褶皱的空间，不留下任何痕迹。

话又说回来，如果终极能量可以完全用于高尚的目的，那时人类文明的前景该是何等光明！这是最干净、最高效的能源，它的使用不会在系统内引起熵增，人类社会不但一劳永逸地解决了能源问题，连带着把最头疼的环境污染——本质是熵增——也解决了。

但谁能保证人类中没有一个恶人？没有一个谈笑间在学生教室里引爆自身的恐怖分子？一万年后也没人敢保证。由于一部分人的人性之恶，技术之"善"与"恶"被交织在一起，永远拆分不开。于是，一六〇小组的成员们只有眼睁睁地看着已经到手的伟大发现而不能用，甚至还要处心积虑地把它掩盖起来。

史林沮丧地想，看来人之善恶比宇宙终极定律更为复杂难解。也许这就是一六〇小组的下一个终极目标——致力于人类灵魂的净化。

六个人的"智力攻坚"整整进行了两天。这两天中，卓师母曾四次进入思维场。那里一切正常，后来她就不再进去了。她也不再和史林交谈，一直沉思着，眉间锁着很深重的愁云。究竟是为什么，史林不敢问。晚上，她和史林没去睡觉，倚在椅子上断断续续地眯了几次。那六个人显然没有片刻休息，一直处于极为亢奋的搏杀状态中。第二天晚上七点，卓师母最后一次"进入"，半个小时后返回，对史林简短地说：

"快要结束了，他们已经太疲累了。这次不大顺利，看来仍然得不出结论。"

史林试探地问："既然终极公式已经得出来了，他们在思考什么问题？"

"终极公式可不代表终极问题。现在他们的进攻目标，其实是探究爱因斯坦曾说过的一句话：'我真正感兴趣的是，上帝能否用别的方法来建造世界。'换言之，如果我们这个宇宙灭亡后还会有'下一个'宇宙，或者在我们这个宇宙'之外'还有另外的宇宙——只是象征性的说法，实际上，宇宙灭亡后连时间和空间都不存在了——我们的公式在那儿是否还管用。"

卓师母微笑着说："你一直强调对真理的验证，但这个问题能否验证，还真的很难说。因为对它的研究很难跳出纯粹的逻辑推理。要知道，依靠一六〇小组的超级智力，提出几种能够自洽的假说并不难，难的是设计出验证办法。"她补充道，"而且必须要在'这个宇宙之内'对'宇宙之外'的事情做出验证。这个问题甚至比破解终极公式要更难一些。他们正在做的就是这件事。"

"你说他们这次的进攻没有成功？"

"嗯。"

史林笑了："这对我来说其实是件好事。总不能把坏人都消灭了，得给我留一个吧。"

卓师母会心地笑了，但没有往下说，因为贝利茨先生已经举手示意要结束了。卓师母过去，动作轻柔地为他们拔下神经插头，再互相对接，把那块头骨按平。六个人依次从椅子上站起来，他们表情割裂的面容都恢复了正常，但都显得非常疲惫，而且是入骨的疲惫。看来，连续两天的绞脑汁把他们累惨了。

他们略定定神，贝利茨就笑着说："别急，等下一次吧。上天一百五十亿年才完成的东西，咱们想撬开它，不能太性急。"

这边茶几上，卓君慧已经摆好了食物，这次不是瓶装流食，而是三明治、五香鸭肉、羊肉、火鸡肉、饮料等。六个饿坏的人立即围上去，大吃大嚼起来。

尽管今天的探索失败了，但他们丝毫不显得沮丧，餐桌上反倒有腾腾搏动着的欢快。探索本身就是幸福，也许其过程比结果更幸福，史林非常理解这一点，他真想立即加入这个小组。当然，与渴望伴随的还有对终极武器的恐惧，他同卓师母谈话后，这样的恐惧已经如附骨之疽，摆脱不掉了。司马完看看史林，对妻子说：

"你对小史介绍过小组的情况了吧？"

"嗯，该介绍的我都说了。"

贝利茨温和地说："史先生，你考虑一下，如果愿意加入一六〇小组，就提出一个正式申请，我们将在下次聚会时表决。"

"谢谢，我会马上提出申请。"

贝利茨没有问司马完为什么要退出一六〇小组，他对此有点困惑。凡是加入一六〇小组的人，都把这种无损耗的智力合作以及这种对终极真理的孜孜探索当成了人生第一需要，当成了人生快乐的极致。所以，不是非常重大的原因，没有人会愿意退出小组的。不仅他没有问，其他人也都没有问，这属于个人的隐私，个人的自由。

七个人中间，只有卓君慧知道丈夫这个决定的深层原因。并不是丈夫告诉她的，司马完甚至对自己的妻子也守口如瓶。但卓君慧早就发现了丈夫的心事，半年前就发现了。在刚才的巡回检查中，当七个人的思维形成无边界的共同体时，卓君慧曾悄悄叩问了丈夫的潜意识，她的叩问非常小心，正致力于智力搏杀的司马完一点儿也没有觉察到。她甚至还悄悄叩问了其他几个人的潜意识，他们同样没发现。当六道思维大潮汇聚到一起，汹涌拍击宇宙终极堡垒的围墙时，他们不会注意到大潮下面是否有一道细细的潜流。

这种思维潜入在一六〇小组中并没有被明令禁止，但从公共道德来说，这种做法肯定是违规的。但卓师母还是做了。她要去验证一些重要的东西，非常重要，足以让她有勇气违背平时的做人道德。现在她已经完成了验证，验证的结果使她备感忧愁。

夜里九点，八个人互相握别，也没忘了同电脑亚伯拉罕告别。他们依次同电脑中的那张面孔碰了碰额头，亚伯拉罕对每一个人说：

"再见，希望下一次早日相聚。"

他们预定的聚会被无限期地推迟了。

战争。

在随后的半年中，世界上的主要国家进行了最后的排列组合，分成两个阵营。一个阵营是"老海豹"，包括美国、日本、英国、澳大利亚等；另一个阵营是"新海豹"，包括中国、印度、韩国、巴西等。不用说，这种分组取决于各国在旧的世界资源分配体系中所占的地位。

2028年5月28日，后人所称的"第二点五次世界大战"终于打响了第一枪。战争的进程一如那位以色列军事专家卡斯皮的预测，是典型的远洋绞杀战和点穴战。老海豹们宣布了对新海豹阵营非常严格的石油禁运政策，所有驶往这些国家的油船都被拦截，中国"郑和号"五十万吨油轮没能回国，被"暂时"扣押在伊拉克的巴士拉港。中俄石油管道和中哈石油管道"因技术原因"被无限期关闭。中国西气东输管道和伊朗—巴基斯坦—印度石油管道被空中投掷的动能武器炸毁，而且一直没能有效修复，因为这种天基打击是不可防御的。中国和美国开始了对双方卫星的绞杀战，一夜之间，双方都损失了近二分之一的卫星，然后又突然同时中止，原因不明。各国的核力量（陆基和海基）都绷紧了弦，但一直引而不发。直到战争结束，谁都不敢首先启用。所以，最危险的核力量反倒毫发无伤。

最激烈的战事发生在对各重要海峡的争夺上，这是没有悬念的战斗，因为美、日、英的远洋海空力量及天基力量都处于绝对优势。然后战火蔓延到新海豹国家的海港、铁路枢纽、通信光缆会聚点等，但多是电磁脉冲轰炸或精确轰炸，是以破坏交通、电力、通信为目的，人员伤亡并不大。

这种慢性扼杀战术的效果逐渐显现。司马夫妇越来越有"透不过气"的感觉。北京城里，那曾经川流不息、似乎永不会中断的车流几乎消失了，普通人的汽车全部"趴"在车库里，因为有限的石油被集中起来，确保军队的需要。铁路交通处于半瘫痪状态。通信经常中断，社会不得不回过头来依靠邮政通信。北京的夜晚因为空防和经常断电变得漆黑一片。社会越来越难以正常运行了。

失败就像是黑夜中的冰山,缓慢地、无可逆转地向新海豹阵营逼来,伴随着砭入骨髓的寒意。

战争开始两星期前,史林到日本探亲(他有一个叔爷定居在日本),随后两国断交,史林没有回国。其实,两国断交后都遣返了滞留在自己国家的对方公民,但据说是史林自己坚决拒绝回国,他的叔爷便为他办了暂居证。

史林从以色列返回后,向国家安全部的洪先生汇报了在特拉维夫的见闻,主要是说明了司马完,还有他妻子脑中的异物是怎么回事,但对终极公式和终极能量的情况则完全保密,信守了他对一六〇小组的承诺。

他对洪先生说:"我可以保证,他俩装上这个插头是为了科学探索,而不是其他的卑劣目的,也不存在受别人控制的情况。"

洪先生没想到一桩大案最终是这么一个结果,一下子轻松了。从他内心讲,他实在不愿意这个重量级的武器专家成了敌国的间谍。同时他也非常不理解:一个人会仅仅为了强化智力而摧残自身,把自己变成"半机器人"。听完汇报后,他摇摇头,没有多加评论,只是对史林表示了感谢。随后,他和吕所长通了电话,气恼地说:

"太轻率了。司马完这种做法至少是太轻率了。要知道,他的脑袋不光是他个人的,还是国家的。"

吕所长叹道:"是的,他的轻率做法让我非常为难。以后我该怎样对待他?我敢不敢信任一个大脑里装着神经外插头的人?尽管他不是间谍——你知道,我对这一点一直敢肯定,从一开始就敢肯定——但有了这么一个大脑外插头,就存在着向外泄密的可能,尽管泄密并非他本人的意愿。"

这么一来,战争开始后司马完反倒非常清闲。北方研究所彬彬有礼地把他束之高阁，不再让他参与具体的研究工作。对此，他非常坦然地接受了，丝毫不加解释。他研制的电磁脉冲弹在战争中也没派上太大的用场。对日本倒是用上了，在几个城市、海港进行了饱和电磁轰炸，对信息系统造成了很大破坏。但对远隔重洋的美、英、澳则有力使不上，毕竟中国的远程投掷能力有限。

司马完和妻子赋闲在家，散步、打太极拳，或盼着儿子那儿寄来的军邮。儿子来过几封信，信中情绪很不好，一再说这场战争打得太窝囊，与其这样熬下去，不如驾一只装满炸药的小船去撞美国军舰，毕竟在几十年前，在南也门的亚丁港就有人这么成功地实施过。卓君慧很担心儿子的情绪，回了一封很长的信，尽量劝慰他，但她知道这些空洞的安慰不会起多大作用。

这是战争开始一年半后的事。儿子没能见到妈妈的信。几乎在发走这封信的同时，家里接到了军队送来的阵亡通知书。仍是一次天基力量的精确打击，美国的武装卫星向儿子所在的长波雷达站投掷了一枚钨棒，以每秒六公里的极高速度打击地面，其威力相当于一枚小型核弹。雷达站被完全抹去了，里面的人尸骨无存，甚至连一件遗物都找不到。

办完儿子的丧事后，司马完开始实施自己的计划。并不仅仅是为了儿子的死，不是的，这个计划他早就筹划好了，甚至早在卡斯皮那次谈话半年之前，他就开始了秘密筹划。但儿子的牺牲无疑也是一次轻轻的推动，在道义上为他解去了最后的束缚。他办妥了去瑞士的护照，借口是一次工作访问，然后准备从那儿到美国，寻找一个合适的地点，把自己五十六公斤的身体变为一个绚丽的巨火球。

妻子因儿子的死悲痛欲绝，终日以泪洗面。司马完在出发前一直尽量抽时间安慰妻子。在这样的时刻，语言的力量太苍白了，他只是默默地陪着她，搂着她的腰，看着她的眼睛，或者轻柔地摸着她的手背。其实他的悲痛并不比妻子轻。妻子睡熟后，他睡不着，一个人来到阳台，躺到摇椅上，望着深邃的夜空，思念着儿子，心疼着妻子，也梳理着自己的一生。他常说自己当一个武器科学家纯属角色反串，他的一生只是为了探索宇宙终极真理，享受思维的快乐。他们（一六〇小组的伙伴）的探索完全是非功利的，是属于全人类的。他也曾真诚地发誓，不会把终极能量用于战争。但他终究是尘世中人，当他的思维翱翔于宇宙深处时，思维的载体还得站在被称作中国的黄土地上。这儿有流淌五千年的血脉之河、文化之河，这儿的人都是黄皮肤，有相同的基因谱系。他必须为这儿、为这些人尽一分力量，做一些事情，虽然他要做的事可能有悖于一个终极科学家的道德观，有悖于他的本性。

他在无尽的思考中逐渐淬硬自己的决心。他并非没有迟疑和反复，不过他最终确认只能这样做。

他一直没把自己的决定告诉妻子，但妻子也许早已洞察一切。娶了这么一位高智商的妻子也有这点不便，他一般无法在妻子面前隐藏自己的内心活动。不过，这些天来，儿子之死对她的打击太大，妻子一直心神恍惚，似乎没有觉察到他的离愁，甚至没为他准备出门的衣物。

晚饭后，两人面对面地坐在沙发上。司马完发现妻子的眼神像秋水一样清明。妻子冷静地、开门见山地说："老马，后天你就要走了，去进行那件事了吧？"

"对。我要走了。"

"你打算在哪儿引爆自身？"

司马完不由得看看妻子，妻子沉默着，不加解释，等着他的回答。他也不再隐瞒，直言道："还没定，到美国后我会选一个合适的地方。我本意在于威慑，不愿造成过多的人员伤亡。"

妻子叹息道："即使这样，恐怕死者也是数万之众了。"

司马完沉重地点头："可能吧。君慧，你是了解我的，我真的不愿这样做……"

妻子叹息一声:"我没打算劝你。你已决定的事,别人是没法改变的。其实我早知道你在筹划,大约半年前就开始了吧,而且是在卡斯皮那次谈话后最后定型。你决定赴死后开始推荐史林接你的空缺。我对这些很清楚,因为……"她第一次对丈夫坦白,"在以色列那次智力联网中,我曾悄悄叩问了你的潜意识。"

司马完惊讶地看看妻子,认真回忆了一下,没能回忆到那次联网时妻子对他的思维侵入。他素来佩服妻子的智商,这会儿更佩服了。虽然那时他尽量做得不动声色,但还是没能瞒过明察秋毫的妻子,反倒是自己被蒙在鼓里。卓君慧接着说:"那次我还同时叩问了其他五个人。他们大都会恪守一六○小组定下的道德红线,即不管在任何情况下,绝对不能把终极能量用于战争。"

司马完诚心诚意地说:"我敬重他们,也羡慕他们。如果我也能坚持那样的决定就太幸福了。他们的心地比我纯净。"

卓君慧仍顺着自己的思路往下说:"除了一个人。我是说,有可能背离这条红线的,除你之外还有一个人。当然他现在不会这样干,可一旦你用终极能量改变了战争的均势,他也会背离自己的本意,仿效你的做法。我想,不用说名字,你大概能猜出他是谁吧。"

司马完迟疑了一会儿,不大肯定地说:"松本清智?"

"对,是他。你想想吧。"

卓君慧没有深谈,但司马完当然明白她的意思。一个可怕的前景。敌我双方都握着这种撒旦的力量,战争最终会变成终极能量的对决,双方将同归于尽,没有胜利者,如果地球尚未毁灭的话。

不过,在这一瞬间,司马完马上想到了史林。从以色列回来后,妻子曾经同那个年轻人有过一次秘密谈话,然后史林就去了日本,而且在战争爆发后拒绝回国。司马完对此一直有怀疑,他了解那个青年,他和儿子一样,血是热的,在战争来临时拒绝回国不符合他的为人。这么说,他是妻子事先安排好的棋子?

他看着妻子的眼睛,轻声问:"但你已经事先做了必要的安排?"

妻子点点头:"对,史林。昨天我已经通知他开始行动。咱们等一等,看看那边的结果再说吧。"

此时,史林正待在日本千叶县一家拉面馆里。战争爆发后,他拒绝回国,求他的叔爷为他办了暂居证,但此后他坚决拒绝了叔爷的挽留,离开叔爷在东京的家,到千叶县"和爱屋"拉面馆找到了工作,并住在这里。其实离开北京前,他已经提前做了准备,用一千元的学费,花费一天时间,在一家兰州拉面馆中学会了拉面技艺。他那高达一百六十的智商可不是虚的,在体力活上也表现得游刃有余。到"和爱屋"半个月后,他的功夫已经炉火纯青,可以把手中的面拉得比头发还细,是这里挂头牌的拉面师傅了。

千叶县在日本的东面,离东京不远。这儿受战争的影响不大,拉面馆的生意相当红火,每天晚上都要到十一点后才能休息。忙了一天,史林累得两条胳膊都抬不起来,但他在睡觉前总要抽点时间看看专业书。战争终归要结束的,而自己也终归会卸掉戏装——他目前就像是票友在舞台上扮演角色——回归自我。他不能让自己的脑子在这段时间锈死,至少要让它保持怠速运转吧。

他所看的专业书就包括松本清智的一些著作,日文原版,如《宇宙暗能量的计算》《杨-米尔斯理论中的非规范对称》《物质前夸克层级的自发破缺》《奇点内的高熵和有序》等。这些著作写得极为出色,浅中见深,举重若轻,逻辑非常清晰,给人的感觉是数学博士到小学讲加减法。如果是过去,阅读之后,史林只会空泛地称赞一番,但现在他知道这些著作之所以出色的内在原因——松本清智已经知道了宇宙终极定律,虽然著作中只字未提，但以已经破解的终极定律来统摄这些前期的理论探讨，那就像登山者到达山顶后再回头看走过的路，当然是条分缕析、清清楚楚了。

史林很敬重松本清智教授，所以对自己将不得不做的事，心中充满歉疚。从以色列回来后，卓师母和他有过一次深谈。那时他才知道，自他们到达以色列之后的一切举动，包括让史林走进一六〇小组的圈子内，包括卓师母主动向他透露有关终极武器的情报，实际上都属于一次周密的策划。不，更准确地说，是两个交织在一起的计划。司马老师是第一个计划的策划者，他决心背离一六〇小组的道德红线，用终极武器来改变战争的结局，于是推荐史林来接替自己死后留下的空缺；卓师母敏锐地发现了丈夫的秘密计划，不动声色地做了补救，并巧妙地利用那次大脑联网查清了各人的潜意识。

从以色列回国后的那次深谈中，她对史林坚决地说："绝对不能让终极能量用于战争！一定要避免这一点，对于准备背离那条道德红线的人，无论是谁，不管是我丈夫还是松本清智，都不得不对其采取断然措施！"

史林开始并不同意她的做法，作为一个血气方刚的年轻人，从感情上说，他更多的是站在司马老师这一边。但卓师母用一个深刻的比喻把他说服了。

卓师母说："假如一群20世纪的文明人在海岛上发现了一个野蛮人部落，野蛮人部落还盛行部族仇杀，甚至吃掉俘虏。这当然是很丑恶的行为，文明人会怜悯他们，劝阻他们，但并不会仇视他们，因为他们的社会心智还没进化到必要的高度。如果一时劝阻不住，文明人会寄希望于时间，期待他们的心智逐渐开化。不过，如果因为痛恨他们的丑恶而大开杀戒，用原子弹或艾滋病病毒把他们灭族，那这样的文明人就比野蛮人更丑恶了！

"相对于一六〇小组的成员来说，21世纪的人类也处于蒙昧阶段。想想吧，他们仍然那么迷恋危险的武器玩具，热衷于用战争来解决人类内部的争端。但这是现实，没办法的，无法让他们在一夕之间来个道德跃升，也只能寄希望于时间。可是，如果我们也头脑发热，甚至把'五百年后的技术'用于今天的战争，帮助一部分人去屠杀另一部分人，那我们就比他们更丑恶了！"

史林被她的哲人情怀完全征服了，心悦诚服地执行师母给他布置的任务。他在日本住下来，老老实实地做他的拉面师傅，每星期按时到警察厅报告自己的行踪（这是日本警方对敌国侨民的要求），其余时间就窝在"和爱屋"拉面馆里。日本社会中本来就有浓厚的军国主义思想，战争更强化了它。拉面馆里几乎每天都能听到刺耳的言论，甚至有狂热的右翼分子知道这位拉面师傅是中国人，常常来挑衅他。但史林对这些挑衅安之若素。

转眼一年半过去了。

这天，他正在操作间拉面，服务员惠子小姐过来喊他，说有一位客人要见见中国的拉面师傅。顺着惠子手指的方向，他看到一个相貌普通的中年人，坐在角落里，安静地吃着拉面馆里的酱油拉面。史林走过去，那人抬起头，微笑着问："你是史林君？从中国来的？"

"对。"

"听说你曾是物理学硕士？"

"对。"

"你认识卓君慧女士吗？"

"认识，她是我的师母。先生你是……"

那人改用汉语说："卓女士托我捎来一样东西。"他把一个很小的纸包递过来，里面硬硬的，像是一把钥匙。然后，中年人唤服务员结账，走了。

当天晚上，史林向拉面馆老板递了辞呈，说他的叔爷让他立即回东京，家里有要事。老板舍不得这个干活卖力、技术又好的拉面师傅，诚心诚意地做了挽留。后来老板看史林态度坚决，便为他结清了工资。

第二天上午，史林已经到了东京大学物理系办公室。在此之前，他先到东京车站，用那位信使交给他的钥匙，打开车站寄存处第二十三号寄存箱，从里面取出一个皮包。包内是一把电击枪，美国 XADS 公司研制的，有效射程五十米，它是用强大的紫外线激光脉冲将空气离子化，产生长长的、闪闪发光的等离子体丝，电流再通过这一通路击向目标。为了将人击晕而又不造成致命伤害，所用的电脉冲必须极强，但持续时间又极短，每次只有零点四皮秒①，这相当于瞬间作用能量达到一万兆千瓦。

这是一种非杀伤性武器，一般用于警察行动。但史林手中这个型号的震击枪强度可调，在最强挡使用，可以使目标的大脑受到不可逆的损伤，变成植物人，无论是催苏醒药物还是高压氧舱都无能为力。致残效果是非常可靠的，美国 XADS 公司对其做过缜密的研究和实验，史林阅读过有关的实验数据。现在，这只皮包就放在他的腿上。

秘书去喊松本先生，在这段时间里，史林打量着松本的办公室。原来松本是很有个性的，大学物理系主任的办公室应该很严肃，但这儿贴满了漫画，似乎都是从科普著作或科幻读物中摘录并由他重新绘制的，而且全都和宇宙终极定律暗暗相合。这张画上是一个神，他在向宇宙挥手下令："我要空间有褶皱。"于是就有了褶皱；那儿仍是这位神，右手托着下巴，苦苦思索："我该不该用另外的办法来造出下一个宇宙？"后墙上的画更让他感到亲切，那是一群小人，推着小车，排成长队，向地球之外的一个桶里倾倒垃圾，而这个桶则连着绳索和种种可笑的滑轮，控制其速度后，坠向下面的黑洞。这正是他向卓师母提及的那个"释放物质的终极能量"的设想啊！

---

① 零点四皮秒：一皮秒等于一百亿分之一秒。

他欣赏着这些漫画，从中感受到松本清智未泯的童心。然后他用手捏了捏皮包，里面硬硬的，是那件杀人武器。他不由得叹息一声。

松本先生进来了，一眼就认出了史林："是史林君吗？我们在以色列见过一面。你怎么这会儿来日本呀？"

史林立起身，恭谨地说："我已经在日本停留一年多了。战前，我来日本探亲；战争爆发后，我没有回去。"

松本看看他，没有说话。松本不赞成战争，但也不赞成一个年轻人逃避对国家的责任。这两种观点是相悖的，用物理学家的直觉或形式逻辑都无法厘清它。但不管怎么说，这种不明不白的感觉让他对史林心存芥蒂。不过他没有把心中的芥蒂表示出来，而是亲切地问：

"有什么需要我帮忙的吗？有难处尽管说，我同你的老师、师母都是很好的朋友。"

"谢谢松本先生。我没有什么难处。我来找你，是受卓君慧女士之托，想请你回答一个问题。"

松本扬扬眉毛："是吗？你是受卓女士所托？请问吧。"

"请问松本先生，你会把终极能量用于这场战事吗？"

松本愣了一下，没想到史林会直率地问这个问题。一般来说，一六〇小组的组员们都不在那间地下室之外谈论与终极定律有关的话题。他简单地说："不会。这是所有组员的共识。"

"但如果某个人，比如我的老师司马完，首先使用了它，从而改变了战争的均势。那时你会使用它吗？"

松本感受到这个问题的分量，认真地思考着，史林这个问题不会是随便提出的，其中必然涉及司马完的某个重要决定。在他思考时，史林目不转睛地看着他。过了一会儿，松本坦率地说："如果是在那样的情势下，我会考虑的。"

史林从皮包中拿出那把电击枪，苦涩地说："松本先生，非常抱歉。

卓师母说，绝对不能让终极能量变成杀人武器，那对人类太危险了。为了百分之百的安全，必须事先就对你和司马完先生采取行动。真的很抱歉，我是为你尚未犯下的罪行伤害你，但我不得不这样做。"

在松本先生吃惊地注视中，史林扣下了扳机。松本的身体猛然抽搐，朝后倒了下去。史林抢先一步，上前抱住他，把他慢慢放在地上。坐在外间的女秘书透过玻璃看见屋里发生的事，尖叫一声，向外面跑去。史林没有跑，他把松本先生抱到沙发上，仔细放好，用沉重的目光端详着他。松本脸上冻结着惊讶的表情，不再对外界的刺激发生反应，他已经成为植物人了。史林对他深深鞠了一躬。

他用办公室的电话机打了两个电话，一个给那位送钥匙的信使，一个给东京警视厅。然后他就端坐在松本先生身边，等着警察到来。

在妻子扣动 XADS 电击枪扳机的那一瞬间，司马完没有恐惧，只有轻松。妻子把他身上这副担子卸下来了，他相信妻子随后会把这副担子背起来，肯定会背起来的。她比自己更睿智。

一道闪闪发光的细线从枪口射向他的头部，然后，强劲的电脉冲顺着这个离子通道射过来。司马完仰面倒下去，妻子抢先一步，上前抱住他，把他小心地放在沙发上，然后苦涩地看着丈夫。她没有哭，只是长长地叹息着。

战争没有改变贝利茨闲逸的退休生活。他住在特拉华半岛上的奥南科克城郊。每天早上，他与妻子带着爱犬巴比步行到海滨，驾着私人游艇在海上徜徉了一个上午。这天他们照旧去了，他扶着妻子上了游艇，巴比也跳了上来，他开始解缆绳。忽然，海滨路上一辆警车风驰电掣般地驶来，很远就听见有人在喊："是贝利茨先生吗？请等一等！请等一等！"

贝利茨站直了，手搭凉棚，狐疑地看着来人。一个警官下来，向他行礼：“你是斯坦福大学的终身教授肯尼思·贝利茨先生吗？”

"对，我是。"

"请即刻跟我们走，总统派来的直升机在等着你。"

他十分纳闷，想不通总统突然请他干什么。但他没有犹豫，立即跳到岸上，对妻子简单地道别。

他说："琳达，你不要出海了。你自己驾游艇，我不放心。"

琳达说："你快去吧！我会照顾自己的。"

他同妻子扬手告别，坐上警车。那时他还不知道，这是他同妻子最后的见面了。两个小时后，他来到白宫的总统办公室。会议室中坐着一群人，有总统、副总统、国务卿、国防部部长和参谋长联席会议主席，单从这个阵势看，总统一会儿要谈的问题必定非同小可。屋里，椭圆形的办公桌上插着国旗、总统旗及陆、海、空、海军陆战队四个军种的军旗，天花板上印着总统印记，灰绿色的地毯上则嵌有美国鹰徽。他进去时，总统起身迎接，和他握手，没有寒暄，简洁地说：

"谢谢你能及时赶来。贝利茨先生，有一位中国人，卓君慧女士，要立即同你通话。她是通过元首热线打来的。你去吧。"

白宫办公室主任领他来到热线电话的保密间，总统和国务卿跟着他进来。贝利茨拿起话机，对方马上说："是老贝（卓君慧常这样称呼他）吗？我是卓君慧。"

"对，是我。"

"我有极紧急的情况对你通报。请把我的话传达给贵国的决策者，并请充分运用你的影响力，务必使他们了解情况的严重性。因为……"她冷峻地说，"据我估计，他们的理解力不一定够。"

"我会尽力的。请讲。"

卓君慧言简意赅地讲述了事情的经过：卡斯皮的谈话，她丈夫司马完的打算，她对一六〇小组其他六个成员潜意识的秘密探察……

"我很歉疚,我的秘密探察是越权的。我……"

"你的道歉以后再说,说主要的。"

"我确认,小组中有两人,即我的丈夫和松本清智先生,会把终极能量用于当前的战争。我随后又用其他方法,对两人的态度做了直接验证。验证后我采取了断然行动,使用美国 XADS 电击枪使他们变成了植物人。关于松本先生的情况,你们可以通过日本政府得到验证;关于我丈夫的情况,你是否需要亲自来验证一下?这一点很重要,你可以带上一个官方代表。"

贝利茨已经猜到了卓君慧以下要谈的事。他略微犹豫,说:"不需要了,我信得过你。继续说吧。"

她加重语气说:"我们已经做出了足够的自我克制,希望这种克制能得到善意的回应。"她重复道:"希望你能把这些话传达给贵国的决策者,挪亚方舟的存亡在他们的一念之间。我希望在三天内听到回音,可以吗?"

"可以的,三天时间够了。再见。"

"再见。"

贝利茨挂上电话,陷入沉思。总统一行人一声不响地等着他说话。等了一会儿,国务卿忍不住问:"贝利茨先生,那位中国女人所说的终极能量是怎么回事?"

贝利茨笑着说:"我是个机能主义者,我认为电子元件同样能承载一个人的智慧,说不定那样的智慧会更纯净呢,因为人性中好多的'恶'与我们的肉体欲望有关。"

在场的几个人都不明白这番没头没脑的话,心想也许贝利茨先生老糊涂了,不过他们都礼貌地保持安静。但贝利茨显然没有糊涂,他目光灼灼地扫视着众位首脑,有条不紊地吩咐着:

"请立即给我安排一架专机,我要尽快赶到特拉维夫,在那儿查证一样东西。明天晚上我会返回白宫,那时请今天在座的人再次聚在这儿,我们再详谈吧。"

第三天上午,贝利茨和国防部副部长拉弗里来到新墨西哥州的阿拉莫戈多"三一"核试验场。这是美国第一次核试验的地方,以后的核试验改在了内华达地下核试验场。不过,这次贝利茨要求在这儿做地上试验,他说:"在地上做这件事更直观一些,我知道有些人的 IQ 有限,直观教具对他们更适用吧。"

前天他赶到特拉维夫,在亚伯拉罕电脑的资料库中仔细查阅了上次智力联网的记录。他十分相信卓君慧,相信她说的都是事实,但对于如此重大的事情,他当然还要再亲自落实一下。结果正如卓君慧所说,她确实在做智力联网巡回时悄悄叩问了几个人的潜意识,包括贝利茨的。她的叩问很小心,被叩问的六个人当时正努力向"终极堡垒"进攻,都没有觉察,但都以潜意识的反应做出了不加粉饰的回答。有四个人坚决拒绝把终极能量用于战争,贝利茨是其中一个,他的回答是:"不论任何情况,我都不会把终极技术用于战争。"

但司马完的回答是:"除非我的国家和民族处于危亡时刻。"

松本清智的回答模糊一些:"只要别人不首先使用。"卓君慧的思维潜入本身是不光彩的,但此刻贝利茨反而很感激她。作为一六〇小组的组长,他是大大失职了,他太相信六个人的誓言,却没考虑到在事关国家和民族生死存亡的时刻,这样的誓言是不可靠的。这是因为准备违背誓言的两个人都不是为了私利,而是为了大义,他们自认为动机是完全纯洁的,因而就具备了违背誓言的必要勇气。看来,自己太书生气了,也许他很不愿意这样想,但此刻他无法否定这个想法。他当时提议创建这个超智力网络,发展出"五百年后"的科技,本身就欠斟酌。潘多拉的魔盒不该被提前造好,因为只要它造好了,就有被提前打开的可能,再严密的防范也不行。

坐实了卓君慧说的事实之后,他又在这儿多停了一夜,在亚伯拉罕的帮助下,他把自己的思维全部输到电脑中去。严格说来不是全部,在输入时,他设了一个严格的过滤程序,把藏在自己思维深处的肮脏东西,那些披着圣洁外衣的对暴力的迷恋、嫉妒、自私、沙文主义、种族优越感等,全都仔细剔除。这个输入很费时,直到第二天上午十点,他才完成。他同亚伯拉罕匆匆告别,坐专机返回美国。

回到白宫之后,他对椭圆形办公桌后边的那些首脑讲了他所知道的全部情况,客观而坦率。他讲了终极能量的可怕威力,尤其是人体自我引爆的便于实现。他说,卓女士说得对,她和她的国家已经足够克制了。现在,那两个打算把终极能量用于战争的人都被封了口,其中一个甚至是她的丈夫,是她亲自对丈夫下的手。但世界上还有五个人会使用它,包括中国的卓女士,她在"足够克制"后,正在等着对方的"善意回应"呢。她的等待只给了三天时间。万一终极能量被使用,万一有十个八个因绝望而愤怒的人——说不定他们还有美国公民身份——来到华盛顿、纽约或东京引爆自身,那将是何等可怕的场景。

他说:"也许你们都不相信终极能量可以轻易被释放,也想象不到它的威力,所以我准备做一个公开的实验,咱们到阿拉莫戈多实验场,我削下一截六克重的指尖并把它引爆——这就相当于1945年在广岛扔下的那颗'小男孩'的爆炸当量,一点三万吨TNT。你们睁大眼睛看着吧。"

现在,具体操办此事的国防部副部长拉弗里带贝利茨来到实验场中心。送他们来的黑鹰直升机没有熄火,时刻准备着接他俩返回。这儿非常荒凉,渺无人迹。当年第一次核试验的"大男孩"钚装药六点一千克,TNT当量二点二万吨,核爆时产生了上千万摄氏度的高温和数百亿个大气压,三十米高的铁塔被瞬间汽化,连碎片都没留下。地面上有一个巨大的弹坑,沙石被熔化成黄绿色的玻璃状物质。现在,弹坑旁新搭起一个帐篷，这是应贝利茨的要求盖的，是为了防止卫星拍照，因为贝利茨说，他会绝对小心，决不让人体引爆的操作方法被人窃去。他对总统斩钉截铁地说：

"在任何情况下，我都不会把可怕的终极能量用于战争。关于这一点，请不要抱任何幻想。"

他还说，只需使用能装在上衣口袋里的某种器具，就能引爆自己"削下的指尖"。现在，在他的上衣口袋里确实装着一个硬硬的家伙，但扣子扣得严严实实，不知道那是什么玩意儿。拉弗里真想把那东西抢过来，然后变成美国军队的制式武器。这个前景该是何等诱人啊！当然，只能想想而已，这会儿他绝不敢得罪贝利茨。

贝利茨对周围察看一番，表示满意，用手中的手术刀指指直升机，对拉弗里说："行了，以下的操作只能我一人在场，你先乘机离开吧，把军用对讲机给我留下就行。等我要离开时，我再召唤直升机。"

拉弗里不情愿地离开了，乘机来到十七公里外的地下观察所。这是当年第一次核试验时的老观察所，已经破败不堪了。目前只是草草打扫了一遍，十几个情报人员正在里面忙碌，布置和操作各种仪器。昨天，他们已经抓紧时间在那个帐篷里布下了针孔摄像头和窃听装置。拉弗里一下直升机，就立即赶到屏幕前，屏幕前的情报官看见拉弗里来了，回过头懊恼地说：

"副部长先生，不好了，贝利茨肯定在找咱们的秘密摄像头。"

他没说错，从屏幕上看，贝利茨正在帐篷内仔细地检查，而且很快就找到了目标。现在屏幕中现出他的笑脸，因为太近而严重变形，几乎把镜头完全遮盖了。贝利茨微笑着，在对讲机里说："拉弗里，我想这会儿你已经赶到监视屏幕前了吧？这个摄像头的效果如何？"

拉弗里只得摁下对讲机的通话键，硬着头皮回答："不错，我看得很清楚。"

"那就对不起了，我在往下操作之前，首先要把这个镜头盖上。请通知总统，我不能回去了。我曾说，我会引爆一个我削下的指尖。实际上，指尖削下后就不是我自身，而是普通物质了，而普通物质终极能量的释放要相对困难一些，需要若干比较复杂的设备，但已经来不及了。所以我不得不留在这儿引爆自身——目前我无法控制住只让一个指尖起爆——它大致相当于一亿吨 TNT。你目前所处的观察所还太近，请立即后撤，至少撤到八十公里以外。另外，爆炸将造成强大的电磁脉冲，请通知五百公里以内的飞机停飞，以免造成意外事故。我给你三个小时做准备，请按我的吩咐做吧。"

拉弗里十分吃惊，在心里狠狠骂着这个自行其是的老家伙。这些变化超出了上头事先拟好的应急计划，他不敢自己做主。这时总统插话了，他和有关首脑一直在白宫监控着这儿的局面。

他说："贝利茨先生，既然这样，请你改变计划，不要再引爆自身了。你的生命比什么都珍贵。请立即停止，我们再从长计议。"

"谢谢你的关心，但我不打算停下来。我知道某些人，比如此时在屏幕前的拉弗里先生，他是不见棺材不落泪的。我必须把终极能量变成他能看见的现实。另外，我还有点私人的打算……"贝利茨微微一笑，继续说，"我想同中国的老朋友，司马完先生，来个小小的赌赛，他为了国家和民族大义，不惜把自身变成一个巨火球，我想让他知道，美国人也不缺这样的精神。不要多说了，请开始准备吧。三个小时后，即十二点十五分，我将准时起爆，不再另行通知。现在，请设法接通我家的电话，我要和妻子告别。"

总统不再犹豫，命令手下立即按照贝利茨先生所说的进行准备：飞机停飞或绕道，五百公里内的交通暂时中断，医院停止手术，所有电子设备关闭，一百公里以内的人员尽量向外撤退或待在地下室里。同时拨打贝利茨家的电话，再经过军用对讲机的中转，同贝利茨接通了。

贝利茨夫人刚刚从总统办公厅主任那儿知道了实情，惊呆了。丈夫三天前被总统召见时，她绝对想不到会出现这样的结局，更想不到那天的匆匆告别会是夫妻的永别！她哽咽着说："亲爱的……"

贝利茨笑着说："不必伤心，琳达，如果我的死能让人类从此远离战争，那我这六十四公斤的体重可是宇宙中价值最高的物质啦！琳达，不要哭了，当命运不可改写时，就要笑着迎接它。"

琳达忍住眼泪，不哭了，两人表面平静地闲聊着。这边州政府宣布了紧急状态，警察、军队和准军事力量全部动员起来，人们进行着紧张地撤离。

这对老夫妻一直聊到中午十二点，贝利茨温和地说："再见，琳达。替我同孩子们说声再见，同巴比说声再见。我该去做准备了。"

琳达强忍住泪水说："你去吧！我为你而自豪！"

那边的对讲机关上了。一片寂静。安全线外，几百台摄像机从四面八方对准了爆心，记者们屏住气息等待着。这些镜头向全世界做着直播，所以，此刻至少有十亿双眼睛盯着屏幕。十五分钟后，一团耀眼而恐怖的巨大光球突然蹿上天空，火球迅速扩大，把整个沙漠和丛林映照得雪亮，天空中原来那个正午的太阳被强光熔化了。

爆炸点上空那汹涌翻腾、色彩混沌的烟云慢慢散开，在爆心处留下一个巨大的岩浆坑。岩浆在凝结过程中因表面张力把表面抹平，变成一个近乎抛物体的光滑镜面。

安全线外的观察者们通过护目镜看到了这一切，而通过实况转播观看的十亿人只能看到电视屏幕上剧烈扭动着的曲线，因为在那一瞬间，看不见的巨量电磁脉冲狂暴地冲击着这片空间，造成了电磁场的畸变。不过，电磁脉冲是不能久留的，它很快越过这儿，消失在太空深处，屏幕上的图像才逐渐还原。这次非核物质的爆炸景象和当年的第一次核爆一样，只是威力大了八千倍。这不奇怪，按照终极公式，在更深的物质层级中并没有铀、钚和碳水化合物的区别，也没有所谓"核物质"和"非核物质"的区别。它们全都是因畸变而富集着能量的空间，也都能在一瞬间抹平空间的褶皱，释放出相等的终极能量。

战争很快结束了。

在贝利茨造成的这次爆炸之后，各国政府都迅速下达了"暂停军事行动"的命令。一个星期后，八国政府首脑会集到中立国，开始了紧张的磋商。在激烈地、充满仇恨地争吵了两个星期后，各国终于达成了一个妥协方案。没有一个国家对这种妥协满意，"新海豹"中的韩国代表甚至痛哭着说，如果他不得不在这个"丧权辱国"的投降方案上签字，他将蹈北海而亡，无面目见家乡父老；而"老海豹们"同样不满，他们不得不吐出很多已经或即将到口的利益。

但不管怎样争吵，怎样谩骂，妥协还是达成了。因为有一件东西明明白白地摆在那儿，谁也甭想忽视它。那种可怕的终极武器，如果它被普遍使用，即使不会毁灭地球，至少也能毁灭人类文明，所以没人敢和它较劲。另外，人们还普遍存在着暗暗的，但是非常强烈的希望：既然终极能量已经可以掌握，那能源之争就没有必要了。

于是，这场蓄势已久的战争，在尚未爬到峰值时就出人意料地戛然而止。后世历史学家把它命名为"第二点五次世界大战"。以色列的卡斯皮先生在两年前就提出了这个名称，因而在媒体上大出风头。当然，他当时所持的原因并不正确（他认为双方力量的悬殊将造成一场非对称战，而不是说大战将因终极武器而半途结束），但这并不影响他拥有"第二点五次世界大战"的命名权。人类的历史往往就是由这样的阴差阳错构成的。

世界在狂欢。爆竹声传到了司马完的私寓。卓君慧正在为丈夫喂饭，是用鼻饲的办法，把丈夫爱吃的食物打成糊糊，再通过导管送到胃里。每天她要不停地给丈夫翻身，防止因局部受压而形成褥疮；还要把他扶起来拍打胸部，防止肺部积水造成肺炎，等等。这些工作又吃力又琐碎，研究所为他聘用了专职护士。但只要有可能，卓君慧还是亲自去做，她是想通过亲身的操劳来弥补对丈夫的歉意。

近一个月的劳累让她显得有点憔悴。狂欢声传进屋里时，她微微笑了。这个结局是她预料到的，或者说是她努力促成的，为此她不得不做出一些违心的事，也付出了巨大的牺牲，把她丈夫，还有松本先生变成植物人。还有一个重大牺牲是在她的意料之外，那就是她的朋友"老贝"也为此献出了生命。

她俯在丈夫耳边轻声说："老马，战争停止了，没有战败国。你的心愿达成了，你该高兴啊！"

丈夫面无表情，他现在连饥饱都不知道，更不用说为战事停止而喜悦了。墙上是儿子的遗照，他穿着戎装，英姿飒爽，从黑镜框中平静地看着她，似乎对这个结局并不吃惊。卓君慧看着儿子的眼睛，说了一番同样的话。

忽然，电话铃急促地响了，她拿起话筒，液晶屏上显示的是日本的区号。电话那边，史林兴奋地说："卓师母，战争结束了！我也可以回国了！今天上午，日本警方把我释放了。"

"小史，你辛苦了，快点回来吧！我和司马老师都盼着你。"

"我是否带着松本先生一块儿回来？你说过的，他，还有司马老师，你都能治好的。是不是？"

卓君慧笑了："当然。普通医学手段对这种植物人状态无能为力，但你不要忘了，这两个病人的大脑都有神经插头。通过思维联网，由其他小组成员'走进去'唤醒他们，一定能成功的。小史，我已经通过外交途径和日本政府联系过，你直接去找他们，请求派一架专机将松本先生送到北京，再带上我的丈夫，飞到特拉维夫。我已经通知一六〇小组的其他成员在那里集合，我们将合力对他俩进行治疗，还有亚伯拉罕的帮助呢。"

"太好了，师母，能把两人治好，我才能多少弥补一点儿自己的负罪感。我这就去联系。"

第二天上午，一架波音787停在北京机场，一架舷梯车迅速开来，与机门对接。机门打开，满脸放光的史林在门口向下面招手。早就在机场等候的卓君慧让两个助手抬着丈夫，沿舷梯上了飞机。飞机内部进行过改造，几十张椅子被拆掉，腾出一个很大的空场，在空场中摆了三张床，其中一张床上睡着松本先生。助手们把司马完小心地放在另一张床上，与松本先生并肩。卓君慧走过去，端详着松本的面容，轻声问候着：

"你好，松本，不要急，你马上就会醒来的。"

飞机没有耽搁，立即起飞。机舱内还有第三张床，是手术床，周围已经装好相应的照明设备、手术器械架等，这是按卓君慧的吩咐安装的。她拍拍史林的肩膀，微笑着说：

"小史，我已经口头征求了一六〇小组其他组员的意见，他们同意你加入小组，到特拉维夫后会履行正式手续。所以，你是否愿意让我现在对你进行手术？这种激光手术的刀口复原很快，明天你就能参加到思维共同体中，和大家一起唤醒这两位沉睡者。你不用担心手术的安全性，飞机在平流层飞行时，其平稳性完全可以手术。你愿意做吗？"

史林从口袋里掏出一张纸，那是他事先已经签字的加入小组的申请。他说："我当然愿意，这是我的书面申请。谢谢师母。"

"好的，那就开始吧。"

史林躺在手术床上，卓君慧的助手先为他剃光头发，然后进行麻醉。他还未进入深度麻醉时，手术已经开始了，由卓君慧主刀。史林的头骨被钻开，一束细细的"无厚度激光"向颅腔内深入，轻轻地割开左右脑之间的胼胝体。史林没有感觉到疼痛，更不会感觉到激光的亮度。说来也怪，大脑是人体感觉中枢，所有感觉信号都在这里被最终感知，但它本身没有痛觉和其他任何感觉。胼胝体被切开后，一个极精巧的神经接头板被准确地插入，它是双面的，左右两面互相绝缘，分别与被切开的胼胝体两个断面紧密贴合，断面上原有的两亿条神经通路各自对着一个触点。这些神经触点的材质是有机材料，与人脑神经元有很好的生物相容性，所以当触点与某一条神经通路相接触后，会形成永久性连结。由于切口极光滑，这种连结是在分子范围内进行的，非常快速，二十四小时内就可以完成。手术后，左右脑半球彼此独立，分别经过胼胝体的两亿条神经通路，再经相应电路传到脑腔外的左右接口，左右接口可以彼此对接——此时就恢复了大脑的原始状态——也可以与电脑或其他大脑相连。

这会儿，卓君慧就把左右脑的接头对接了。这样，史林的感觉还像未做手术一样。

手术顺利完成了，而此时史林才逐渐进入深度麻醉状态。他的意识沉入非常舒适的甜梦中。他听见卓师母轻声说：

"好了，让他安静地休息吧。明天他就能正常活动了。"

史林睡了一个很长的甜觉。等他醒来已经是第二天了，他睁开眼，看见了那个熟悉的地下室，然后听见卓师母欣喜地说："好了，醒过来了。小史，你感觉怎么样？"

史林坐起身，晃动一下脑袋，说："一切正常，就像没做手术一样。"

"那就好。这儿一切都准备好了，就等你醒来。现在开机吧。"

一六〇小组的其他成员走过来，依次同他握手。松本和司马睡在他身边的两张床上，仍然没有知觉。随着低微的"嗡嗡"声，电脑屏幕亮了，亚伯拉罕的面孔像往常一样闪出来。不过今天屏幕上又出现了另一张面孔，是贝利茨先生的。电脑的相貌生成程序非常逼真，屏幕上，老人慢慢睁开眼，迷茫的目光逐渐聚焦，定到卓君慧的脸上。他高兴地说：

"既然你们唤我醒来，估计战事已经结束了吧？"

卓君慧素来以安详的微笑应对许多事变，即使丈夫倒下时，她也没有流泪，但这时她忍不住哽咽了："老贝你好，你说得对，各国已经达成妥协，战争结束了。"

贝利茨大笑："那么我的演技如何？我想我能赢得国会大剧院的表演奖。亲爱的卓，那会儿我决定配合你演一场逼真的戏，不过我知道，不，我确信，即使我最终未能说服我国的权势人物停战，你也不会把终极能量用于战争。我说得对吗？"

卓君慧的眼泪夺眶而出。她猛烈地啜泣着，断断续续地说："是的是的……我绝对不会使用……谢谢你的信任……谢谢你做的一切……"说到最后，她的感情完全失控了，失声痛哭着："可是我没有料到你会这样啊，你完全不必那样啊……"

贝利茨安慰她："为什么哭啊？应该高兴呀！我不过是失去了肉体，对，还失去了我头脑中肮脏的东西。现在，一个良心清白的我，在智力网络中得到永生，有什么不好吗？"他把目光转到其他成员身上："你们这些反应迟钝的男人，快点过来，安慰安慰那个小女人呀。"

格拉祖诺夫笑着，首先走过来，把卓君慧搂到怀里，在他两米高的身体旁，卓君慧真成一个小女人了。然后，西尔曼和史林也拥抱了她。吉斯特那莫提不大习惯这样的拥抱，走过来，向卓君慧合十致意。卓君慧的泪水还在淌着，不过脸上已经绽出笑容。

贝利茨说："好了，开始正题吧。今天是什么议题？"

卓君慧说："首先请你主持投票，决定是否接纳史林加入小组。然后大家联网，合力唤醒松本和司马完。我想唤醒他们是没问题的，我对此有百分之九十九的把握。"

"好的。不过按原来的小组章程进行表决会有麻烦，因为它规定新加入者必须经全票通过，这会儿松本和司马并未失去成员的身份，但又不能进行投票，只能算作弃权。这样吧，咱们先以三分之二多数票对章程进行修改,将'全体成员同意'改为'全体成员同意或不反对',再进行接纳表决。行不行?"

大家同意。于是所有人首先对一六〇小组章程的修正案进行表决,五票赞成,两票弃权,刚好超过三分之二票数,修正案获得通过。再对接纳史林的动议进行表决,仍是相同的票数通过。

贝利茨说:"史林先生,祝贺你。你已经成为一六〇小组的正式成员了。"

史林激动地说:"谢谢大家的信任。我会努力去做。"

他随即在小组成员保密誓约上签了字。贝利茨提出第三项动议,即重新选举一六〇小组的组长。"我将永远是一六〇小组的成员,但仍由我担任组长就不合适了。显然,我以后出门不大方便。"他开着玩笑,"因此我建议大家选一个新组长。作为原组长,我推荐卓君慧继任。因为经过这场惊天大事变,她的睿智、果断、虑事周详,以及她高尚的品行,大家都是有目共睹的。请大家发表意见。"

四个成员都表示同意。卓君慧没有客气:"那我也投自己一票吧。谢谢大家,我会努力去做,不让老贝落个'荐人不当'的罪名。"

"我相信自己绝对不会看走眼。那么,我现在正式交棒,请新组长主持以下的议程吧。"

卓君慧为其他四人连接了神经插头。当史林头上对接的插头被拔开,又同大家进行联网后,他有了此生最奇特的经历。首先,他的自我被突然劈开,变成史林 A 和史林 B。两个独立的意识在空中飘浮着,像是由等离子体组成的两团球形闪电。然后,"两人"同时进入一个大的智力网,或者说他的大脑突然扩容,这两种说法是等效的。现在这儿包含了史林 A 和史林 B、西尔曼 A 和西尔曼 B、格拉祖诺夫 A 和格拉祖诺夫 B、吉斯特那莫提 A 和吉斯特那莫提 B、老贝利茨(他是以整体存在)以及一个非常大的团聚体,那是从电脑亚伯拉罕的电子元件中抽出来的意识,它对集体智力主要提供后勤支持(巨量信息)。这些智力场相对独立,各自有自己的边界,但同时它们又是互相"透明"的,每个个体都能在瞬间了解其他个体的思维。这些思维互相叠加,每一点儿神经火花的闪亮都以指数速率加强、扩展,形成强大的思维波。

史林(A和B)在第一时刻就感受到了合力思维的快乐。那简直是一种"痛彻心扉"的快乐,其奇妙无法向外人描述。

现在这个共同体开始了它的第一项工作——唤醒沉睡者。在智力网络中还有四个黑暗的聚合体,只能隐约见到它们的边界。它们沉睡着,其内部没有任何思维的火花。其他团聚体向这儿集中,向它们发出柔和的电脉冲,那是在呼唤:

"醒来吧,醒来吧,战争已经结束了。一六〇小组的伙伴们在等着你们,亲人在等着你们。醒来吧。"

没有回应。于是唤醒的电脉冲越来越强,像漫天飞舞的焰火。但那四个黑暗的团聚体仍执拗地保持沉睡。这时,又有两个球形亮团加入进来,是卓君慧(A和B)。

她镇静地对大家说:"不要急。如果一时唤不醒,就撇下他们,开始你们对终极理论的进攻吧,也许这样更容易唤醒他们。因为对终极理论的思考已经成了他俩最本质的冲动,比生存欲望还要强烈。"

于是,所有的球形亮团掉转头,开始合力进行对终极理论的思考。史林(A和B)乍然参加进来,一时还不能适应。或者说,他还不能贡献出有效的思维,只能慢慢熟悉四周。他很快消除了与其他智力团聚体进行交流的障碍,建立了关于共同思维的直观图像。那是宇宙的生死图像,是空间的皱褶与抹平。几百秒的人类思维重演了几百亿年的宇宙生命。

这个"皱褶与抹平"的过程,在宇宙公式中已经得到圆满的解释,所以思维共同体没在这儿多留。它们把注意力集中在奇点内部。奇点内部没有时间，也没有空间，处于绝对的高熵或者混沌中，没有任何有序结构。但超级智力仔细探索着，在极度畸变的奇点之壁上发现了一种悖论式的潜结构——它们是不存在的，绝对不会有任何信息显露于奇点之外；但它们又是潜存在的，一旦奇点因量子涨落而爆炸，"下一个"宇宙仍将以同样的方式从空间中撕裂出同样的粒子。

也就是说，一个独立于宇宙之外的神，仍将以同样的方式创造另外一个宇宙。

关于这一点也已经形成共识，所以合力思考的重点是如何在"奇点之外"的宇宙中设法验证这种悖论式潜结构；或者说，如何在我们的宇宙之内验证宇宙之外的潜结构。按照拓扑学理论，这两种说法也是完全等效的。

思考非常艰难，即使对这样的超级智力而言仍是如此。一个想法在某个团聚体中产生，立即变成汹涌的光波漫向全域。更多的光脉冲被激发，对原来的光波进行加强，产生正反馈，使它变得极度辉煌。但这时常常有异相的光脉冲开始闪现，慢慢加强，冲抵了原来光团的亮度。于是一个灵感就被集体思维所否决。然后是下一个灵感。

思维之大潮就这样轮番拍击着，在思考中，史林（Ａ和Ｂ）感受到强烈的欣快感，比任何快感都强烈。他沉醉于其中，尽情享受着思维的幸福。不过，今天的智力合击注定不能得到结果。因为在周围辉煌光亮的诱惑下，那四个黑暗的团聚体中，忽然迸出一个微弱的火花。火花一闪即逝，在漫长的中断后，在另一个团聚体中再次出现。火花慢慢变多了，变得有序，自我激励着，明明暗暗，不再彻底熄灭了。忽然，"哗"地一下，一个团聚体整体闪亮，并且保持下去。接着是另一个，又一个，再一个，四个团聚体全部变得辉煌。

其他人一直沉醉于幸福的思考，没有注意到四个沉睡脑半球的变化，但卓君慧（Ａ和Ｂ）一直在关注着。这时，她欣喜地通知大家："喂，你们先停一停，他们醒了！"

她从智力共同体中退出,并且断开了其他人的神经连接,最后再断开那两个植物人的。在未断开前,松本和司马完已经醒了,他们睁开一只眼,再睁开另一只眼,生命的灵光在半边脸上掠过,再在另外半边脸上掠过。等卓君慧把他们的左右神经接头各自对接,他们才完全恢复正常。他们艰难地仰起头,司马完微微笑着:

"是不是……战争……已经结束了?"

他的语调显得很滞涩,那是沉睡太久的缘故。松本也用滞涩的语调说:"肯定……结束了,我刚才……已经感受到……共同体内的……喜悦。"

卓君慧同松本拥抱,又同丈夫拥抱。"对,已经结束了,而且没人使用终极能量,也没有战败国。"她开心地说,"我也没有打败仗啊,在唤醒手术中,我总算成功了。松本、老马,我为当时的行为向你们道歉。"

两人都很喜悦,也有些赧然。司马完自嘲地说:"应该道歉的是我。很庆幸,我的激愤之念没有变成现实。"

松本也说:"我和你彼此彼此吧。卓女士,谢谢你。"

其他成员都过来同两人拥抱。贝利茨在屏幕内说:"别忘了,还有我呢。你们向屏幕走过来吧,原谅我行动不便。"

两人还不知道贝利茨的死亡,疑惑地看着卓君慧。卓君慧难过地说:"非常不幸,老贝牺牲了,为了配合我……"

她没有往下说,因为两人已经完全理解了。他们立即向屏幕走过去。刚刚从一个月的沉睡中醒来,他们的步履显得僵硬和迟缓。两人同屏幕中的老人碰碰额头,心情既沉重,又充满敬意。

贝利茨很理解他们的心情,笑道:"我在这儿非常舒适,你们不必为我难过。"他坦率地说:"司马,多学学你的妻子,她比你更睿智。"

"我已经知道了。我会向她学习的。"

卓君慧说:"我刚才和老贝交换了看法,从某种角度上说,我们的一六〇小组是现存世界的最大危险。我们创造了远远超过时代的科技，对于还未达到相应成熟度的人类来说，它其实是一个时刻想逃出魔瓶的撒旦。当然，我们也不能因噎废食，把小组解散，但要做更周密的防范。我想再次重申和强化小组的道德公约。第一条，一六〇小组任何成果均属全人类，小组各成员不得以任何借口为人类中某一特殊群体服务。第二条，鉴于我们工作的危险性，小组成员主动放弃隐私权，在大脑联网时，每人都有义务接受别人的探察，也可以对其他人进行探察。你们同意吗？如果同意，就请起誓。"

每个人依次说："我发誓。"

司马完又加了一句："我再也不会重复过去的错误。"

他们在誓约上郑重签字。

史林急急地说："我能不能提一个动议？"大家说当然可以。他说："我想，我们的下一步工作是把终极能量用于全世界，当然是出于和平目的。能源这样紧张，把这么巨量的干净能源束之高阁，那我们就太狠心了！如果这个冰窟窿不扩大，战争早晚还会被催生出来的。当然，把终极能量投入使用前，要先对人性进行彻底净化。"

大家都互相看看，没有作声。屏幕中的贝利茨叹口气："我们会向这个方向努力的。不过，你说的人性净化恐怕是另一个终极问题，现在还看不到胜利的曙光。和人打交道不是物理学家们的强项，不过，我们尽量早日促成这件事吧！"

天下之水

韩松

◆ 第14届银河奖读者提名奖获奖作品

一、孤独的水路行者

天下之多者,水也。生于北方的郦道元,某天发出了这样的感喟。

他生活的那个时代,较之今天,北方的水草要丰盈得多。然而,人类真正了解水之浩大,还是郦氏去世一千多年以后的事情。精确的科学考察表明,以海洋为主体的水占据了地表面积的百分之七十以上——恰好与人体中的水分占比一致。

那么,世界本身是不是一种有机体呢?这是一件需要长久考察和求证的事情。

不管怎么说,对于以陆地为大本营的中国,能够在那时说出"天下之多者,水也"的人,大概凤毛麟角吧!

然而,《水经注》中,对于海洋又是很少提到的。举凡遇到海,注文基本上就到此为止了。间或提到,也是一笔带过,比如"西南至安市入海"之类。

这大概是因为海在当时已被视为世界的边缘。

郦道元所处的南北朝,是一个战火连绵、国土分裂的时代。他笔下的水流,包括河、湖、溪、瀑、井、泉等,却在大地上无拘地倾注奔流,突破了交战各方人为划定的地界。

在破碎的山河上,郦道元使用统一的西汉王朝版图来描绘他的水世界，这连郦道元自己也不知道是为什么。有的时候，他只是模糊地觉得，他不过是在借此挽救某种东西，而这种挽救，最终恐怕又是一种徒劳。

他十分希望能够弄清自己行为的意义，因为他深知自己对于水的执着，已是一个不可能被常人猜透的谜团了。他了解那么多水，而对自己的心灵呢？

身为尚书郎，在陪同北魏孝文帝巡游时，每当中途歇息，郦道元便捋起自己的袖子，观看手臂上脉搏的跳动，这时，内心就会泛涌起上述冲动。

他也曾看到许多死于兵乱的人，看到他们突显于皮肤表面的蛛网似的血管，还有尚未气绝的"怦怦"脉象，以及从此将不能起到营养作用的体液。大地上的水与人体中的水，比例是否相同呢？此时，他困惑了。

但刚愎自用的帝王是不会这样认识世界的，还有枕戈待旦的将军们以及忙于宫廷倾轧的大臣们……郦道元成了水路上孤独的行者。

就是在这样的时刻，忽然有一天，他梦到了红色的水。

他初以为是无处不在的血流成的河——这每每使他尝试拼绘完整而纯正的水图的努力化为乌有，但他发现不是。

那耀目的色彩，几乎丧失了水的本相，而如同霞云或者雷电，只君临了一刹那，却使他大叫着醒来，并痴痴地长坐。

星光如水一样源源流下来，注入他宽大又柔和的衣领，凉飕飕地顺着竖直的脊柱往下淌。

他醒来后便回忆着，那红色之水的背景，是一大片说不清颜色的压抑的暗色物质。它无边无际、厚重无声地蠕动，使人感到憋闷。

但这便是对水的真实回忆吗？世上大概是无这样的水，或者，梦是对尚未纳入郦道元视野的某种水的预示？

几天来，他反复梦到这个场景。红色的水势越来越浩大，直到有一天，天下的水都变成了红色。

看上去，像是在用一种水统驭万种水啊！

梦中之水，便成为一种幻想。

这时，郦道元突然产生了去黄河孟门瀑布看看的冲动。他以为，大概只有那里的崩浪万寻、悬流千丈，才能一鼓荡平心中似不该有的疑虑，也能满足那久蓄的亢奋与饥渴。

但就在前去的路途上，他认识到自己更隐秘的意识，那是在担心，红色的水是首先从那里溢出来的吧。但是，为什么有这样的担心呢？为什么是黄河孟门呢？黄色并非红色的补色啊！

不管怎么说，满怀对红色水流的迷恋与恐惧，郦道元来到了孟门。这大约是孝文帝太和二十一年（公元497年）的事情，郦道元此时三十二岁。

二、堪影

在孟门，郦道元并没有看到红水。但黄河之水如魔女般乱发狂舞的景象，又似乎象征并暗示着各式水存在的可能，其中也包括郦道元尚不知道的水。

这时候，郦道元的心灵有所感应，他忽然回头，却见距孟门瀑布百米开外有一片竹林，真是怪异之事。在他的知识体系中，应该是往南一些的地方才有这种植物吧！那么，这是一种品质殊异的竹了。

秀气的青竹与狂暴的黄河，形成了强烈的映衬关系。

这一片清冽如水的翠色，不禁惹得郦道元满心喜悦，寻竹而去。曲径通幽，光影交叠，巉岩林立。不一时，他竟听到潺潺水声，不如黄河的粗犷，而像小女子轻歌。郦道元愈发欢欣。

水声时大时小，忽远忽近，似一溪在山石岩壁间一路跑跳而去。他干脆安下心来，与它玩起了捉迷藏，时左时右，忽前忽后，其乐无穷。

突然水声大作，分明已到近前，然而他趋步前往，水声又小将下去。此时郦道元眼前一亮，发觉并无溪流，却是人面般大小一潭，颜色赭红，四面修竹环绕，风息云止，只见水面涨落不定，如有数条大鱼在其下翻腾鼓噪。

　　疑惑之间，他见竹影中有一草庐，柴扉虚掩。他推门而入，见一人沉睡于竹席上。此时，外间水声又骤然大作。

　　郦道元垂手竦立，不久，那人醒来，见有客临，跌坐奉茶。细观此人，眉坠于肩，手长过膝。郦道元知是隐士，肃然起敬。

　　茶水碧绿清洌，不见红色，由此可知不是那潭中之水所沏。此时，门外水声又哗然一片。

　　郦道元曰："我观之，此处并无鲜活水源，外间不过一潭死水尔，本该静谧无声，缘何作此巨鸣，且激湍腾沫？"

　　老者正色曰："客人有所不知，此非凡水，而是一方生灵。"

　　郦道元大惊。老者复引领其至潭边。

　　却见那水，已趋安静，发出喃喃细声，似与老者轻语。郦道元击掌称奇。

　　"此等怪物，其质与水无异，其形随物化成，唤作'堪影'。"老者曰。

　　"如何却栖身于此？"

　　"三年前的一个晦夜，孟门雷雨交加。清晨，门前便多了此潭红水。我始不觉有异，后渐知其非凡水。"

　　老者说罢，又轻唤数声，那水又作翻腾状，而水声竟可变化，如雄狮、健男，又如妇人、幼蝉。郦道元试作声呼之，水却置之不理，又似有嗔羞状，若闺中少女初见陌生男子。

　　郦道元语告老者，称近来夜夜梦见红色之水，方赶来此。老者不禁叹息。

　　郦道元复详观此水，只见其通体透明，不含杂质，清洁澄深，漏石分沙，又仿佛有胶漆的质感。他恍若置身梦中。略试水面，被一阵皮肤般的温热感所袭，手往里伸，却被粘紧陷住了，急拔而出。水哧然一声，似作笑。

他便与老者回到室中。老者称，日久已能辨知水声，如此便常与堪影交谈，已了解到其传奇身世。

堪影告诉老者，它已忘记自己来自何朝何代，甚至不知来自过去还是未来。

它只记得，祖上是与人类无异的生物，生活在陆上。后来发生了世界大战，陆地生态体系遭到毁灭，全族才将自己改造为适宜水生的形态，下到了水中避难。

最初，仍接近于人类模样，但在千万年中几经演化，终于抛弃了旧有的形体，把生命寄寓于流水——世界即我，我即世界，以为如此便会永生。

然而，某一天，新的灾难不期而至，其族不得不离开水世界，迁徙向一个陌生的空间。

可是，不幸的事情发生了。不知是哪个环节出了差错，它在路途中被抛遗到了这个世界，未能抵达其目的地。

"它曾经寄生并又与之相融的水世界到底在哪里呢？"郦道元问。

"那便是海洋啊！"

"那么……是整个海洋的大迁徙了！"郦道元看着小小水潭，怔住了。

"是的，海洋即是堪影，堪影即是海洋。"老者黯然道，"它救赎自己的努力，终究是失败了。"

北人郦道元对海洋所知不多，此时却万丈心潮轰然高涨。他无法想象，那浩渺的大海与这浅薄的水潭竟是同一样东西。而海之蓝色，又是何时变化成红色的呢？如堪影所说，到底是在过去，还是在未来？他深深地糊涂了。但可以肯定的是，海洋眼下仍在远处无知地起伏，如同郦道元从未踏足南方，海洋又何曾来到此地了呢？

"它是多么可怜的生灵啊！在这里，它还能生存多久呢？"

"恐怕……时日不多了吧！"

"如果把它重新置于一处活水中呢?"说这话时,郦道元眼前出现了孟门的黄河大水,正鼓足劲向着它自己也不曾见过的大海奔流。回想自己前半生与水打交道的经历,郦道元是多么希望能够救助堪影啊!

"那样的话,这生命会迅速扩散,成为新的海洋。这是它化育自己的方式。天下的水将成为红色。它即是一,一即是众。"老者微微蹙眉。

"那么……"

"那么,我们的世界将成为水的世界,而这个世界上便不再有我们习称的水了。"

闻此言,郦道元顿然绝望。

是夜,郦道元宿于隐者的茅屋。三更时分,他醒来了,听见外面传来呜咽之声。他不禁思忖:当初,那异类是否不小心自己毁了自己呢?难以想象,有一种生命、有一个世界竟由水来构成。

呜咽声越来越大。堪影在哭泣吗?

或者,它在呼唤同类——天下之水?但郦道元深知,那些水是没有灵魂的。

他不禁对此水曾筹谋转移的目的地产生了好奇。它在哪里呢?所谓海洋之外的新的逃逸空间,恐怕是不好想象的。

大概是习惯了吧,那老者没有被水声吵醒,反而鼾声大作,不知做着什么好梦。郦道元心烦意乱,披衣走出茅屋。

夜色至浓处,天庭上有一处星云狰狞。这遥远太空中的神秘花环,从来没有如此低垂迫近,直若要坠落头顶。郦道元觉得它像一摊溅开的水渍。他全身一震。在那后面,幽暗地浮动着一种他从来没有认真想过的东西。他难以形容它是什么,而它也的确超越了他作为人所能感悟的范畴。

水声更悲戚了。水面虎虎跃起,形成一根三尺高的柱头,似要与那不可名状的世界亲近,但相距实在是太遥远了。最后,水柱垂头丧气地放弃了努力,落下来,卧伏着不动了。

郦道元感到，说是空间吧，却分明是空间以外的存在，拥有超越一切的力量和简单至极的结构，看不到也摸不着，乃至连想象力也给幽禁了。这种别扭的体验，第一次侵入他定型的人生。他想，面对这样的、难以用言语表述的存在，水也好，人也好，又怎么能如此容易地救赎自己呢？

一种刻骨铭心的无由之痛，使他欲放声大哭。此时，他却感到水潭如一只惊讶的眼睛在怯怯地注视着他。他便羞惭地控制住自己的感情。

然而，对于海洋来说，超越空间的"空间"，究竟意味着什么？而一团水流状生灵，又是如何发现这奇妙的存在的呢？如果它们真的去到了那里，又将以什么样的形态生存下去呢？恐怕……不再是水了。

世间之一切，本是无固有之形态的。

此时，郦道元突然意识到此水与自己的关系，内心不禁涌出一阵极大的恐惧。

他僵然伫立，束手无策，直到霞光来临，一切噩梦才成为过去。

那水却不动弹了，红色中透射出一层灰翳。他慌张地用手去拨弄，只感到它正在凝结、冰冷、塌陷。

"死了。"他一惊，转头去看茅舍，却见它也在一片灰色的迷雾中慢慢隐遁。

他扑过去，双手去推那扇就要隐入虚无的薄薄竹门，却推了一个空。面前除了一堆青色山石，什么都没有。

回首一看，天空中有一个陌生的银色圆点，在苍白的太阳附近，局促地闪了一下，便消失了。

一刹那，他感到许多个世界的存在，而他所在的这一个，不一定是最真实的。

过了很久，郦道元才怏怏地离去。他看到黄河仍在奔涌，才松了一口气。

三、无路可逃

返回洛阳，郦道元把这一段经历写入《水经注》。

此后，他更加勤奋而真实地记录世上各种水的情况，仿佛担心它们有朝一日会悉数遁去。

但直到很久以后，他都不愿去海边，对海的记载寥寥无几。后世的研究者说，这不符合他作为学者的认真个性。

孝昌三年（公元527年），雍州刺史萧宝夤的反状暴露，朝廷命郦道元为关右大使深入险境与叛将谈判。这道授命其实是郦道元的政敌设计的阴谋，欲借叛将之手置他于死地。

对此，郦道元是非常清楚的，但他仍慨然而去，心中想着的是那一潭曾阅尽沧桑却终究无路可逃的红水。

连水也无路可逃，究竟是一种什么样的境地呢？

水啊，你这形成世界的关键元素，你这无坚不摧的至柔之物，竟也有了这样的结局，这大约便是"天下之多"更深的一层含意吧。地理学家此时的心情，已是无法用言语来形容了。

结果，郦道元在阴盘驿亭（今陕西临潼附近）蒙难。他的血液从体内泉涌而出，渗入泥土，汇入万千条水流，最后去到了他不曾涉足的大海。

在不久后洛阳的一场兵火中，《水经注》的数卷文献竟不幸遗失了，后世的人们不知道郦道元还曾记录过什么。

现在，我们只能读到郦道元关于孟门瀑布的描述。他仅用一百三十一字，便将其水流交冲、素气云浮之景观写成了千古绝唱，使后人扼腕叹息。

公元第三个千年到来前的最后一个春夏之交，壶口瀑布浑黄的水流突然变得碧绿澄清。而水流今后还将变为什么颜色,却没有一个人说得上来。这壶口瀑布将在百年后消失的消息,却是由此间最权威的新闻机构发布的。